Wolfgang Handrick
Der unerklärbare Widerspruch

Wolfgang Handrick

Der unerklärbare Widerspruch

Roman

Steyler Verlag – Wort und Werk

CIP-Kurztitelaufnahme der Deutschen Bibliothek

Handrick, Wolfgang:
Der unerklärbare Widerspruch: Roman / Wolfgang
Handrick. – Nettetal: Steyler Verlag – Wort u.
Werk, 1987.
  ISBN 3-8050-0177-0

ISBN 3-8050-0177-0

1. Auflage 1987
© 1987 Steyler Verlag – Wort und Werk, 4054 Nettetal 2
Alle Rechte vorbehalten
Herstellung: Druckerei Steyl B.V., NL
Umschlaggestaltung: Norbert A. Ciernioch

1

In den Abendstunden des Montags in der Liboriwoche wurde heftig an der Pforte des Paderborner Michaelsklosters geschellt.

Wenig vorher war ein Gewitter über der Stadt niedergegangen, das die Festbesucher, die eben noch einzeln, paarweise oder in Scharen vergnügungshungrig und sensationslüstern vom Westerntor bis zur Heyersmauer zogen und mit erregtem, mitunter auch schon angesäuseltem Lärm die Innenstadt erfüllten, gezwungen hatte, fluchtartig unter Torbögen, unter Hauseingängen und unter den Arkaden des Alten Rathauses Schutz zu suchen. Jetzt aber wälzten sich die brodelnden Wolkentürme gegen die blauschwarzen Höhen des Teutoburger Waldes, und das vordem berstende, fetzende Fortissimo des Donners über den Köpfen der sich instinktiv duckenden Menge schwoll mehr und mehr zu einem dumpf-grollenden Piano ab. Und beinahe gleichzeitig hatten sich die mit dem ersten Donnerschlag sintflutartig herabtosenden Wassermassen – die in Sekundenschnelle die Gasse zwischen den Schaubuden und Karussellen der großen Volksbelustigung auf dem Liboriberg in einen schäumenden Sturzbach verwandelt und die Kirmesbesucher zu aneinandergepreßten Knäueln unter die überstehenden Dächer der Stände und auf die Galerie der Autoskooter geschwemmt hatte – in eine Unzahl dünne, im Lichte der heut weit früher entzündeten Straßenlampen silbrig glänzende Perlenschnüre verzaubert.

Da die hochbetagte Schwester Theresia, die sich zur Zeit

außer der Mutter Oberin allein im Hause befand – während der Konvent der Schwestern noch oben im Hohen Dom in der großen Festandacht war – nur mühsam auf ihren heut wieder vom Rheuma böse geplagten Beinen zur Eingangstür humpelte, wurde das Läuten wiederholt, dieses Mal aber noch lauter und drängender. Ehe jedoch die altersschwachen Hände der Schwester den großen, gußeisernen Riegel zurückzuschieben vermochten, eilte aus einer rückwärtigen Tür der Domvikar Lückes, gefolgt von der Oberin, herbei und öffnete. Draußen vor der Tür stand mit schreckgeweiteten Augen, die hinter den runden, starken Brillengläsern eulenhaft wirkten, der Organist Hochsträtter, der wegen des Unwetters verspätet zu der für acht Uhr angesetzten Besprechung kam.
„Da – da liegt wer!" stieß er ungeschickt in seiner Aufregung hervor und wies schräg hinter sich die Stufen hinab. Domvikar Lückes, ein Herr, dessen straffe Haltung etwas Militärisches an sich hatte, gewahrte – als er an dem Organisten vorbei vor die Tür trat – unmittelbar vor der untersten Stufe eine reglose Frauengestalt, die in einen weiten Mantel oder Umhang gehüllt war. Das lange, schwarzgelockte Haar der Frau hatte sich gelöst und umfloß das seitlich auf einen Arm gesunkene Haupt so, daß der geistliche Herr die Züge ihres Gesichtes nicht zu erkennen vermochte, obwohl die Oberin eben das Außenlicht einschaltete. Er konnte nur feststellen, daß die Frau ihre Augen geschlossen hielt und fast röchelnd in schnellen, flachen Stößen atmete.
„Heilige Mutter Gottes!" entfuhr es der Oberin erschrocken, die mittlerweile ebenfalls die Treppe herab-

gekommen war, „sie scheint die Stufen hinabgestürzt zu sein – sie sind im Regen glatt." – „Wir müssen sie hineintragen!" ordnete der Domvikar an, „sie ist vom Wasser schon völlig durchnäßt und kann sich schweren Schaden zuziehen." Er beugte sich zu der Ohnmächtigen hinab, um ihren Pulsschlag zu prüfen. Das Pochen war indessen nur schwach und unregelmäßig zu spüren. „Kommen Sie, Hochsträtter!" rief er und schob mit vorsichtiger und zugleich geschickter Bewegung seinen rechten Arm unter die obere Rückenpartie der Bewußtlosen. Der Organist, ein nur kleiner, aber ziemlich beleibter Mann, eilte auf seinen merkwürdig dünnen Beinen die Treppe herab, so daß es aussah, als hüpfe ein Ball von Stufe zu Stufe. Er umfaßte die Fesselpartie der fremden Frau und hob schnaufend an. Sie trugen sie die Treppe hinauf in den Eingangsraum des Klosters, ihr Kopf hing dabei rücklings über den Arm des Geistlichen herab, so daß ihr Haar wie ein dichter, im Lichtstrahl der Lampe über dem Bogen der Pforte schwarzglänzender Schleier abwärtssank.

Die Mutter Oberin hatte inzwischen auf der Straße einige Schritte entfernt einen dunklen, rundlichen Gegenstand bemerkt, den sie beim Nähertreten als eine Reisetasche erkannte. „Sicher ist sie der Frau entfallen", dachte die Oberin, wobei sie die Tasche aufhob, „vielleicht fühlte sie die Ohnmacht nahen und wollte sich noch zur Pforte schleppen."

Drinnen, im Eingangsraum mit der gewölbten Decke, legten sie die Frau behutsam auf die lange, lederbezogene Sitzbank gegenüber der Pfortenloge. Direkt darüber hing das riesige Holzkreuz mit dem lebensgroßen

Corpus – und es wollte Lückes für den Bruchteil einer Sekunde scheinen, als er den Oberkörper der Fremden hatte sanft niedergleiten lassen und sich nun aufrichtete, als habe der Gekreuzigte seine Arme weiter ausgebreitet – so, als wollte er die Bewußtlose in ihrer Hilflosigkeit unter seinen persönlichen Schutz nehmen.
„Rasch, bitte, die Hausapotheke!" wandte er sich an die eben hereintretende Oberin. Er hatte sich damals im Dezember 1944, während der Ardennen-Offensive, als Sanitäter in einer Infanterie-Einheit reichlichst Praxis in Erster-Hilfe-Leistung erworben. Zu dem Organisten sagte er, auf das Telefon in der Loge weisend: „Und Sie rufen bitte das Krankenhaus an! Man soll einen Unfallwagen herschicken – und zwar sofort!"
Inzwischen war die alte Schwester Theresia herangehumpelt und hatte begonnen, das von Regen und Straßenkot beschmutzte Gesicht der Frau mit sanfter, wie liebkosender Gebärde zu reinigen. Ihre Handlungsweise trug etwas Mütterliches an sich. Die Anwesenden vermochten jetzt ein schmales, längliches, feingeschnittenes Gesicht zu erkennen, dessen Augen fest geschlossen blieben; die Wimpern waren ungewöhnlich lang, dunkel und sachte gebogen. Auffallend waren die Brauen, die sich in fast überstarkem Schwunge von der feinen Nasenwurzel nach oben schwangen und dadurch den Eindruck weckten, die Augen seien schräg geschnitten. Etwas seitlich, leicht unterhalb des rechten Mundwinkels, befand sich ein kleines, dunkles Muttermal – so, wie es einst die Damen der Louis-Quinze-Epoche zu tragen liebten. Das tiefschwarze Haar umfloß nun in sanften Wellen die totenbleichen Wangen, doch mochte

es die Fremde sonst aufgesteckt tragen, denn ein dunkelgetöntes Kämmchen hing noch verloren in einer Haarsträhne. Die ganze Erscheinung verriet die Südländerin.

Domvikar Lückes riß seinen Blick beinahe gewaltsam von der Ohnmächtigen und ging zu der noch immer offenstehenden Eingangstür, um sie zu schließen. Von rechts, aus der Pfortenloge, hörte er den Organisten ins Telefon sprechen. Als der Geistliche aber an die Tür kam, schrak er leicht zusammen: Er gewahrte nämlich, daß sich draußen – jetzt mehr und mehr in den Lichtkreis der Pfortenlampe tretend – eine schwarzgekleidete Gestalt lautlos der Treppe näherte! Es war eine ältere hagere Frau, die zum Schutze gegen den Regen ein weites, fransenbesetztes Umschlagtuch in altertümlicher Manier um Kopf und Schultern geschlungen trug, in dessen herabhängende Zipfel sie ihre dürren Finger wie Vogelklauen gekrallt hielt. Während sie sich mit vorgebeugtem Oberkörper näherschob, schienen ihre weitaufgerissenen, vorquellenden Augen die Szene oben im Eingangsraum verschlingen zu wollen. Einen Augenblick lang stand Lückes starr, von einer jäh in ihm aufsteigenden Beklommenheit erfüllt: Ihm war es unerklärlicherweise, als nahe dort draußen etwas Drohendes, Verderbenbringendes, vor dem er die Fremde schützen müsse!

Aber dann erkannte er die Frau. „Frau Schreiber – was tun Sie denn hier?" Die Angeredete, eine Schuhmacherwitwe aus einer der Gassen in der Nachbarschaft des Klosters, stockte, als sie ihren Namen hörte. Es war, als bemerke sie erst jetzt den geistlichen Herrn – und plötzlich wandte sie sich ruckartig ab und lief mit

plumpen, tolpatschigen Sätzen ins Dunkel davon. Verdutzt schloß der Domvikar die Außentür.
Mittlerweile war die Mutter Oberin mit der Hausapotheke und einem Becher Wasser zurückgekommen und stand eben im Begriff, unterstützt von Schwester Theresia, der Bewußtlosen den weiten, umhangartigen Mantel, der vom aufgesogenen Regenwasser dunkel und schwer war, zu öffnen. Es handelte sich dabei um ein außergewöhnlich weites, normalerweise königsblaues Kleidungsstück, dessen Kragen und Saum aus nachtblauem Samt mit Goldstickereien verziert waren. Der überreiche Faltenwurf dieses Gewandes verhüllte die Gestalt der Frau vom Halse bis über die Knie hinab vollständig, dennoch wollte es nun, bei genauerem Hinsehen, dem Domvikar scheinen, als sei der Leib der Fremden irgendwie unförmig – im extremen Gegensatz zu dem schmalen Gesicht. Bevor er jedoch in der Lage war, seine Beobachtung verstandesmäßig zu erfassen, fuhr die Oberin in die Höhe. „Sie ist guter Hoffnung", sagte sie in beinahe flüsterndem Tonfall, „und das schon sehr weit." Die ohnmächtige Frau atmete laut und röchelnd. „Sie muß sofort in ärztliche Hand!"
Die ehrwürdige Mutter eilte mit fliegenden Haubenflügeln ganz gegen ihre sonstige Würde zum Telefon, den wie erstarrt mit offenem Munde staunenden Hochsträtter unsanft beiseite drängend. Aber gerade als sie den Hörer abhob, vernahm man den disharmonischen Klang des Martinshornes, der sich rasch durch die Mühlenstraße näherte. Und wenig später stoppte der Unfallwagen quietschend mit kreisendem Blaulicht vor den Stufen der Klosterpforte. Domvikar Lückes war vor die Tür

getreten, um den Krankenträgern den Weg zu weisen. Die bewußtlose Fremde wurde von geschulten Händen auf eine Tragbahre gebettet, hinausgetragen und in das weißlackierte Fahrzeug gehoben. Ihre Atemzüge waren inzwischen schwächer geworden, und es schien auf einmal, als träten ihre Wangenknochen schärfer hervor. Ein Trupp junger Burschen und Mädchen, die gerade in diesem Moment die Michaelsgasse herabkamen – dabei paarweise aneinandergeklammert wie Lebewesen in der Symbiose – und ausgelassen mit nicht mehr völlig nüchternen Stimmen den abgedroschenen Gassenhauer sangen: „Wer soll das bezahlen, wer hat soviel Geld –", verstummte abrupt in einer mißtönigen Dissonanz, löste sich voneinander und drückte sich mit scheuem Blick an dem Wagen vorbei. Gleich darauf brauste das Auto mit aufgellendem Horn davon. Die Oberin hatte noch vorher die Reisetasche der Fremden einem der Träger mitgegeben.

Die vier Personen, die hinter der Bahre aus der Pfortentür getreten waren, blickten stumm dem davonjagenden Gefährt nach. Der Regen war inzwischen mehr und mehr in Nieseln übergegangen. Von oben, vom hellerleuchteten Dom, wehte verschwommen Orgelspiel herab. Stumm wandten sich die vier in den Eingangsraum zurück, nur die alte Schwester Theresia ließ unterdrückt einen zitternden Seufzer hören.

Drinnen, in der Halle, trat die Oberin an die Sitzbank, auf der die fremde Frau gelegen hatte, um das Kästchen mit der Hausapotheke aufzunehmen. Der durchfeuchtete Mantel der Ohnmächtigen hatte auf dem schwarzledernen Sitzpolster Wasserspuren hinterlassen. Allerdings entdeckte die Oberin weiter oben – da nämlich, wo der Oberkörper der Frau gelegen hatte – einen nunmehr deutlich dunkel werdenden Fleck, den sie für konzentrierte Nässe hielt. Als sie jedoch mit der Hand darüberstrich, bemerkte sie, daß sich dieser Fleck merkwürdig klebrig anfühlte, und als die Oberin daraufhin ihre Handfläche anblickte, schrak sie sehr heftig zusammen. Keines Wortes fähig, streckte sie dem Domvikar ihre Hand entgegen. „Blut!" sagte der, während er ebenfalls an die Bank herantrat, „sie muß sich erheblich verletzt haben." Als er sich umwandte, bemerkte er, wie die alte Schwester Theresia im Hintergrund an der Wandnische vor der kleinen Mutter-Gottes-Statue mühsam niederkniete und, indem sie zu der Jungfrau emporblickte, die dort inmitten frischgrüner Sträuße und brennender Kerzen stand, den Rosenkranz mit den mattglänzenden Kugeln, der ihr vom Gürtel hing, in die welken Finger nahm.

2

Unter den Fahrgästen, die oberhalb des Bundesbahnausbesserungswerkes den Bus der Städtischen Verkehrsgesellschaft verließen, der vom Bahnhof kommend über die Friedrichspromenade zur Stadtheide hinausfuhr und der während der Festwoche regelmäßig dicht besetzt war, befand sich an eben diesem Abend eine junge Frau, die während der Fahrt sorgfältig auf die vom Fahrer ausgerufenen Namen der Haltestellen geachtet hatte. Sie blickte sich nun, nachdem der Bus weitergefahren war und die übrigen Passagiere wegen des noch immer anhaltenden Nieselns eilig mit hochgezogenen Schultern von der Haltestelle weg nach verschiedenen Richtungen davongingen, zunächst wie ortsfremd suchend um; erst nach einigem Zögern wandte sie sich dann siedlungseinwärts. Sie bemühte sich, an der Ecke im schwächlichen Schein einer entfernten Straßenlampe den Namen der Straße auf dem kleinen weißen Schild zu entziffern.

Die Fremde war von schlanker, etwa mittelgroßer Gestalt; sie war in ein elegant geschnittenes, hellblaues Reisekostüm gekleidet, das die straffen, biegsamen Formen ihrer Figur vorteilhaft betonte. In der behandschuhten Linken trug sie ein Köfferchen, während ihr von der Schulter an einem geflochtenen Riemen eine pralle Umhängetasche hing. Als das bläulich-weiße Neonlicht der Reklame über dem Schaufenster der Edeka-Filiale voll auf sie fiel, enthüllte es ein schmales, längliches Gesicht mit feingeschnittenen Zügen, das von übergroßen, schwarzbraunen Augen mit langen, dunklen, sanft gebogenen Wimpern in ungewöhnlicher Weise beherrscht wurde. Auffallend waren die Brauen, die sich in beinahe überstarkem Schwunge von der feinen Nasenwurzel nach oben schwangen und so den Eindruck weckten, die Augen seien schräg geschnitten. Etwas seitlich, leicht unterhalb des rechten Mundwinkels, befand sich ein Muttermal – so, wie es die Damen der Louis-Quinze-Epoche zu tragen liebten. Das Haar – tiefschwarz und leicht gelockt, trug sie aufgesteckt, und zum Schutze gegen die feuchte Luft hatte sie ein leichtes Tuch aus Crepe Chiffon darübergebunden. Die gesamte

Erscheinung der Fremden verriet die stolze Südländerin. Als sie nach kurzem Verhalten vor einem weiteren Straßenschilde von der Hauptstraße in das Düster einer nur schwach beleuchteten Gasse abbog, sah sie vor einem Gartentor drei oder vier ältere Frauen stehen, die nun ihre Gesichter dem Klange der näherkommenden Schritte zuwandten. In dem schummrigen Grau zwischen den geduckten Siedlungshäusern inmitten der heckengesäumten Gärten wirkte die Gruppe der Weiber wie eine schwarze Masse mit unnatürlich bleichen Gesichtern, in denen die Augen und Münder gleich dunklen Löchern gähnten, und gab ihr dadurch etwas Erinnyenhaft-Drohendes!

Einen Augenblick stockte die Fremde unwillkürlich bei diesem gespenstischen Anblick, dann beschleunigte sie im Vorübergehen mit einer gewissen Scheu ihren Schritt.

Dennoch vernahm sie die gezischten Worte: „Da ist sie ja wieder, das verkommene Stück!" – „Hat ihren Galan recht lange warten lassen, dieses Flittchen!" – „Rausgejagt sollte so eine werden! – Wir brauchen keine ausländischen Hurenweiber!" Eine der Frauen spie gar aus. Der gemeine Ton dieser Reden traf die Fremde wie Peitschenhiebe, so daß sie mit klappernden Absätzen zu laufen begann. Erst am hinteren Ende der Gasse verhielt sie unter einer Straßenlaterne und suchte sich heftig atmend mit verstörtem Blick zu orientieren.

In diesem Moment ertönte hinter ihr eine Stimme, vor Freude erregt: „Isabella! Sie sind wieder da!" Ein junger Mann, nicht viel älter als zwanzig, trat dabei mit seinem Fahrrad in den Lichtkreis; er hatte sich wegen des

Nieselns die Kapuze seines Anoraks über den Kopf gezogen. Die Südländerin hatte sich beim Klang seiner ersten Worte hastig und wie mit einer abwehrenden Bewegung zu dem jungen Manne umgewandt, und Erschrecken und Ratlosigkeit und ein schwer zu definierender Ausdruck huschten schattengleich über ihre Züge.

Da sie nicht antwortete, trat der Bursche noch einen Schritt näher, wobei er seine Kapuze nackenwärts herunterzog: „Erkennen Sie mich nicht mehr? Ich bin doch der Eberhard von gegenüber!" – „Ach ja – Sie müssen der Eberhard sein! Aber das Licht – es blendete mich", ihre Stimme klang warm, dunkel überhaucht von einem kaum wahrnehmbaren Akzent. „Sie müssen in letzter Zeit gewachsen sein", setzte sie hinzu; ein kleines unsicheres Lächeln spielte dabei um ihre Mundwinkel. Der junge Mann hatte bei ihren ersten Worten fast wie erstaunt aufgehorcht, aber beim Nennen seines Namens erstrahlte sein hübsches Jungmännergesicht wie von einem inneren Lichte. „Acht Monate sind eine lange Zeit", erwiderte er, dann – ihr das Köfferchen abnehmend – bat er: „Erlauben Sie, daß ich Ihnen einen kleinen Dienst erweise – bitte!"

Er schritt, während er das Fahrrad mit der freien Hand schob, die nächste Gasse zur Linken hinab gegen den Wald an den Fischteichen zu, der ihnen drüben, am Ende der schmalen Straße, die Kronen bizarr wie die Zinnenreste einer verwunschenen mediävistischen Burg gegen den Himmel emporreckend, düster und geheimnisvoll entgegenzuwachsen begann. Während des Weges fragte Eberhard die Angekommene derart eifrig nach dem Verlauf ihrer Reise von Madrid hierher, nach ihrem Leben in den letzten acht Monaten und nach einer Vielzahl anderer Dinge – wobei er auch berichtete, daß er in der Zwischenzeit in die Oberprima versetzt worden sei und daß er sich jetzt während der Ferien etwas Geld verdiene – im Krankenhaus, von wo er eben komme –, so daß ihm völlig entging, wie sehr sie sich von seinen Schritten leiten ließ. Und während sie auf seine Fragen leichthin Antwort gab, wich – von ihm freilich nicht bemerkt – eine gespannte Aufmerksamkeit nicht aus ihrem Blick.

Schließlich verhielt Eberhard vor dem schmiedeeisernen Tor eines kleinen Einfamilienhäuschens, das sich gleich seinen Nachbarn rechts und links in dem heckenbegrenzten Garten zwischen Rosenstöcken, Erdbeerrabatten und Apfelbäumen niederduckte. Ein schwerer, süßlicher Duft nach aufgeblühten Rosen hing in der Luft und vermischte sich mit dem wäßrigen Dunst des Regens.

„Frau Kutschera wird sich freuen, daß Sie wieder da sind", sagte Eberhard, und reichte Isabella das Köfferchen zurück. Die Spanierin, die das Haus mit einem langen, sorgfältigen Blick betrachtet hatte, wandte sich mit einem schwachen Lächeln dem Jungen zu, dann aber – als sie ihm dankend die Hand reichte und ihn dabei voll anblickte – vertiefte sich für einen Augenblick dieses Lächeln, so daß sich in ihren Wangen zwei Grübchen zeigten. Der junge Mann wurde plötzlich jungenhaft verlegen; er wandte sich hastig mit einem gemurmelten Gruß ab – aber schon nach wenigen Schritten blieb er wieder stehen und fragte: „Werden Sie

dieses Jahr wieder am Europatag teilnehmen? Ich bin als Fahnenträger eingeteilt."
Isabella, die bereits halb durch das Pförtchen getreten war, zuckte zusammen. „Nein!" stieß sie heftiger hervor, als diese harmlose Frage verdiente – sie hielt dabei ihr Gesicht abgewandt und sprach über die Schulter – nein, sie wolle sich dieses Mal den Festzug nur ansehen, nicht selbst mitmachen.
Die Kutschera, seit zweiundzwanzig Jahren verwitwet, lebte mit ihrem pechschwarzen Kater Peterle in einem beigefarbenen Einfamilienhäuschen in einem Garten, der vor der Vorderfront des Hauses eine Anzahl verschiedenartiger Rosenstöcke trug: zartblättrige gelbe und lachsrote Teerosen und dunkelrote, vielblütige Polyanthas. Hinter dem Hause wuchs mehr als ein halbes Dutzend Zwergapfelbäume auf dem kurzgeschnittenen Rasen, der von einer sorgfältig gestutzten Buchsbaumhecke eingefaßt war. Vor dem rückwärtigen Heckensaum gab es noch neben einem niedrigen, mit Teerpappe gedeckten Bretterschuppen einige Beete mit Kopfsalat, Kohlrabi und Schnittlauch.
Als damals ihr Mann bald nach dem Bau des Hauses so plötzlich starb, da hatte er ihr außer der bescheidenen Rente eines Eisenbahnsekretärs lediglich das Haus mit dem Garten hinterlassen – allerdings belastet mit einer ansehnlichen Hypothek. Selbst heute noch, nach zwei Jahrzehnten, war die Kutschera deshalb genötigt, ihre finanziellen Mittel sorgsam einzuteilen, um die fälligen Ratenzahlungen pünktlich aufzubringen. Darum war sie vor etlichen Jahren schon auf die Idee verfallen, die beiden Mansardenzimmer ihres Häuschens möbliert zu

vermieten. Seit dem vergangenen Frühherbst wohnte nun die junge Dame aus Spanien bei ihr – zu einem erklecklich erhöhten Mietpreis übrigens, wofür sich die Kutschera ihrerseits verpflichtet hatte, sich niemals – weder zur Tages- noch zur Nachtzeit – um einen gewissen Besucher ihrer Mieterin zu kümmern. Dies war als Klausel extra dem handgeschriebenen Mietvertrag angehängt und von der Kutschera auch vorbehaltlos unterschrieben worden. Obwohl die Kutschera einem Klatsch vor dem Gartentor oder an der Ecke bei der Edeka-Filiale gewöhnlich nicht aus dem Wege ging, wurde sie seit dem letzten Dezember regelmäßig „verschlossen wie eine Auster" (so jedenfalls nannten es die Nachbarn mit einem Gemisch aus Staunen und Verärgerung untereinander), wenn sie nach dem Verbleib ihrer jungen Mieterin gefragt wurde. Meist erwiderte sie dann ungewöhnlich kurz angebunden: sie pflege sich nicht um die Angelegenheiten anderer Leute zu kümmern; das Fräulein Santoz sei halt vorübergehend in Spanien – wo denn sonst? Und eines Tages werde sie schon zurückkommen! Dennoch war sie ziemlich verwundert, als sie eben an jenem Abend zu später Stunde hörte, daß die Haustür aufgeschlossen und geöffnet wurde. Sie nahm die Brille von der Nase und schob die „Westfälischen Nachrichten" zur Seite; den Fernsehapparat hatte sie wegen des Gewitters ausgeschaltet gelassen. Der Kater, der bisher zusammengerollt auf ihrem Schoße geschlafen hatte, sprang federnd herab und drängelte sich an ihren Beinen vorbei durch die Tür, als sie in den Hausflur hinausging – aber dann stutzte ganz plötzlich das Tier und blieb mit leicht gekrümmtem Buckel stehen.

Die von einem bunten Stoffschirm umkleidete Flurlampe warf einen nur eng begrenzten Schein. Jenseits, im Halbdunkel, sah die Kutschera eine schlanke Frauengestalt in einem hellblauen Reisekostüm stehen, ein Köfferchen in der Hand. Einige Sekunden blinzelte sie überrascht mit ihren kurzsichtigen Augen, dann rief sie: „Fräulein Santoz! Sie sind es? Ja, aber – wo kommen Sie denn so plötzlich her?"
Die Spanierin trat in den Lichtkreis, wobei etwas wie eine beinahe sprungbereite Gespanntheit von ihr zu weichen schien. „Guten Abend, Frau Kutschera!" sagte sie, setzte ihr Köfferchen ab und bot der Frau die Hand.
Die Kutschera begann zu strahlen. Sie zog ihre Besucherin ins Wohnzimmer, dabei immer wieder ausrufend: „Gut sehen Sie aus – nein wirklich, gut sehen Sie aus! – So ganz anders, als Sie im Winter weggefahren sind!"
Die Luft in Spanien müsse wohl sehr gut sein. Nur – fuhr sie fort – warum habe denn Fräulein Santoz nicht die Ankunft vorher geschrieben? Jetzt seien leider die Zimmer oben schlecht gelüftet, auch noch nicht die gute Tischdecke aufgelegt, und sie habe auch kein ordentliches Abendbrot vorbereitet.
Es kostete Isabella nicht geringe Mühe, die Frau zu überzeugen, daß sie bereits im Speisewagen des D-Zuges zu Abend gegessen habe. Aber eine Tasse Tee, nein, die dürfe sie nicht abschlagen – ereiferte sich die Kutschera –, die tue gut nach der weiten Reise.
Der Tee war dunkelrot und süß und duftete nach Hagebutten. Während Isabella vorsichtig an dem heißen Getränk nippte, erzählte die Kutschera unentwegt, was sich alles in den letzten acht Monaten in der

Stadt und besonders in der Siedlung zwischen Schützenplatz und Fischteichen zugetragen hatte; zwischendurch holte sie ihr meergrünes Kleid für ganz besondere Anlässe aus dem Schrank und wollte Isabellas Meinung hören, ob sie es mit einem neuen Kragen aus weißer Spitze versehen solle – sie wolle es nämlich tragen, wenn sie sich bei ihrer Kusine auf dem Kamp den Europazug ansehe. Die Spanierin hielt meist ihren Blick auf die Tasse gesenkt, die Augen wie übermüdet von den jetzt schwarz umschatteten Lidern mit den dichten, wundervollen Wimpern fast verdeckt, so daß der schwatzenden Frau der wachsame Ausdruck im Blick verborgen blieb. „Aber Peterle", unterbrach die Kutschera auf einmal selbst ihren Redefluß, „was hast du denn? Willst du heut gar nicht Willkommen sagen?" Der Kater saß im Hintergrund aufrecht auf dem Sofa aus der Vorkriegszeit mit der hohen Rückenlehne und starrte Isabella unverwandt aus seinen großen, gelb-grünen Augen an, die Pupillen zu scharfen Schlitzen verengt – nur die äußersten Spitzen seiner Barthaare zitterten leise. Als nun das Mädchen, das sich bei dem Ausruf der Kutschera hastig zu dem Tier umgewandt hatte, mit schmeichelnder Stimme zu locken begann, schloß die Katze lediglich ihre Augen, ohne sich vom Fleck zu rühren. „Na so was!" wunderte sich die Kutschera, „sonst konnte er sich doch nicht genugtun, um Ihre Beine zu streichen und wie ein Spinnrad zu schnurren. Aber ein dreiviertel Jahr ist halt auch für so ein Tier eine lange Zeit."

Vielleicht hätte sie sich noch ausführlicher über die empfindliche Mentalität von Hauskatzen ausgelassen, wenn sich jetzt nicht Isabella erhoben hätte. Mit der Entschuldigung, sie sei heut abend von dem Fluge und der anschließenden Bahnfahrt stark ermüdet und man könne morgen gewiß besser all die Neuigkeiten austauschen, verabschiedete sie sich von der Kutschera. Eberhard, der sich nach dem Abendessen sehr rasch mit einer gemurmelten Ausrede auf sein oben gelegenes Zimmer begeben hatte, fühlte sich seit der Begegnung mit der schönen Südländerin von einer heftigen, sein Inneres vollständig ausfüllenden Unruhe erfaßt, die ihn in einem unlösbaren Widerspruch zugleich quälte und beglückte. Alle seine Versuche, sich jetzt durch Lesen oder durch Vertiefen in diejenigen schulischen Objekte, die ihn normalerweise besonders interessierten, irgendwie abzulenken, um das Wallen und Brodeln in seiner Seele abklingen zu lassen, schlugen fehl. Und so fand er sich unversehens am Fenster stehend – wie er das so oft im vergangenen Herbst getan hatte –, nachdem er wiederum zuvor sorgsam das Licht in seinem Zimmer gelöscht hatte. Wenn er nämlich sein Fenster öffnete und sich ein wenig hinausbeugte, dann vermochte er schräg gegenüber, über die niedrigen Wipfel zweier Ziertannen hinweg, die Mansarde des Kutscheraschen Hauses zu sehen. Der Regen tropfte inzwischen in einzelnen, senkrecht fallenden Wassertränen aus. Nur wenn ab und zu ein leiser Windzug vorüberstrich, fielen von den nässeschweren Blättern der Bäume und Sträucher platschend Tropfenschauer, die dann im Lichte der Straßenlampen für einen Sekundenbruchteil wie Juwelensplitter aufglitzerten. Der Himmel war noch immer dicht bezogen, und da hinten, über dem Wald an den

Fischteichen, lagerte schwer die Nachhut der Gewitterfront. In unregelmäßigen Intervallen fuhr ein fahler Schein über die Baumkronen, und nach einiger Zeit rollte ein dumpfes Grollen vom fernen Gebirgszug heran.
Eberhard, der sich, auf seinen linken Arm gestützt, aus dem Fenster beugte, sah, daß in dem vorderen Mansardenzimmer drüben hinter den vorgezogenen Übergardinen Licht brannte. Er konnte Isabellas Schatten scharf umrissen wie einen Scherenschnitt erkennen, die ihre Kostümjacke abgelegt hatte und sich nun in Fensternähe aufhielt, damit beschäftigt, etwas Großflächiges zu entfalten: vielleicht einen tischplattengroßen Papierbogen – oder eine Straßenkarte? Ein Flügel ihres Fensters stand offen, so daß der hin und wieder aufkommende Wind die leichte Stoffbahn des Vorhanges bewegte. Und dadurch hatte der junge Mann plötzlich eine sonderbare Vorstellung: Ihm war es, als werde nicht der Vorhang in Bewegung versetzt, sondern als teile sich der Schatten der Spanierin, so daß zwei verschiedene Wesen dort drüben zu sitzen schienen! Wenn dann der Windzug wieder abflaute, sank die Gardine herab, und beide Schatten verschmolzen zu einem einzigen.
Eberhard erkannte zwar augenblicklich die Ursache dieses imaginären Phänomenes – aber ganz unerwartet und völlig vernunftwidrig weigerte sich sein Herz, die Erklärung des nüchternen Verstandes zu akzeptieren. Ein ihm bisher unbekanntes, seltsam banges Gefühl begann sich in die Unrast seiner Brust zu senken: Ihm war es, als müsse er hinübereilen, um die eben erst Zurückgekehrte festzuhalten und sie zu hindern, sich unversehens ins Nichts zu verflüchtigen.

3

Im Arbeitszimmer der Oberin des Michaelsklosters saß zu dieser Stunde noch immer der Domvikar Lückes mit der Mutter Oberin und dem Organisten Hochsträtter zusammen und besprach Einzelheiten der morgigen großen Festandacht, die für das Kloster den kirchlichen Teil des Libori-Festes beschließen sollte. Aber so sehr sich die kleine Runde auch mühen mochte, auf ihr lastete die Erinnerung an die ohnmächtige Fremde und quälte sie mit der Frage nach ihrem weiteren Ergehen gleich einem Alp.

Endlich vermochte der Domvikar seine Unruhe nicht länger zu unterdrücken, und er rief die Unfallstation des Vinzenz-Krankenhauses an. Die Oberin wie Hochsträtter, die beide gespannt lauschten, vermochten die Antwort des Krankenhauses jedoch nur als ein unverständliches Quäken aus dem Fernsprechapparat zu vernehmen. Sie sahen aber, wie sich der Geistliche unvermittelt steif aufrichtete und darauf wie suchend nach der Oberin umblickte. Dann dankte er kurz und legte den Hörer auf.

„Sie ist tot", sagte er leise, und jedem von ihnen war es, als sei jemand aus ihrer Mitte genommen worden. Sie schwiegen zunächst alle drei, da ihnen unvermittelt die Worte fehlten, ihr Gefühl auszudrücken – dann sagte die Oberin auf einmal fast heftig: „Und das Kind? – Was ist mit dem Kinde?" Sie habe, erwiderte Lückes, schon selbst im Scheiden begriffen, noch einem Mädchen das Leben geschenkt. Durch Kaiserschnitt.

Plötzlich erhob sich der geistliche Herr und griff nach

Hut und Regenschirm. „Ich werde mich erkundigen, ob wir irgendwie helfen können", sagte er, die Hand schon auf der Türklinke. Auf dem Weg zur Pforte stutzte er: Vor der kleinen Madonna in der Nische murmelte noch immer die alte Schwester Theresia kniend ihre Gebete, die einzelnen Perlen des Rosenkranzes nach jeder einzelnen Bitte an ihre welken Lippen drückend. Es war der „Schmerzensreiche Rosenkranz", den sie betete.

Als Domvikar Lückes die Unfallstation betrat, wurde er von einer Schwester in das Wartezimmer für Besucher gebeten, das zu dieser späten Stunde leerstand. Aber gleich darauf kam der Lückes wohlbekannte Oberarzt Dr. Saum mit zwei Herren in Zivil durch die gegenüberliegende Tür herein. Der Arzt begrüßte den Domvikar mit beinahe düsterer Miene, dann stellte er seine beiden Begleiter als Herren von der Kriminalpolizei vor: „Oberinspektor König! Kriminalassistent Wittmann!"

„Kriminalpolizei?" fragte Lückes verständnislos. „Ja, Hochwürden", erwiderte Oberinspektor König mit großer Höflichkeit, indem er die alte, heut allerdings nicht mehr gebräuchliche Anrede verwandte, „es hat sich der Verdacht als richtig erwiesen, daß die junge Frau, die heut abend von Ihnen vor dem Kloster zusammengebrochen aufgefunden wurde, einem Mordanschlag zum Opfer gefallen ist."

Lückes starrte dem Beamten fassungslos ins Gesicht, aber plötzlich begann ihm etwas eiskalt vom Nacken her über die Kopfhaut zu kriechen, so daß es ihn heftig fröstelte. Mühsam brachte er heraus: „Ermordet –? Ja, aber – wie denn –?" Das Krankenhaus habe anfänglich geglaubt – mischte sich hier Dr. Saum ein –, das Blut, das die Frau verloren habe, sei infolge eines heftigen Sturzes (vielleicht von den nassen Stufen der Klosterpforte) geflossen; aber sehr bald, als man angefangen habe, sie zu entkleiden, da sei erkennbar gewesen, daß sie ein Geschoß schwer verletzt habe. Die Kugel ist von der rechten Seite her unterhalb des Brustkorbes eingedrungen und hat die Hauptschlagader verletzt, was zur inneren Verblutung geführt hat. Wahrscheinlich sog ihr weiter Umstandsmantel die starke Blutung weitgehend auf."

Eventuell, ergänzte der Oberinspektor, könne es auch daran gelegen haben, daß man so wenig Blut fand bei der Bewußtlosen, weil sie nicht unmittelbar vor der Klostertür, sondern bereits in einiger Entfernung davon verletzt worden sei. „In diesem Falle müßte sie sich noch bis zur Klosterpforte geschleppt haben; vermutlich wollte sie dort Hilfe suchen. Eine mit Sicherheit zu erwartende Blutspur hat natürlich sofort der heftige Regenguß weggespült!" Er habe aber trotzdem seine Dienststelle telefonisch angewiesen, die Umgebung vor dem Kloster sorgfältig abzusuchen. „Nähere Aufschlüsse über den Tathergang – und damit vielleicht auch einige Anhaltspunkte über den Täter – liefert uns jedoch erst die genaue Kenntnis der Tatwaffe – allerdings nur, wenn wir gleichzeitig Glück haben", schloß König; eine Obduktion sei bereits angeordnet.

Lückes saß noch immer wie benommen, vielerlei Gedanken wirbelten in wirrem Reigen durch seinen Kopf. „Gewiß", sagte er dann mühsam, „gewiß – der Täter! Aber warum diese Tat? Ich habe schon wiederholt Sterbende gesehen – aber noch nie wollte mir der

Tod so widerspruchsvoll erscheinen! Sie war ja noch so jung und sollte neues Leben gebären." Das Letzte hatte er mit leiser Stimme hinzugesetzt.

„Möglicherweise, Hochwürden, können Sie selbst zur Beantwortung Ihrer Frage beitragen. Wenn es Ihnen möglich wäre, so bitte ich Sie um eine Schilderung der Vorgänge an der Pforte – also wie und wann Sie genau diese Frau fanden und so weiter. Hier, mein Assistent, wird Ihre Aussage sofort mitstenographieren. Die Reinschrift werden wir Ihnen selbstverständlich zur Prüfung und Unterschrift vorlegen – morgen, wenn es Ihnen angenehm ist." Natürlich sei er sofort einverstanden, obwohl er eigentlich aus einem ganz anderen Grunde hergekommen sei, antwortete der Domvikar, während er sich zu sammeln suchte. Jetzt aber erhob sich Dr. Saum und erklärte, er müsse sich im Moment um die Intensivstation kümmern, später werde er wieder zur Verfügung stehen. Nachdem der Oberarzt das Zimmer verlassen hatte, schilderte Lückes des Geschehen an der Klosterpforte, das mit dem Schellen des Organisten begonnen hatte – wobei er sich bemühte, die einzelnen Phasen des Vorganges so präzise wie möglich wiederzugeben. Und er sprach, je länger er redete, mit immer ruhigerer, an vielen Predigten geschulter Stimme, unter sorgfältiger Wortwahl, so daß der mit seinem Notizbuch an der Schmalseite des Tisches sitzende Kriminalassistent mühelos mitzuschreiben vermochte. „Wir fühlten uns von der bewußtlosen Frau seltsam berührt", beendete der Domvikar schließlich seinen Bericht, „vielleicht, weil sie in ihrer Ohnmacht rührend hilflos wirkte, uns völlig ausgeliefert, oder weil ihre vorgeschrittene Schwangerschaft ihren momentanen Zustand um ein Mehrfaches hilfsbedürftiger erscheinen ließ – ich weiß es nicht genau! Nur fühlten wir uns für sie unabweisbar verantwortlich."

„Wie ich Ihrer Darstellung entnehme", sagte König nachdenklich, „war es der Organist Hochsträtter, der die Bewußtlose fand. Hat er Ihnen gegenüber nicht erwähnt, ob ihm auf der Straße irgend etwas aufgefallen ist? Ich meine damit, ob er jemanden in der Nähe sah oder sonst etwas?" Der Geistliche schüttelte verneinend den Kopf, berichtete aber dann nach kurzem Zögern doch, wie jene ältere Frau aus der Nachbarschaft des Klosters neugierig an die offenstehende Pfortentür gekommen und bei seinem Anruf sofort davongelaufen sei. Nun – sagte der Oberinspektor – man werde am morgigen Tage weitersehen müssen.

„Haben Sie bereits Näheres über die Identität der Ermordeten feststellen können?" fragte der Domvikar, „ihren Namen? – ihre Herkunft?" „O ja", erwiderte der Kriminalbeamte, inzwischen wisse man schon allerhand über diese Frau. Sein Assistent reichte ihm eine große Cellophantüte, wie sie bei der Kriminalpolizei gewöhnlich zu diesem Zweck verwendet wird: König griff hinein und legte mehrere Gegenstände auf den Tisch. „Alle diese Sachen befanden sich in der Reisetasche, in einer Art Portefeuille", erklärte er und wies mit flüchtiger Geste auf die Dinge: einige Papiere, einen Paß, eine Eisenbahnfahrkarte, ein Flugticket.

„Da ist zunächst der Reisepaß", sagte König, während er das kleine grüngebundene Heft aufnahm, „er wurde ausgestellt auf Isabella Santoz, wohnhaft in Madrid, jetzt dreiundzwanzig Jahre alt, unverheiratet. Der Paß wurde laut Behördenvermerk vor zirka eineinhalb Jahren beantragt und bewilligt. Die Frau hat dann –", er blätterte in dem Dokument, „am 28. März des vorigen Jahres die spanisch-französische Grenze überschritten und ist am 1. Dezember wieder nach Spanien zurückgekehrt – und endlich laut Stempeldatum nach Frankreich eingereist." Leider könne man nicht ersehen, wie oft und wann sie die deutsch-französische Grenze passiert habe, denn nach der EG-Regelung werde ja ein Grenzübertritt innerhalb der Gemeinschaft nicht mehr im Paß vermerkt.

„Hier", der Oberinspektor griff nach einem kleinen, zerknitterten Zettel und glättete ihn, „haben wir die quittierte Rechnung für eine Übernachtung mit Frühstück in einer Pension in Toulouse." So weit reiche sein Schulfranzösisch gerade noch, fügte er mit einem schwachen Lächeln hinzu. Danach deutete er auf das heftförmige Billett der Fluggesellschaft Air France: „Dieses Flugticket war gültig für eine Luftreise von Toulouse über Paris nach Düsseldorf – und zwar für den heutigen Tag. Und hier ist schließlich noch eine Fahrkarte der Bundesbahn für die Strecke Düsseldorf–Paderborn, durch Benutzung entwertet."

Somit – faßte Oberinspektor König zusammen – wisse man im Grunde schon einige wichtige Fakten. Er tat jetzt alle Gegenstände wieder in die durchsichtige Hülle zurück bis auf einen bisher nicht erläuterten zusammengefalteten Bogen. „Was uns entscheidend weiterbringen dürfte", sagte König, indem er eben jenen Bogen entfaltete, „ist die Tatsache, daß sich diese Isabella Santoz bereits längere Zeit in Deutschland aufgehalten hat, und zwar hier, in unserer Stadt!" Über diesen ihren Paderborner Aufenthalt werde man sofort morgen früh Näheres von der Ausländerabteilung des Einwohnermeldeamtes einholen beziehungsweise das spanische Konsulat in Düsseldorf um Unterstützung ersuchen (Assistent Wittmann machte sich einen entsprechende Notiz). Zu Domvikar Lückes gewandt, erklärte König, auf den Bogen deutend: „Sie besaß nämlich eine Arbeitserlaubnis für die Bundesrepublik – als Übersetzerin im hiesigen Massenbach-Verlag." – „Natürlich!" fiel ihm der Domvikar impulsiv ins Wort (ihm war plötzlich einiges erklärbar: das gepflegte Äußere der Fremden, ihre ganze, Intelligenz und höhere Bildung verratende Erscheinung), „Massenbach bringt seit einigen Monaten in seiner Klassikerreihe spanische Barockliteratur heraus. Ich habe selbst einen ausgezeichneten Band Calderón erworben." – Der Assistent machte sich abermals eine Notiz.

„Wir können also bis jetzt folgendes über die letzten Stunden der Frau rekonstruieren", Oberinspektor König zog sein eigenes Notizbuch hervor und resümierte anhand mehrerer in Stichworten vorgenommenen Eintragungen, „die Tote – oder besser: Isabella Santoz – ist gestern aus ihrem Heimatland zunächst nach Südfrankreich gefahren – ob mit der Bahn oder einem anderen Verkehrsmittel, wissen wir nicht. Sie hat dann in Toulouse übernachtet, wie die Quittung belegt, und ist heute auf dem Luftweg nach Deutschland gekommen. Hier hat sie von Düsseldorf nach Paderborn die Eisenbahn benutzt."

Vermittels des Stempels der Fahrkartenkontrolle werde man noch genau feststellen, mit welchem Zug sie gefahren sei, fuhr König fort, er vermute aber, sie sei mit dem D-Zug gekommen, der um 20.05 Uhr laut Fahrplan in Paderborn eintreffe. „Was wir allerdings bisher aus den uns vorliegenden Beweismitteln nicht feststellen konnten, ist, ob die Frau die weite Reise allein zurücklegte, oder ob sie eine Begleitung hatte." Ihr gegenwärtiger Zustand lasse zwar eine zweite Person vermuten, jedoch fehle vorderhand noch jeglicher Beweis für eine solche Annahme. Man werde sich jedenfalls morgen an die Bundesbahn um Mithilfe wenden, vielleicht könne sich das Zugpersonal erinnern.

„Vom Bahnhof bis zum Michaelskloster sind es ungefähr 20 bis 25 Minuten Fußweg", nahm der Oberinspektor den Faden seiner Rekonstrukton wieder auf; sein Gesicht hatte jetzt einen stark nachdenklichen, beinahe grüblerischen Ausdruck angenommen, „nach Aussage der Telefonzentrale des Krankenhauses hat die Klosterpforte um – (er warf einen Blick auf seine Notizen) 20.38 Uhr dringend einen Unfallwagen angefordert. Das bedeutet: Zwischen der Ankunft des Zuges in Paderborn – dabei natürlich vorausgesetzt, er lief pünktlich ein! – und dem Notruf des Klosters liegen ungefähr 33 Minuten. Wie lange vor diesem Anruf, Hochwürden, holten Sie die Frau ins Haus?" Nun, antwortete der Domvikar nach kurzem Besinnen, es habe erklärlicherweise niemand auf die Zeit geachtet, aber es seien höchstens zwei, drei Minuten vergangen. „Wir entschlossen uns beinahe sofort zu dem Notruf, da uns der Zustand der Frau kritisch erschien."

Dadurch werde, stellte König fest, die Wegzeit hypothetisch auf weniger als 30 Minuten schrumpfen. „Das wiederum bedeutet: Sie ist unmittelbar vom Bahnhof zur Michaelsgasse gegangen, vermutlich durch die Westernstraße." – „Und in der Gasse ist dann sofort auf sie geschossen worden", warf der Assistent ein, der damit zum ersten Male sprach. „Richtig", pflichtete ihm König bei; stelle man den Zeitfaktor in Rechnung, dann biete sich eindeutig die Schlußfolgerung an, die Santoz sei von dem Täter erwartet worden. „Freilich ist nicht auszuschließen, daß sie von einer Person begleitet wurde – entweder schon während der Reise oder erst seit der Ankunft auf dem Bahnhof. Und eine solche Person kommt dann natürlich ebenfalls als Mörder in Frage."
In diesem Augenblick trat Oberarzt Dr. Saum wieder ins Zimmer, und die beiden Kriminalbeamten erhoben sich. „Wir dürfen im gegenwärtigen Stadium der Untersuchungen noch nicht zu viel erwarten", sagte König abschließend zu Lückes, „wir stehen schließlich erst am Beginn. Allerdings besitzen wir die genannten Anknüpfungspunkte" – außerdem müsse er nochmals das keineswegs umfangreiche Gepäck der Toten durchsuchen und an der Gepäckausgabe des Bahnhofs Erkundigungen einziehen, ob eventuell weitere Stücke dort zurückgeblieben seien. Im Moment jedoch komme es zunächst darauf an, diese Frau einwandfrei als Isabella Santoz identifizieren zu lassen.
Aber während der Oberinspektor sein Notizbuch zuklappte, fügte er zögernd hinzu: „Eigenartig bleibt nur: Warum nahm die Frau in ihrem Zustand eine derart strapaziöse Reise auf sich –?"

Bei der Verabschiedung bot der Kriminalbeamte dem geistlichen Herrn an, ihn in seinem Wagen bis zur Michaelsgasse mitzunehmen, da er – König – sich noch selbst den angenommenen Tatort ansehen wolle. Der Domvikar dankte jedoch für das freundliche Anerbieten und erklärte, er müsse noch bei dem Arzt bleiben.
„Ich glaube zu wissen, Herr Vikar, was Sie zu mir führt", sagte Dr. Saum, als die Herren von der Kriminalpolizei gegangen waren, „es handelt sich um das Kind, nicht wahr?" Ja, erwiderte Lückes, die uralte Pflicht der Kirche sei es, in der Not zu helfen. Wie es dem Kind ergehe –?
„Es ist ein Mädchen", sagte der Arzt, und unvermittelt wurde seine berufsmäßig unpersönliche Stimme weicher. „Wie durch ein Wunder hat es alles gut überstanden, es ist vollständig gesund. Es wiegt übrigens fast 3400 Gramm." Er wandte sich zur Tür: „Wenn Sie sich selbst überzeugen wollen? Bitte!"
Er führte Lückes – nachdem er der Nachtschwester das Ziel seines Weges mitgeteilt hatte – über neonbeleuchtete, nach Bohnerwachs und Desinfektionsmittel riechende Flure, vorüber an weißlackierten Türen, die in ihrem Gleichmaß und ihrer Eintönigkeit die bedrückende Grenze zwischen duldender Passivität und schaffender Aktivität symbolisierten, hinauf in das separate Obergeschoß eines Seitenflügels. Durch die breite, von oben bis unten verglaste Etagentür konnte der geistliche Herr einen von zwei gedämpft brennenden Leuchtröhren nur schwach erhellten Gang und rechts und links davon abgetrennt mehrere kleine Räume erkennen, aus denen das blütenreine Weiß vieler Bettchen leuchtete. Dünnes Kinderweinen wurde vernehmbar.

„Leben und Tod, Geburt und Sterben – so eng nebeneinander unter einem einzigen Dach", ging es Lückes durch den Sinn.

4

„Bernies Bierhütte" (von den Eingeweihten auch „Bernies Bumms-Stall" oder noch krasser genannt), die in einer der winkligen, schmalen Gassen der Altstadt unweit des Paderquellgebietes lag und bekannt war als Treffpunkt von Fernfahrern, Taxichauffeuren und ausländischen Truppenangehörigen im Mannschaftsrange, war an jenem Abend zum Bersten gefüllt. Die Gäste, bis auf wenige Ausnahmen Männer in verschwitzten Hemden mit offenstehendem Kragen und Soldaten in Zivil – leicht erkenntlich an ihrem kurzen Haarschnitt – drängten sich um die Theke und um die Tische mit blankgescheuerter Holzplatte.

Weiter im Hintergrund, auf den Bänken entlang der Wand, durch den Dunst und Qualm wie durch einen Schleier nur undeutlich erkennbar, hängten sich einige billige Frauenzimmer mit viel zu früh gealterten, gedunsenen oder ausgezehrten Gesichtern, deren Haut trotz des Make-ups wie knittriges Papier aussah, an ihre Burschen; ihr heiser-versoffenes oder schrill-primitives Lachen übertönte immer wieder den allgemeinen Lärm.

Nur mühsam bahnten sich zwei Serviererinnen mit schweißnassen, verdrossenen Gesichtern, über kurzen Miniröcken und violetten Netzstrümpfen, einen Weg durch die saufende Menge, ihr Tablett, auf dem sich

Biergläser und Schnapsstamperl förmlich türmten, mit artistischer Geschicklichkeit balancierend.

Jemand hatte eine Münze in den Musikautomaten gesteckt, und nun dröhnte der Marsch vom „River Kwai" in orkanartiger Stärke los; blaugrauer Tabakrauch zog in so dichten Schwaden über die Köpfe hin, daß der Ventilator nahezu vergeblich die Wolken zu teilen suchte, obwohl seine Flügel wie wild im Kreise surrten.

Hinter der Theke, neben dem Telefon, lehnte die Inhaberin der „Bierhütte", die rothaarige Bernie, die sich im Gespräch mit einigen bevorzugten Stammgästen so weit vorbeugte, daß der V-förmige Ausschnitt ihres meergrünen Pullovers die schwellenden Brüste mehr ent- als verhüllte. Wenn die Bernie lachte, warf sie jedesmal ihren Kopf zurück, daß die goldenen Räder ihrer Ohrringe klirrten, die mit ihrem Umfang wenig hinter dem eines Fünf-Mark-Stückes zurückblieben. Sie behrrschte die englische Sprache so weit, daß sie sich mit den Soldaten der Rheinarmee in einem Gespräch auf niedrigem Niveau ohne Schwierigkeiten zu unterhalten vermochte; und sowohl ihre Alt-Stimme, die das „R" nach amerikanischer Weise rollte, wie ihr aufreizender, die Männlichkeit herausfordernder Anblick lockten die Angehörigen der hiesigen Garnison in Scharen an.

Als der Apparat hinter ihr zu klingeln begann, wandte sich die Bernie mit gekonnter Nonchalance in einer halben Drehung zurück, ohne dabei den Blick von ihren Gesprächspartnern zu lösen und das amüsierte, zweideutige Lächeln von ihrem Gesicht zu wischen, nahm

den Hörer auf und sagte: „Hallo?" Die Antwort, nur ihr allein verständlich, fegte jegliche Spur von Amüsiertsein aus ihren Zügen. Hastig legte sie den Hörer auf die Gabel zurück, murmelte eine kurze Entschuldigung gegen die Stammgäste und verschwand nach einer Anweisung an den mit Hilfe von Brillantine und künstlicher Bräune auf Italienisch getrimmten weißbejackten Barkeeper durch die Tür im Hintergrund. Die anerkennenden Pfiffe, die ihrem hautengen Rock gezollt wurden, nahm sie schon nicht mehr wahr.
Bei dem hastigen Eintritt der Bernie in ihre in der oberen Etage gelegene Wohnung – man konnte hier den Lärm aus der Kneipe unten infolge der spezial-isolierten Wände nur als ein dumpfes Rumoren hören – fuhr ein Mann erschrocken herum, der bisher am Fenster gestanden und durch den Spalt zwischen den zugezogenen Gardinenbahnen aus Satin gespäht hatte. Das Zimmer war fast dunkel, nur eine der beiden doppelarmigen, kerzenförmigen Wandleuchten über der Couch brannte.
„Verdammt! Sind die wieder hinter dir her?" stieß die Bernie hervor, vom raschen Lauf über die Treppe heftig atmend. „Mir ist was schiefgegangen", sagte der Mann, während er abermals einen Blick durch den Gardinenspalt warf, „und wenn ich nicht höllisch aufpasse, sitze ich in der Tinte!" – „Polente?" Der Mann schüttelte nur kurz den Kopf: „Gib mir zuerst was Starkes!" Er warf noch einen spähenden Blick nach draußen, dann ließ er den Vorhang fallen, zog seine dandyhaft geschnittene Klubjacke aus und riß sich den fliederfarbenen Binder vom Halse.

Als ihm die Bernie ein Glas mit einer goldbraunen Flüssigkeit reichte, nahm sie wahr, daß seine Hand, mit der er nach dem Glas griff, leicht zitterte. Mit unverkennbarer Gier goß er das Getränk hinunter. „Das tut gut auf den Schreck!" Er atmete tief durch, dann nahm er seinen regenfeuchten Trenchcoat von der Stuhllehne auf. „Laß den verschwinden, solange er naß ist", sagte er, der Bernie den Mantel hinhaltend, „wenn er trocken ist, nehme ich ihn wieder mit."
Als die Frau ins Zimmer zurückkam, stand er wieder am Fenster und spähte auf die schmale Straße hinaus. „Sag mir doch endlich, was los ist!" drängte die Bernie heftig, inzwischen von seinem seltsamen Gebaren verwirrt. „Hast du schon mal gesehen, wenn jemand von einer Kugel getroffen umfällt?" fragte er sie aus dem Halbdunkel heraus. Sie starrte ihn zunächst mit offenem Munde an, keines Wortes fähig – dann machte sie nur eine verneinende Bewegung mit dem Kopf, während sich Furcht in ihren sonst dreisten Gesichtausdruck schlich. „Ich natürlich auch nur auf dem Bildschirm", sagte der Mann, „bis vorhin, da habe ich's erlebt. Verdammt schaurig, kann ich dir sagen!" Als er jetzt näher an sie herantrat, fiel das Licht voll auf sein auffallend bleiches Gesicht, und die Bernie entdeckte ein Netz von Schweißperlen auf seiner Stirn. „Füll noch mal nach – das Gesöff beruhigt!"
Die Bernie holte eine Flasche „White Horse" aus der fahrbaren, spiegelausgekleideten Bar und setzte sie vor ihn hin; der durch seine Worte hervorgerufene Schock schien ihr vorübergehend die Sprache zu rauben. Sie beobachtete, wie der Mann abermals sein Glas auf einen

Zug leerte, um sich darauf ihr gegenüber in einen Sessel fallenzulassen.

„Ja – aber –", die Bernie mußte zweimal ansetzen, „ich verstehe nicht, was ist denn eigentlich los?" Der junge Mann kaute einige Augenblicke unentschlossen auf seiner Unterlippe, dann gab er sich sichtlich einen Ruck: „Du erinnerst dich noch an diese Spanierin, die im vorigen Jahr hier im Verlag arbeitete?" Als die Bernie eine zustimmende Gebärde machte, fuhr er fort: „Die habe ich heut' abend erwartet..." – „Erwartet – du? – Von da unten?" Die Bernie blickte ihn an, als zweifle sie erheblich an seiner Zurechnungsfähigkeit. „Ja doch!" rief er ärgerlich, „ich habe sie für diese Tage herbestellt, denn im Liboritrubel fällt die als Ausländerin am wenigsten auf. Und sie ist auch ganz brav gekommen!" Er habe sich vergewissern wollen, ob sie genau auf seine Anweisungen reagiere – und auch, ob sie allein komme, darum habe er sich am oberen Ende der Michaelsgasse versteckt, da hinten, an der Mauer zum nördlichen Domeingang. „Ich rechnete nämlich damit, daß sie zu dem spanischen Schulmeister unten im Ükern gehen wird. Und dorthin führt ja der kürzeste Weg vom Bahnhof durch die Westernstraße und den Schildern zur Michaelsgasse." Sie sei dann auch mit nur unerheblicher Verspätung gekommen, wahrscheinlich habe sie sich während des heftigen Gewitters irgendwo untergestellt.

Er unterbrach sich, um zum dritten Male einzuschenken. Dann berichtete er weiter: Sie habe zwar einen weiten Mantel getragen, der wahrscheinlich ihren Zustand verbergen sollte – er habe aber sofort gewußt, woher der Wind wehe! „Ich ließ sie ungefähr achtzig, neunzig Schritt vorüber, dann ging ich ihr vorsichtig nach . . ."

Warum er sie nicht angesprochen habe, wenn sie doch seinetwegen gekommen sei – fiel ihm die Bernie ins Wort. Der Mann schüttelte mit überlegener Miene den Kopf: „O nein! Wie sollte ich denn sichergehen, daß ihr nicht irgendein Kerl hinterherkommt! Bei diesen Südländern kannst du nicht vorsichtig genug sein! Außerdem wollte ich mich erst übermorgen mit ihr treffen, denn je länger ich sie schmoren lasse – dachte ich mir –, desto größer würde ihre Furcht vor mir werden. Das aber heißt, sie würde desto eher bereit sein, für mich die goldenen Eier zu holen!" Ja – und gerade dann, als er angefangen habe, etwas schneller zu gehen, um sie besser beobachten zu können, da sei es passiert –!

„Was ist passiert?" fragte die Bernie verständnislos. „Da ist der Schuß gefallen!" – „Der Schuß?" – „Ja, der Schuß, der sie getroffen hat." Das Netzwerk der Schweißperlen trat jetzt noch dichter auf seine Stirn, und er mußte seine Lippen mit der Zunge befeuchten, bevor er weitersprechen konnte.

Die Frau vor ihm habe sich ungefähr ein knappes Dutzend Schritte vor der großen Steintreppe zum Kloster befunden, sagte er mit gepreßter Stimme, da habe es plötzlich rechts drüben, am Eingang zum Park, geknallt. „Es war kein besonders lauter Knall, eher so wie – wie wenn man einen Sektpfropfen aus der Flasche zieht. Die Santoz machte gleich darauf einen schnelleren Schritt. Man konnte glauben, jemand habe sie nicht allzu heftig gestoßen. Sie schaute auch nicht mal richtig zur

Seite, und danach tat sie noch zwei, drei ganz normale Schritte, bis sie plötzlich nach vorn taumelte! Ich wußte noch immer nicht, was eigentlich los war – ich sah nur, daß sie eine Hand ausstreckte, als wollte sie Halt suchen, ihre Tasche fallen ließ – und dann brach sie in die Knie."

Er starrte die Bernie mit weitaufgerissenen Augen an, schien aber ihre Gegenwart kaum wahrzunehmen: Das unheimliche Geschehen wiederholte sich vielmehr mit quälender Präzision noch einmal! Der Bernie saß es eiskalt im Nacken. „Das war Mord", flüsterte sie mit steifen Lippen. Ja – antwortete der Mann – das habe er in dem Augenblick erkannt, als er die Spanierin habe zusammenbrechen sehen. Ihn selbst habe daraufhin das Entsetzen derart überwältigt, daß er die Nerven verloren und die Flucht ergriffen habe. „Ich dachte nur noch: Die nächste Kugel gilt dir! Darum bin ich weggerannt – die Gasse hinauf und in die Straße zum Abbdinghof hinein. Ich wagte mich erst umzudrehen, als ich zwischen den Verkaufsständen vor der Kirche war, wo es Leute gab."
Von da sei er schnurstracks über die große Treppe hinab und quer durch das Paderquellgebiet hierher.

Nein – erwiderte er auf die Frage der Bernie – er habe nicht feststellen können, ob ihn jemand verfolge; deshalb beobachte er ja jetzt noch immer die Straße. Die meisten Menschen, die er am Abbdinghof gesehen habe, die hätten sich wegen des Regens untergestellt gehabt, und die wenigen, die unter ihren Regenschirmen die Budenzeile entlanggekommen seien, die seien nur so dahingeschlendert. Schnell gelaufen sei dort niemand – außer ihm.

Er schwieg, füllte sein Glas erneut und trank. Nur sein Schlucken war in glucksenden Tönen zu hören und zuletzt ein schmatzender Laut. „Und du hast überhaupt nicht sehen können, wer geschossen hat?" Die Bernie hatte jetzt ihren ersten Schreck überwunden. „Wie denn? Es war doch durch das Unwetter finster wie im Sack, und die Michaelsgasse ist nur auf einer Seite durch ein paar kümmerliche Lampen erleuchtet, die noch dazu weit auseinanderstehen. Außerdem hatte ich mich bis zu dem Augenblick, in dem der Schuß fiel, ständig umgeschaut, ob niemand hinter mir herkommt. Vor mir, da war die Santoz allein, das konnte ich deutlich sehen, weil inzwischen die heller erleuchtete Mühlenstraße vor uns lag. Jeden, der von dort entgegenkam, hätte ich rechtzeitig entdeckt. Nein, ich sag' dir nochmals: Derjenige, der geschossen hat, der steckte drüben im Park!" Kurz nach diesem merkwürdigen Knall nämlich – sagte er –, da sei es ihm gewesen, als habe sich etwas an dem kleinen Tor hinter der Brücke bewegt. „Genau kann ich's nicht sagen – ich habe ja nur ganz entsetzt auf die Santoz gestarrt. Aber aus dem Augenwinkel, da war es mir, als sei dort eine Bewegung gewesen, ein – ein –", er suchte nach einem treffenden Ausdruck, „ein Schatten eben – oder so was."
Ob er denn niemanden habe weglaufen hören, fragte die Bernie. „Das war unmöglich! Der Regen trommelte wie verrückt auf das Laub im Park; und die Pader davor rauschte. Es war einfach nichts anderes zu hören." Er sei aber trotzdem sicher, daß der Schütze hinter dem Törchen gesteckt habe und nirgendwo anders, fügte er nachdrücklich hinzu.

„Du weißt demnach nicht genau, was mit der Santoz wirklich los ist", stellte die Bernie nach kurzem Nachdenken fest, „vielleicht ist sie bloß verwundet?" Überzeugen – gab der Mann zu – habe er sich nicht können (er betonte das „können" besonders), aber so ein eigenartiges Gefühl sage ihm, sie sei bestimmt nicht mehr am Leben. „Und was nun?" bohrte die Bernie weiter. Sie begann, nachdem das erste Entsetzen mehr und mehr wich, zu rauchen, wobei sie die parfümierte Zigarette in eine lange, ungewöhnlich dünne Spitze mit Bernsteinmundstück steckte. Allerdings verrieten die hastigen Züge, mit denen sie den Rauch inhalierte und wieder ausstieß, ihre nervöse Verfassung. Ihr Gesicht wirkte jetzt selbst unter der Maske der dick aufgetragenen Schminke unvermittelt alt und faltig und verriet ihr vorgeschrittenes Alter. „Bist du eigentlich sicher", fuhr sie langsam fort, „daß diese kleine Spanierin keinen Beweis einer Verbindung zu dir bei sich trug?" Der Mann fuhr erschrocken auf: Natürlich wisse er das nicht bestimmt, aber er habe ihr am Schluß seines Briefes ausdrücklich befohlen, sich den Inhalt sorgfältig einzuprägen und dann das Schreiben zu vernichten!

„Ob sie das getan hat, ist fraglich", stellte die Bernie fest, die Asche von ihrer Zigarette streifend, „darum fürchte ich, du hast vorhin einen groben Fehler gemacht, mein Lieber." Sie beugte sich zu ihm vor und sagte in hartem Tonfall: „Du mußtest unbedingt zu ihr hin, als sie stürzte, und dir ihre Tasche holen..." – „Bist du wahnsinnig!" er sprang entsetzt auf, „sollte ich vielleicht die nächste Kugel auf den Pelz gebrannt kriegen?" Er fing an, im Zimmer auf und ab zu laufen wie ein gefangenes Tier. Es war eigenartig: Die Frau begann nunmehr den Eventualitäten gefaßter ins Auge zu sehen, während er konfuser wirkte. „Ich muß weg – möglichst weit!" rief er. Er trat wieder zum Gardinenspalt; über die Schulter sagte er: „Früher oder später kommt die Polente doch drauf, daß ich es war, der die Santoz hergelockt hat." Und was liege näher, als ihm dann etwas von dem Mord anzuhängen. „Ich habe zweimal gesessen!" (Sein Lachen klang bitter.) „Darum gäbe Werner Echtermeyer schon einen ganz passenden Tatverdächtigen ab. Aber nicht mit mir!" stieß er hervor, kam an den Tisch mit der malachitfarbenen Marmorplatte zurück und füllte sein Glas mit dem scharfen, goldbraunen Getränk bis zum Rand.

„Vielleicht", sagte die Bernie und blickte einem Rauchkringel nach, den sie eben mit gerundeten Lippen geformt hatte, „solltest du mir den ganzen Zusammenhang erklären." – „Da gibt's nicht viel zu erklären. Ich mußte zu Kies kommen, und zwar möglichst bald." Irgendein billiger Job tauge dazu nicht, dabei ramponiere man sich höchstens die Knochen. Und in eine gutbezahlte Stelle komme er wegen seiner Knastzeit nicht. Also sitze er nur rum.

„Was hätte ich sonst tun sollen, um wieder anständig flott zu werden?" (Ihr lag auf der Zunge: Mich fragen! – aber sie schwieg lieber.) „Meinst du, so ein Coup auf eine Bank liefe heute sicherer? Nee, die liefern dir sofort durch die Kamera über dem Schalter dein Konterfei kostenlos. Oder so ein hirnrissiger Quatsch mit Geiselnahme, Fluchtauto und so weiter?" Er warf beide Arme in die Höhe: „Du bist noch nicht bis Salzkotten, da sind

die schon mit 'nem Hubschrauber über dir. Nichts da! Ich habe mir statt dessen eine nette, astreine und vor allem für mich ungefährliche Erpressung zurechtgelegt." „Massenbach!" sagte sie nur. Er blickte sie einen Augenblick überrascht an, dann nickte er.
Die Bernie betrachtete das glühende Ende ihrer Zigarette, während sie sagte: „Bist du tatsächlich davon überzeugt, der Alte fürchtet einen Skandal, wenn seine Eskapaden bekannt würden?" Sie schüttelte so heftig den Kopf, daß die goldenen Ringe an ihren Ohrläppchen klirrten. „Wohl kaum! So etwas wie einen moralischen Druck kann man doch heutzutage bei uns auf keinen Menschen mehr ausüben."
Echtermeyer winkte mit einer überlegenen Geste ab: „Mir ist natürlich klar, wenn herauskommt, wie tüchtig der Alte noch (Echtermeyer gebrauchte hier ein obszönes Wort) kann, wird man höchstens sagen, er sei eben ein toller Bock. Mehr nicht!" Er beugte sich bedeutsam vor: „Aber es gibt da einen bestimmten Paragraphen, der verbietet die Ausnutzung des Abhängigkeitsverhältnisses. Verstehst du: Die Drohung mit einer Anzeige in dieser Richtung und obendrein die Ankündigung, die entsprechende Presse mit Details zu füttern – das dürfte dem Herrn ziemlich unangenehm werden! Wie ich von meiner Mutter weiß, plant der, in Kürze die Leitung seiner Firma weitgehend an seinen Neffen abzugeben und dafür die Direktion so einer humanistisch-idealistischen Organisation zu führen. Er soll übrigens schon viel Geld dort reingesteckt haben. Wenn aber jetzt bekannt würde, wie es um die Moral des Alten wirklich bestellt ist, dann sehen die sich nach einem anderen

Oberbonzen um. Glaubst du nun, daß der vor mir kuscht und zahlt?" Er richtete sich auf, Triumph im Blick.

„Vergiß bei allem nicht", sagte die Bernie nach einer Pause, ohne ihre Meinung zu seinem Vorhaben auszudrücken, „Erpresser leben gefährlich!" Der Mann machte nur eine höhnisch-abwehrende Bewegung. „Ich tauche zunächst mal unter – kommst du mit?" – „Nein!" sagte sie sofort entschieden, „mein Laden hier floriert tadellos. Wenn ich jetzt so mir nichts, dir nichts abhaue, mache ich nur unnötig die Kripo rebellisch." Das sei schon richtig, gab er schließlich zu, und dann grinste er plötzlich: „Das bedeutet, daß auch künftig dein Schuppen einen sicheren Unterschlupf für mich bildet, wenn ich mit dem Alten abrechne. Umsonst soll der mich nicht ins Gesicht geschlagen haben! – und umsonst habe ich nicht in Staumühle gesessen! Dafür muß er blechen, sage ich dir, blechen bis zum Weißbluten!" Nur im gegenwärtigen Augenblick müsse er – Echtermeyer – zurückstecken, aber aufgeschoben sei nicht aufgehoben! Und sollte die Santoz wirklich nicht mehr für seine Absichten zu gebrauchen sein, so besitze er ja noch immer das wichtigste Druckmittel: ein Bündel Fotos!

„Wohin willst du dich vorläufig absetzen?" fragte die Bernie, ohne auf seine Drohung einzugehen. „Nach Frankfurt!" antwortete er schnell, „ich hoffe, es gelingt mir dort, einige alte Bekanntschaften aufzufrischen. Die Jungs helfen mir dann garantiert weiter – vor allem der Harry Spiers." Für den Augenblick allerdings benötige er dringend Startkapital. Ob sie ihm damit aushelfen könne? „Sind dir dreitausend Kröten zuviel – oder besser: viertausend? Du kriegst sie bestimmt bei nächster Gelegenheit zurück." Das sei schon in Ordnung, erwiderte die Frau, während sie ihre Zigarette im Aschenbecher ausdrückte, und verschwand im Nebenraum.

„Du solltest den Zug morgen früh um 6.45 Uhr nach Dortmund nehmen", schlug die Bernie vor, als sie mit einem Bündel brauner und blauer Banknoten zurückkam. „Wenn dich die Kripo sucht, können die sehen, wie sie deine Spur finden." Echtermeyer griff gierig nach dem Geld; gleich darauf lachte er schallend. Das klang urplötzlich sorglos, beinahe ausgelassen – auch begann jetzt offensichtlich der reichlich genossene Scotch Whisky seine Wirkung zu zeigen. „Und von Dortmund fahre ich in Etappen weiter – vielleicht erst nach Köln – oder vorher nach Aachen und dann nach Kassel –, verstehst du: immer zickzack! – zickzack!" – „Gib mir deine Jacke!" forderte die Bernie. „Meine Jacke?" – Echtermeyer begriff nicht. „Wozu?" – „Willst du das Geld vielleicht offen bei dir tragen?" sagte sie, wobei sie ein Kästchen mit Nähzeug hervorholte – einige Hunderter müsse er zum sofortigen Gebrauch parat haben, den größten Teil der Summe jedoch werde sie ihm in das Futter unter dem linken Schulterpolster einnähen. Dort nach Geld zu suchen, falle niemandem so schnell ein.

Dann – während sie mit geschickten Fingern die Naht auftrennte und die Scheine in den Schlitz schob – sagte sie: „Für den Fall, die Polizei findet wirklich etwas bei der Santoz, was auf eine Verbindung mit dir hindeutet – oder sollte sie doch noch leben und eine Aussage gegen

dich machen, dann gib einfach an, du seiest den ganzen Abend hier bei mir gewesen. Verstehst du: Wir haben nämlich deine Reise nach Dortmund gefeiert! Ich werde dann selbstverständlich dein Alibi bestätigen."
Echtermeyer sah sie einen Moment verdutzt an, dann begriff er und feixte los: „Das ist Klasse! – das ist wirklich Klasse!" Er schlug sich auf die Schenkel: „Wir feiern meine Reise nach Dortmund!" Er ließ sich, weiter angetrunken wiehernd, auf die Couch neben sie fallen. Das Geld in seiner Hand hatte auf unerklärliche Weise seine Ängste wie mit einem Schlage gebannt. Er legte der Frau einen Arm um die Hüfte und suchte sie an sich zu ziehen, indes er mit der anderen Hand nach der Flasche mit dem weißen Pferd auf dem Etikett angelte.
Die Bernie war jedoch so angestrengt mit einem Problem beschäftigt, während sie die aufgetrennte Nahtstelle im Jackettfutter wieder zunähte, daß sie sein Tun überhaupt nicht zu bemerken schien. Mit einem Ruck hob sie ihren Kopf und sah ihm direkt in die Augen. „Ich frage mich", sagte sie, „warum hat der Täter nur auf die Santoz geschossen, und nicht auf dich?"

5

Der Verlag Massenbach & Co. befand sich bereits in vierter Generation in den Händen der Familie Massenbach. Er war bekannt durch seine wertvollen Klassiker-Ausgaben auf gefälligem Dünndruck-Papier, innerhalb des deutschen Sprachraumes besonders geschätzt wegen der von ihm herausgebrachten modernen Unterhaltungsliteratur gehobener Qualität und neuerdings in Fachkreisen im Gespräch infolge einer Studienausgabe gewöhnlich weniger zugänglicher Übersetzungen spanischer Barockdichtungen.

Der jetzige Inhaber der Firma, Ewald Massenbach, hatte an jenem Abend eine Gesellschaft zu sich geladen: Verwandte, Freunde sowie einige besonders geschätzte Mitarbeiter des Verlagshauses. Auf der Einladung hatte in Anführungszeichen „Musikparty" gestanden, und die Geladenen wußten durch so etwas wie eine Flüsterpropaganda, daß ihr Gastgeber beabsichtigte, ihnen die Kunst eines ausländischen Pianisten zu präsentieren.

Am Rande der Stichstraße, an deren Ende hoch über den Paderwiesen das Massenbachsche Anwesen lag, und auf der Auffahrt zur Villa – die sich halbkreisförmig um ein mit Rhododendron-Sträuchern bepflanztes Rondell bog – drängte sich daher gegenwärtig eine Kolonne schwerer, teurer Wagen mit hochgezüchteten Motorleistungen. Im regenfeuchten Lack ihrer Karosserien und auf dem nassen Apshalt der Auffahrt spiegelten sich die Lichterkaskaden des über und über erleuchteten Hauses. Dieses, eine blendend-weiß gestrichene Villa mit tiefgezogenem, schiefergedecktem Walmdach und zwei riesigen Blumenfenstern zur Südseite, stand inmitten einer prachtvoll und mit Kunstverstand angelegten Gartenanlage.

Vorn, gleich an der Eingangstür, nahm ein steif aussehender Butler, der makellos weiße Handschuhe trug, die leichte Garderobe der Damen in Empfang, während im Hause selbst, unweit der Tür zum Salon – in dem heut abend der schwere Kristall-Lüster entzündet worden war – der Hausherr persönlich in feierlichem Schwarz mit karminroter Fliege die Ankommenden begrüßte. Und keiner der Eintretenden – die Damen in kleiner Abendgarderobe, die Herren in schwarzen oder wenigstens dunklen Anzügen – vermochte sich dem Eindruck der patriarchalischen Persönlichkeit des Verlegers zu entziehen, obwohl sein Äußeres von einem disharmonischen Verhältnis zwischen seiner mittelgroßen, eher gedrungenen Figur und dem massigen, von einer Fülle schon stark angegrauten Haares umlohten Schädel bestimmt wurde. Aus seinem beinahe kantigen Gesicht sprang eine gewaltige Adlernase vor, von deren Flügeln links und rechts zwei tiefe Kerben zu den Mundwinkeln abwärtsliefen. Unter dichten, buschigen Brauen hervor musterten seine dunklen Augen mit jenem Anflug leiser ironischer Distanz die Gesellschaft, der – ohne durch Arroganz zu verletzen – einzig intellektuelle Superiorität eignete; der breite, vollippige, sinnliche Mund verleugnete nicht die Devise: „Carpe diem!" Und jeder der Eintretenden, in welchem Verhältnis er auch immer zum Gastgeber stehen mochte, empfing unwillkürlich bei der Begrüßung den Eindruck, ein Souverän gewähre seinen Untertanen huldvoll Audienz (ein links-orientiertes Blatt hatte übrigens Massenbach erst vor wenigen Wochen in einem attackierenden Artikel „Der Fürst" getitelt).

Weiter innen, im Zimmer jenseits der breiten, heut weit offenstehenden Flügeltür, hantierte die Wirtschafterin des unverheirateten Hausherrn, eine Frau Echtermeyer, mit Hilfe zweier für den heutigen Abend aus dem führenden Hotel entliehenen Serviererinnen. Zwei Eßzimmertische waren mit ausgezogener Platte zu einer einzigen langen Tafel zusammengeschoben worden, auf der man die kulinarischen Delikatessen kunstvoll um einen wertvollen Tafelaufsatz aus echtem Meißener Porzellan arrangiert hatte.

Erheblich verspätet – die Stutzuhr auf dem Sims des imitierten Kamins zeigte bereits 5 Minuten vor 21 Uhr an – traten die letzten Gäste ein: das Ehepaar Lohse. Sie die Nichte des Gastgebers. Die bereits am früheren Abend Gekommenen hatten sich mittlerweile nach einem als Aperitif gereichten ausgezeichneten spanischen Sherry an den Genüssen des kalten Büfetts ergötzt: Lachsbrötchen, Hummersalat, Trüffelpastete, Aal in Aspik – auch war inzwischen die Steifheit, von der beinahe jede Gesellschaft am Anfang befallen wird, gelockert, und die Atmosphäre hatte sich um mehrere Grade erwärmt, so daß die Gäste jetzt in losen Gruppen plaudernd beisammen standen. Fast ausnahmslos hielten sie ein Glas in der Hand: „Burgunder Spätlese", „Henkell-Trocken" und die Liebhaber süßen Weines den wundervollen „Refosko". Niemand empfand auf diese Weise das Warten lästig, denn der Hausherr wollte den musischen Teil seiner Party erst nach dem Erscheinen auch des letzten Gastes beginnen lassen.

Massenbach stellte beim Eintritt der Lohses sein Glas ab, entschuldigte sich bei seinen Gesprächspartnern und ging den Verspäteten mit fragender Miene entgegen. „Verzeih, Onkel Ewald!" sagte Frau Elisabeth Lohse, als sie ihrem Oheim die Wange zum Begrüßungskuß bot, „wir konnten leider nicht früher kommen.

Richard erlitt auf der Rückfahrt von Bielefeld einen Unfall." Sie bot eine wahrhaft junonische Erscheinung: groß und stattlich mit einer sporttrainierten Figur (sie war eine begeisterte Reiterin und ausgezeichnete Tennisspielerin), mit Augen, deren Blau an Veilchen erinnerten, die zu ihren sonnengebräunten Zügen und ihrem goldblonden Haar prachtvoll kontrastierten.
„Eine Panne", erklärte ihr Gatte, da sich Massenbach mit erstaunt hochgezogenen Brauen an ihn wandte, „ich mußte einen Reifen wechseln – und das bei meinem technischen Geschick!"
Dr. Lohse hielt sich, wie gewöhnlich bei gesellschaftlichen Anlässen, einen Schritt hinter seiner Frau. Er war ein überschlanker, beinahe magerer Mann mit einem schmalen, blassen Gelehrtengesicht, in dem ein müder, irgendwie resignierender Zug um die Augen- und Mundpartie auffiel, und grauen Augen hinter den Gläsern der goldgeränderten Brille, in denen gewöhnlich ein leicht abwesender Blick stand. (Hinter vorgehaltener Hand wurde übrigens seit einiger Zeit getuschelt, die Ehe der Lohses sei brüchig.) Wie so oft in der letzten Zeit schwang auch jetzt in seinem Ton eine Nuance versteckter Abwehr, beinahe Aggressivität gegenüber Massenbach mit.
Dieser erwiderte, es tue ihm leid, daß Dr. Lohse in Komplikationen geraten sei, ob er aber nun nicht mit Elisabeth dem Büfett die Ehre antun wolle? Er selbst müsse sich als Gastgeber wieder den übrigen Gästen widmen. Über das Bielefelder Ergebnis werde man am besten morgen im Büro ausführlich sprechen.
„Meine Damen und Herren!" wandte sich Massenbach

mit etwas erhobener Stimme an die Anwesenden – er trat dabei in die Mitte des Zimmers, und fast schlagartig erlosch die Unterhaltung ringsum –, „darf ich Ihnen Monsieur Lussac vorstellen?" Er hatte sich bei seinen letzten Worten einem merkwürdig farblosen jungen Manne in einem nachtblauen Anzug aus Samt einige Schritte genähert. Dieser hatte bisher still, ohne sich an einer Unterhaltung zu beteiligen, abseits in einer Ecke des Zimmers neben der hochbeinigen orginal-venezianischen Vitrine gestanden. Nun aber, bei seiner Präsentation, hob er kurz den Blick, machte erst dem Hausherrn, darauf den übrigen Anwesenden eine knappe Verbeugung, um gleich danach in seine vorherige scheinbare Teilnahmslosigkeit zu versinken, die aber tatsächlich wohl eine absolute Konzentration auf die subjektive Gedankenwelt war.
„Ich habe Monsieur Lussac auf meiner letzten Reise in Brüssel kennengelernt", erklärte Massenbach. Und er müsse hinzufügen – sagte er – er habe damit das Vergnügen genossen, einen aufgehenden Stern am Pianistenhimmel kennenzulernen. Die anwesenden Damen und Herren, jetzt zu einem lockeren Halbkreis formiert, in dessen Mittelpunkt der Verleger mit dem fremden Künstler stand, betrachteten den etwas farblosen jungen Menschen mit der wirren Mähne, den buschigen Koteletten und den ungewöhnlich feingliedrigen, überlangen Händen voller Interesse (oder gaben sich zumindest wegen des Gastgebers den Anschein).
Er habe, sagte Massenbach im Plauderton, am heutigen Abend eine besondere Delikatesse zu bieten: Monsieur Lussac habe sich nämlich freundlicherweise erboten,

aus dem Repertoire der Klavierwerke Johann Christian Bachs einige Proben hören zu lassen. „Der alte Johann Sebastian ist ein Monument – ohne Zweifel! Aber dieses Monument wirft halt einen allzu mächtigen Schatten auf seine Söhne, vor allem auf den jüngsten. Ich betone ausdrücklich" (Massenbach hob unterstreichend seine Rechte), „es liegt mir fern, den Ruhm des Schöpfers der ‚Matthäus-Passion' und des ‚Wohltemperierten Klaviers' zu schmälern, dazu wäre ich zu sehr Dilettant. Aber das Können des Johann Christian, des „Londoner Bach", beweist sich schließlich auch dadurch, daß er einen gravierenden Einfluß auf den jungen Mozart ausübte und auch zeitlebens behielt."

Da ausnahmslos alle Anwesenden wußten, daß sich Massenbach lange und intensiv mit den Einzelzügen der Rokoko-Epoche beschäftigt hatte (zwei wissenschaftliche Arbeiten waren von ihm darüber in seinen jüngeren Jahren publiziert worden, als er sich vorübergehend mit dem Gedanken an eine akademische Karriere trug), fehlte seinen eben gemachten Äußerungen jeglicher penetrant dozierende Charakter.

Massenbach beendete seine kleine Ansprache, indem er erklärte, er habe das Glück gehabt, einige ausgezeichnete Drucke der Opera des jüngsten Bachsohnes zu erwerben, darunter auch die drei von Mozart bearbeiteten Klavierkonzerte aus den „Six Sonates pour le Clavecin ou le Piano Forte". Wenn er nun ins Musikzimmer bitten dürfte –!

Die Damen und Herren spendeten lebhaft Beifall, dann begaben sie sich in einen bisher verschlossen gehaltenen Raum, dessen breite Doppeltür mit der mit Ornamenten verzierten Milchglasfüllung bei den letzten Worten Massenbachs wie von Geisterhänden gezogen aufglitten. Fast in der Mitte des Raumes, auf dem kostbaren Smyrnateppich, stand ein schwarzglänzender Konzertflügel, in dessen Hochglanzpolitur sich das Licht der Lampen brach; dem Instrument vis-à-vis waren in mehreren Reihen Stühle mit sattem moosgrünen Sitz- und Rückenpolster aufgestellt. Ein Hauch jenes Fluidums wehte durch das Zimmer, welches einst die Musiksalons des ausgehenden 18. und beginnenden 19. Jahrhunderts ausgezeichnet hatte.

Mitten in einem ruhig dahinströmenden Andante, im Spiel und Widerspeil arabeskengleich umschlungener Motive, als die meisten Zuhörer sich dem Zauber von Melodie und Harmonie nicht zu entziehen vermochten, da Massenbach in seinen voraufgegangenen Worten das Können des jungen Pianisten durchaus nicht überschätzt hatte, trat der Butler mit den weißen Handschuhen behutsam auf Zehenspitzen an den Hausherrn heran und flüsterte ihm eine Mitteilung ins Ohr. Massenbach zuckte leicht zusammen und blickte, jäh aus der Hingabe an die Musik gerissen, den Diener zunächst so verständnislos an, daß dieser sich veranlaßt sah, seine Meldung flüsternd zu wiederholen.

Massenbach erhob sich mit einem um Entschuldigung bittenden Blick gegen den Künstler und folgte dem Butler hinaus. „Ich habe mir erlaubt, die Herren schon ins Arbeitszimmer zu führen", sagte der, nachdem er die Tür zum Musiksalon behutsam geschlossen hatte.

In seinem Arbeitszimmer am anderen Ende des Korridors fand Massenbach den ihm flüchtig bekannten

Oberinspektor König und dessen Assistenten vor. Die beiden Kriminalbeamten erhoben sich beim Eintritt des Verlegers. „Bitte, behalten Sie Platz!" unterbrach Massenbach den Oberinspektor, der das belästigende Eindringen zu später Stunde zu entschuldigen suchte. „Ich habe zwar im Moment einige Gäste im Hause, es kann aber von einer Belästigung durch Sie keine Rede sein. Allerdings, das muß ich zugeben, sehen Sie mich ziemlich überrascht, die Polizei hier vorzufinden."
Die drei Herren ließen sich nun auf eine auffordernde Geste des Hausherrn hin auf der in Umbra gehaltenen Sitzecke unter der wertvollen Reproduktion des „Blue Boy" Gainsboroughs nieder.
König erkundigte sich dann auch ohne Umschweife, nachdem er versichert hatte, er wolle selbstverständlich Massenbach so knapp wie möglich aufhalten, ob dem Verleger eine junge Spanierin namens Isabella Santoz bekannt sei. „Gewiß", erwiderte dieser (es schien den Beamten jedoch, als sei er bei der Nennung des Namens zusammengezuckt, aber der Eindruck war allzu flüchtig), „gewiß, Señorita Santoz hat ja ungefähr ein dreiviertel Jahr in unserem Hause gearbeitet. Sie war zur Unterstützung meines angeheirateten Neffen, Dr. Lohse, angestellt. In seinen Händen, müssen Sie wissen, liegt die Edition der spanischen Literatur unseres Verlages."
Ob Fräulein Santoz ausgeschieden sei oder ob sie gegenwärtig dem Verlag angehöre, wollte König wissen.
„Nun ja", Massenbach zögerte etwas, er schien nach einer bestimmten Formulierung zu suchen – „Fräulein Santoz gehört offiziell auch heute noch unserer Firma an, obwohl sie vorübergehend nicht bei uns tätig ist."

Massenbach betrachtete seine Fingerspitzen, als er fortfuhr: „Sie hatte leider im vergangenen Herbst das Gefühl, sie sei der deutschen Sprache nicht einwandfrei mächtig – wenigstens nicht so, wie es ihre übersetzerische Tätigkeit erfordere. Eine Auffassung, die ich übrigens durchaus nicht teilte!" Da sie aber hartnäckig auf ihrer Ansicht bestanden habe und da außerdem Dr. Lohse ihr Gesuch unterstützte, sei sie beurlaubt worden. Befristet.

„Sie ist daraufhin nach Spanien zurückgegangen?" fragte der Oberinspektor. Sein Assistent hatte das Notizbuch gezogen und begann die Antworten Massenbachs mitzustenografieren. „Ja", sagte der, sie habe an der Madrider Hochschule studiert, deshalb beabsichtigte sie auch, dort, bei dem ihr altvertrauten Professor, ihre sprachlichen Fähigkeiten zu perfektionieren. Seinen – Massenbachs – Vorschlag, eine deutsche Universität zu besuchen, habe sie kategorisch abgelehnt.

„Fräulein Santoz wollte also auf jeden Fall in Ihr Verlagshaus zurückkommen, wenn ich Sie richtig verstanden habe", stellte König fest. Selbstverständlich, erwiderte Massenbach, sie sei ja, wie er eben schon erklärt habe, lediglich befristet freigestellt worden. „Der Verlag sah sich aus diesem Grunde nicht genötigt, einen anderen spanischsprachigen Mitarbeiter einzustellen, das heißt: Der Platz in Dr. Lohses Abteilung blieb für Fräulein Santoz reserviert."

„Allerdings, meine Herren" – Massenbach unterbrach sich selbst abrupt und sah erst den Oberinspektor und dann dessen Assistenten mit steigendem Befremden an –, „vermag ich mir Ihre intensiven Fragen bezüglich

Fräulein Santoz nicht zu erklären." Nun, sagte König, es sei heute in den frühen Abendstunden eine junge Frau unweit des Michaelsklosters ums Leben gekommen; und diese Frau, zweifelsfrei eine Südländerin, habe Papiere bei sich getragen, die auf den Namen „Isabella Santoz" lauteten.

„Ums Leben gekommen?" wiederholte Massenbach mit tonloser Stimme. Er hatte sich bei den ersten Worten des Beamten steif aufgerichtet – jetzt, wie von einem plötzlichen Schwindel erfaßt, griff seine Hand haltsuchend nach der Kante des Rauchtisches. Aber gleich darauf erhob er sich ruckartig, trat zu der nahen Fenstertür, die auf die Terrasse hinausführte, und riß einen Flügel mit ungestümer Bewegung auf. Die Beamten hörten, daß Massenbach die feuchte, frische Nachtluft in tiefen, beinahe keuchenden Atemzügen einsog. Sie sahen, wie sich sein Rücken straffte, dann wandte er ihnen, ohne jedoch von der geöffneten Tür wegzutreten, das Gesicht halb zu. „Wie ist das geschehen?" fragte er. Alle Unsicherheit und Schwäche war überraschend schnell aus seiner Stimme gewichen.

„Diese Frau, von der wir annehmen, daß sie die genannte Isabella Santoz ist", berichtete König, „traf – wie wir verschiedenen Anhaltspunkten entnehmen können – mit dem D-Zug um 20.05 Uhr in Paderborn ein." König gab dem Verleger eine geraffte Darstellung der weiteren Geschehnisse an der Klosterpforte und im Krankenhaus, soweit die Polizei sie bis zur Stunde zu rekonstruieren vermochte. „Die Mordtat ist während des Gewitters geschehen", schloß er, „so daß der heftige Regen alle Spuren gelöscht hat – sehr zu unserem

Leidwesen." Massenbach hatte sich während des Berichtes wieder abgewandt und blickte in die feuchte Dunkelheit hinaus. Von drüben, aus dem anderen Flügel der Villa, perlte unvermittelt die sprudelnde Fülle eines Allegros in die Nacht. Mit einer heftigen, fast zornigen Bewegung schloß Massenbach die Terrassentür und kehrte sich zu den Kriminalbeamten um.

„Das ist doch Wahnsinn!" rief er aus, „glatter Wahnsinn! Sie besaß keine Feinde! Verstehen Sie mich: keinen einzigen! Weder beruflich noch privat!" Er setzte sich wieder, nach dem Ausbruch scheinbar gefaßter; nur seine um die Sessellehnen verkrampften Hände verrieten seine enorme innere Spannung.

„Isabella" – er nannte jetzt nur ihren Vornamen – „war von einer beständigen, unaufdringlichen Freundlichkeit. Kam es im Verlag irgendwie zu einer Kontroverse, wußte sie gewöhnlich ihren Kontrahenten durch ihren außerordentlichen Charme in Kürze wieder auszusöhnen." Und außerhalb des Verlages, vielleicht im Umgang mit ihren Landsleuten? –

Der Verleger schüttelte entschieden den Kopf: „Sie lebte sehr zurückgezogen. Soviel mir bekannt ist, verkehrte sie unter den in unserer Stadt lebenden Spaniern allein mit einem älteren Lehrerehepaar, Alvarez mit Namen, irgendwelchen entfernten Verwandten, die übrigens damals Isabella an unser Haus vermittelt hatten." Und mit Einheimischen? bohrte König weiter. Sie habe nur noch Kontakte zu seiner Nichte und deren Ehemann gehabt, antwortete Massenbach, mit denen habe sie wiederholt Aufführungen in den hiesigen Kammerspielen besucht, einige Male sei sie auch in die

Oper nach Detmold mitgefahren. „Außerdem regelmäßig an den Wochenenden zum Tennis. Meine Nichte hatte sie als Gast in ihren Klub eingeführt."
Natürlich habe sie auch sein Haus hier besucht, setzte er nach einer kurzen Pause hinzu, mehrmals sogar, wenn sich nämlich ein gesellschaftlicher Anlaß ergab. In der Hauptsache jedoch habe sie ihre Zeit den Übersetzungen gewidmet. „Wir wollten möglichst bald die bedeutendsten Barockdichter komplett haben, eventuell schon im kommenden Frühjahr zur Frankfurter Buchmesse. Isabella hat mit Hingabe an der Durchsicht und Korrektur gearbeitet. Sie zeigte sich sehr stolz auf die literarischen Leistungen ihres Volkes!"
König stutzte: „Und trotz ihres Engagements ging Fräulein Santoz im letzten Dezember nach Madrid zurück?" Das habe ihrer Arbeit zunächst keinen Abbruch getan, erwiderte Massenbach, da sie reichlich Material mitgenommen habe. Und in exakt eingehaltenen Abständen seien dann auch tatsächlich per Post die Früchte ihrer Mühen eingetroffen. „Das Mädchen verfügte über ein geradezu phantastisches Einfühlungsvermögen in einen Text, müssen Sie wissen!" Massenbach sprach plötzlich mit ungewöhnlicher Emotion: „Ich habe ein derart ausgeprägtes Talent im Laufe meiner langen Berufspraxis nur äußerst selten angetroffen!" Ob sie denn nicht gerade wegen dieser ihrer überragenden Fähigkeit Neider besessen habe, wollte König wissen. Nein, entgegnete Massenbach. Isabella sei ja bis zu ihrer Beurlaubung die einzige Übersetzerin gewesen, die zusammen mit Dr. Lohse die Werke aus dem iberischen Bereich bearbeitet habe.

Der Oberinspektor schwieg einen Moment; er formulierte offensichtlich die folgende Frage vor, dann sagte er: „Sie werden verstehen, daß ich Ihnen auch diese Frage stellen muß: Sind Ihnen irgendwelche Herrenbekanntschaften der Toten bekannt?" – „Nein", antwortete Massenbach; er blickte dabei intensiv auf seine Hände hinab, die er jetzt so krampfhaft um die Armstützen seines Sessels gepreßt hielt, daß die Knöchel weiß aus der Haut vorsprangen, „nein, Isabella unterhielt – soweit mir bekannt ist – keinerlei intime Beziehungen zu Männern."

Er machte eine kleine Pause, dann setzte er mit leiser Stimme hinzu: „Sie besaß neben allem faszinierenden Charme und allem südlichen Temperament eine gewisse Reserviertheit, die man in früheren Zeiten als edel zu bezeichnen pflegte und die unweigerlich jeden Zudringlichen in die gebührenden Schranken verwies." Ob sie eventuell in ihrer Heimat einen Freund oder Verlobten besessen habe, fragte König weiter. „Das glaube ich eindeutig verneinen zu dürfen", erwiderte Massenbach mit großer Entschiedenheit. „In einem solchen Falle hätte sie wenigstens einmal davon gesprochen, obwohl sie gewöhnlich über ihre familiären Angelegenheiten schwieg. Ich nehme an, das rührte daher, daß ihre Angehören den Aufenthalt in Deutschland entschieden mißbilligten. Wie ich einer gelegentlichen Äußerung Isabellas entnahm, stammt sie aus einer streng konservativen Familie Kastiliens."

Der Verleger erschien nun gefaßter. Er lehnte sich gegen das Rückenpolster seines Sessels zurück und entkrampfte seine Hände. „Isabella erzählte zwar einmal",

fuhr er fort, „daß sich während ihrer Studienzeit zwei junge Landsleute sehr heftig um sie bemüht hätten. Aber aus dem lachenden Ton, mit dem sie über diese Episode sprach, schloß ich, sie habe dies lediglich als einen amüsanten Scherz aufgefaßt." Er wandte sich unvermittelt König direkt zu: „Warum stellen Sie mir eigentlich diese Frage?" Nun, antwortete der Oberinspektor langsam, da existiere ein kompliziertes Problem: „Fräulein Santoz hat nämlich heute abend, in der knappen Zeitspanne, die sie im Krankenhaus noch lebte, mit ärztlicher Hilfe einem Kind das Leben geschenkt."
Stille senkte sich über die kleine Runde der drei Männer unter dem „Blue Boy". Massenbach hatte erst starr ohne zu atmen gesessen, als sei er versteinert, dann schien es, als verfolge er angestrengt gedanklich eine Überlegung. Aber schließlich sagte er mit steifen Lippen nur: „Nein, ich kann Ihnen hierin nicht helfen." König, der nun deutlich spürte, der Verleger wisse mehr, war enttäuscht. Da Massenbach jedoch nicht weitersprach, sagte er schließlich, man habe ihn zwar schon über die Gebühr lange beansprucht, müsse aber leider trotzdem ein weiteres Anliegen vorbringen: „Wir bitten Sie um Ihre Mitarbeit bei der Identifizierung", erklärte König – die Polizei müsse sich ja zunächst eindeutig Klarheit darüber verschaffen, ob die tote Frau tatsächlich jene Isabella Santoz sei. Vielleicht wäre es daher möglich? – „Selbstverständlich! Ich stehe Ihnen zur Verfügung", unterbrach ihn Massenbach. Er zögerte etwas, dann fuhr er entschlossen fort: „Aber ich habe gegenwärtig eine Anzahl Gäste, denen ich gerade zu dieser Stunde das

grausame Geschehen verbergen möchte. Sie haben nämlich größtenteils Fräulein Santoz von früheren Zusammentreffen in meinem Hause her gekannt." (Den Beamten fiel auf, daß Massenbach jetzt das vertraute „Isabella" gegen ein förmlicheres „Fräulein Santoz" vertauscht hatte!) „Wenn aus diesem Grunde ein anderes Mitglied unseres Verlages die Identifikation übernehmen könnte – wenigstens vorläufig –, wäre ich Ihnen aufrichtig dankbar!"

Das genüge zur Stunde vollkommen, versicherte der Oberinspektor, es gehe ja vorläufig, wie schon gesagt, nur darum, daß jemand, dem die Tote genau bekannt gewesen sei, die Identität der Frau aus der Michaelsgasse mit der Eigentümerin des Reisepasses zweifelsfrei bestätige. „In diesem Falle werde ich meinen Neffen, Dr. Lohse, darum ersuchen", sagte Massenbach, während er sich wie erleichtert erhob. „Er hat ja unmittelbar mit Fräulein Santoz zusammengearbeitet." Er bitte nur die Herren um etwas Geduld, denn er wolle Dr. Lohse den Sachverhalt wenigstens in Kürze mitteilen.

Als Massenbach die Tür zum Korridor öffnete, ergoß sich für einige Sekunden die funkelnde Fülle eines Allegros, gleichsam gelöst von erdgebundener Schwere. Im Arbeitszimmer aber beugte sich Kriminalassistent Wittmann mit einem vorsichtigen Blick auf die inzwischen wieder geschlossene Tür zu König und sagte mit unterdrückter Stimme: „Warum hat der wohl jede Beziehung der Santoz zu Männern abgestritten? Als dann von dem Kind die Rede war, hat er ein Gesicht gemacht, als habe der Blitz vor ihm in den Boden geschlagen!" König schüttelte jedoch als Antwort nur

den Kopf, wobei er warnend die Stirn runzelte. Die Beamten warteten schweigend.
Etliche Minuten später trat der Verleger zusammen mit Dr. Lohse wieder ein. Massenbach hatte seinen Neffen offensichtlich von dem Mord unterrichtet: Dessen schmales Geslehrtengesicht wirkte jetzt noch bleicher als vordem, und die fest aufeinandergebissenen Kiefer ließen die Haut über den Wangenmuskeln straff, fast bis zum Zerreißen gespannt erscheinen. Wie vorher schon Massenbach, so schien nun auch er durch die Nachricht von dem gewaltsamen Ende der jungen Spanierin ungewöhnlich bewegt. Er stehe, sagte er nach der Vorstellung durch den Hausherrn, der Kriminalpolizei voll und ganz zur Verfügung. Er bitte lediglich – wandte er sich in eigenartig förmlicher Manier an Massenbach –, sollte ihn die Angelegenheit länger in Anspruch nehmen, daß man dann seine Frau nach Hause fahre. Er vermied es seltsamerweise, Massenbach dabei direkt anzusehen.
Die beiden Beamten verabschiedeten sich, wobei König nochmals eine Entschuldigung für das Eindringen zu später Stunde aussprach. „Aber ich bitte Sie!" schnitt ihm der Verleger das Wort ab, während er zuvorkommend die Türe öffnete, „es war selbstverständlich!" Er wage nur eine Bitte: der Oberinspektor wolle ihn doch informieren, wenn er etwas Wichtiges entdecke oder der Mord gar aufgeklärt sei!
Oberinspektor König war bereits in den Korridor hinausgetreten, als er stockte und sich nochmals an Massenbach wandte: „Verzeihen Sie, noch eine letzte Frage: Erwarteten Sie gerade in diesen Tagen Fräulein

Santoz aus Spanien zurück?" – „Nein", erklärte der Verleger, „vertragsgemäß sollte sie am 1. September unserem Haus wieder zur Verfügung stehen."
Obwohl er zwei Kopfwehtabletten genommen hatte, vermochte Massenbach anschließend nur noch unter Mühen dem Spiele im Musiksalon zu lauschen. Schließlich entschuldigte er sich mit einem plötzlichen Indisponiertsein. Seine Gäste brachen daraufhin sehr bald mit dem Wunsche für rasche Genesung auf. Monsieur Lussac zog sich allerdings deutlich verstimmt zurück. Das wohlgemeinte Hilfeangebot seiner Nichte Elisabeth hatte Massenbach freundlich, aber entschieden abgelehnt, statt dessen ließ er die junge Frau gemäß dem Wunsche ihres Gatten durch seinen Privatchauffeur nach Hause fahren.
Später saßen sich Massenbach und Dr. Lohse im Arbeitszimmer an dem mächtigen Schreibtisch aus hellem Mahagoni gegenüber. Die Deckenbeleuchtung blieb ausgeschaltet, nur die Leselampe mit dem heruntergeschraubten Schirm auf der linken Seite des Schreibtisches brannte, so daß lediglich die weißen, gestärkten Hemdbrüste der beiden Männer durch das abwärtsfallende Licht beleuchtet wurden, während ihre Gesichter oberhalb des eng begrenzten Lichtkegels im Halbschatten beinahe geisterhaft verschwommen und farblos wirkten. Jeder der beiden vermochte so sein Gegenüber nur undeutlich und vom Schatten verdunkelt zu erkennen.
„Ist sie es wirklich?" fragte Massenbach. Er blickte dabei seinen Neffen nicht an und bemühte sich, seiner Stimme einen normalen Klang zu verleihen. Aber ganz

schwach vermochte der andere dennoch ein nervöses Vibrieren mehr zu spüren als zu hören. „Ja", erwiderte Dr. Lohse mit beinahe tonloser Stimme, „es ist Isabella." Auch er schaute seinen Partner nicht an, sondern hielt seinen Blick auf die glatte Fläche der Schreibunterlage gesenkt. Nach kurzem Schweigen setzte er hinzu: Die Polizei habe von ihm noch verschiedene Auskünfte haben wollen – so über den Charakter Isabellas, ihren Bekanntenkreis und ähnliches, ferner, wie sie die Stellung im Verlag erhalten habe. Auch nach ihrer Paderborner Wohnung sei er gefragt worden. „Ich habe dazu angegeben, daß sie in der Hathumar-Straße in Untermiete gewohnt hat, ihr Zimmer aber beim Weggang im letzten Dezember aufgab."
„Und jetzt soll sie ermordet sein?!" sagte Massenbach, der unbeweglich dem Bericht gelauscht hatte, mit ungläubiger Stimme wie zu sich selbst. „Ja", erwiderte Lohse, „erschossen – aus dem Hinterhalt." Massenbach schüttelte hilflos den Kopf: „Mir ist das unfaßbar! Wir leben doch hier mitten in Deutschland, in einer normalen westfälischen Stadt, und nicht irgendwo in Chicago oder unter Mafiosi. Auf offener Straße ermordet!" Sein Gegenüber schwieg. Es war eigenartig: Keiner der beiden Herren erwähnte die ihnen bekanntgewordene Existenz des Kindes!
Plötzlich hob der Verleger mit einem Ruck sein Gesicht und schaute Dr. Lohse direkt an. „Warum ist sie heute zurückgekommen?" fragte er; seine Stimme hatte an Festigkeit gewonnen. Dr. Lohse richtete sich ebenfalls auf. „Ich weiß das nicht", entgegnete er, um darauf zu wiederholen: „Ich nicht!"

Die beiden blickten sich jetzt oberhalb des Lichtkegels wie zwei Duellanten starr an, das Weiß ihrer Augäpfel phosphoreszierte. Urplötzlich schien die Atmosphäre im Zimmer wie von elektrischer Spannung zu knistern. Es war, als seien in dem Augenblick, als sie ihre Blicke wie Rapiere gegeneinanderrichteten, Masken gefallen, die bisher ihr wahres Antlitz verbargen, und Gegnerschaft trat nackt zutage, obwohl keiner ein weiteres Wort sagte. Dann erhob sich Dr. Lohse abrupt und wandte sich grußlos ab. Mit einem harten Klick fiel hinter ihm die Tür ins Schloß.

6

Am folgenden Morgen versammelten sich bereits zu früher Stunde einige Herren im Zimmer des Leitenden Staatsanwaltes in der Absicht, das weitere Vorgehen in dem Mordfall zu besprechen. Oberinspektor König, der heute etwas blaß und übernächtigt und ganz gegen seine sonstige Gewohnheit weniger sorgfältig rasiert aussah, referierte das bisher Recherchierte. Er schloß mit der Ankündigung, ihm werde nachher eine offensichtlich in den Fall verwickelte Person zur Vernehmung vorgeführt werden, die man vorhin im Bahnhof festgenommen habe, als sie den Versuch machte, die Stadt zu verlassen.
In der anschließenden Konferenz wurde unter anderem auch die Frage einer Publikation der Tat erörtert. Obgleich die Öffentlichkeit das Recht besitze, von dem Geschehen in der Michaelsgasse unterrichtet zu werden

(das war die einhellige Meinung der Anwesenden), würde man doch im Augenblick – da Paderborn gerade wegen der Festlichkeiten im landesweiten Interesse stehe und auf den morgigen Tag der große internationale „Europazug" festgesetzt sei – dem Ruf der Stadt erheblich schaden, wenn jetzt auf den Titelseiten der Zeitungen Schlagzeilen über den Mord erschienen. Vor allem fürchtete man, genauere Angaben über Namen und Nationalität der ermordeten Frau könnten eine negative Wirkung auf die zahlreichen ausländischen Festbesucher ausüben – für den Fall nämlich, jemand würde in die Bluttat eine ausländerfeindliche Tendenz hineininterpretieren. Zwei unangenehme Vorfälle, die sich unlängst in einem benachbarten Ort ereigneten, hatten – in der Tagespresse ziemlich aufgebauscht – einigen „Staub aufgewirbelt" und mahnten jetzt mit Recht zur Vorsicht.

So faßten die Herren den Beschluß, der Presse vorläufig – das heißt: bis zum Abschluß des großen Festzuges – nur spärliche Informationen zukommen zu lassen. Erst nach dem großartig geplanten Feuerwerk auf dem Schützenplatz sollte der Fall detaillierter an die Öffentlichkeit gelangen, denn zu dem Zeitpunkt würde das Gros der Gäste bereits abgereist sein.

Unausgesprochen hoffte natürlich jeder in der Runde um den Konferenztisch im Zimmer des Leitenden Staatsanwaltes, daß bis dahin der Mord bereits aufgeklärt sein werde.

Selbstverständlich sollten noch am heutigen Tage die spanischen Behörden auf offiziellem Wege informiert und um Mitarbeit gebeten werden.

7

Etwa um die gleiche Stunde wurde Domvikar Lückes ein ungewöhnliches Anliegen vorgetragen. Die Herren des Domkapitels, des Ordens der Ritter vom Heiligen Grab und einige hochstehende Laienmitglieder des Kirchenrates der Dompfarrei wie der hiesigen karitativen Einrichtungen – fast ausnahmslos Angehörige der sozial bessergestellten Schichten – hatten sich in der Sakristei und im angrenzenden Vorraum des Domes zu dem auf 9 Uhr angesetzten Pontifikalamt versammelt.

Von draußen, von dem mit Verkaufsständen und Rummelbuden übersäten Domplatz wie auch von dem sogenannten Kleinen Domplatz jenseits, auf dem wiederum, wie bisher alljährlich, der berühmte „Topfmarkt" abgehalten wurde, vernahm man hier drinnen nur verschwommen das Reden, Rufen und Lachen einer vielköpfigen Menschenmenge. Schon jetzt, in den frühen Vormittagsstunden, hatte die bevorstehende Liborius-Prozession einen wahren Strom an Gläubigen, aber auch an Schaulustigen angezogen. Entlang der Heyersmauer und auf dem Platz gegenüber dem Gerichtsgebäude hielt mehr als ein Dutzend Reisebusse, während mindestens zehn weitere Fahrzeuge dieser Art auf dem Maspernplatz parkten. Sie hatten ihre Fahrgäste bis aus dem Rheinland, aus der Hildesheimer Gegend, aus Fulda, ja sogar aus Berlin hierhergebracht, wobei freilich nicht wenige Besucher weit mehr noch von dem großangekündigten „Bierbrunnen" angelockt wurden, den am Nachmittag der Oberbürgermeister persönlich im Beisein der Stadthonoratioren und einer Delegation der Partnerstadt Le Mans anzapfen wollte.

Die im Vorraum und in der Sakristei versammelten Herren sprachen nur in gedämpftem, leicht würdevollem Ton miteinander, in einer gewissen steifen, sowohl von der Umgebung wie auch vom Festgewand geprägten Dignität. Domvikar Lückes stand eben im Begriff, die Stola umzulegen, als der angesehene und ihm gut bekannte Verleger Massenbach in gewöhnlichem Straßenanzug, aber mit schwarzer Krawatte, in unverkennbarer Eile die Sakristei betrat und sich ihm – den übrigen Herren nur kurz zunickend – näherte. Nach einer halblauten höflichen Begrüßung bat Massenbach den Domvikar zu einer kurzen, vertraulichen Unterredung zur Seite.

„Sie haben sich am gestrigen Abend um Fräulein Santoz intensiv bemüht. Ich danke Ihnen aufrichtig!" sagte Massenbach in leisem Tone und drückte dem geistlichen Herrn die Hand. Sie hatten sich in eine Art Nebenraum zurückgezogen, in dem außer einer Serie übereinandergestapelter Stühle nur noch ein hoher, altersgrauer Paramentenschrank war, in dem weniger gebrauchte liturgische Gewänder aufbewahrt wurden.

„Ich möchte nun eine Bitte aussprechen", fuhr der Verleger fort. „Das Beerdigungsinstitut" (er nannte den Namen eines renommierten Unternehmens) „ist von mir mit der Erledigung aller Angelegenheiten bezüglich der Bestattung beauftragt worden. Sobald die Polizei den Leichnam freigibt, wird er in die kleine Kapelle neben der Gruft meiner Familie auf dem Ostfriedhof verbracht. Ich habe noch in der vergangenen Nacht an Señor

Santoz nach Madrid geschrieben und ihn gebeten, seine Tochter in meinem Erbbegräbnis beisetzen zu dürfen." Lückes, der seine Überraschung nicht ganz zu verbergen vermochte, sah den Verleger groß an. Der jedoch fuhr fort, seinen Blick wie bisher weiterhin zu Boden gerichtet: „Sie, Herr Vikar, möchte ich bitten, alle Schritte, die uns unser Glaube gewährt, für das Seelenheil der Verstorbenen zu tun!" Er werde, fügte er hinzu, zu günstigerer Stunde als jetzt die näheren Umstände seines Entschlusses genauer erklären. Außerdem werde er dann noch bitten, ihm die Vorgänge des gestrigen Abends an der Klosterpforte ausführlicher zu schildern, als es die Polizei vermocht habe.

Dem Domvikar, der Massenbach noch immer leicht irritiert ansah, fiel auf, daß dieser ganz gegen seine sonstige kernige Erscheinung heute bleich und übernächtigt wirkte, mit dunklen Ringen unter den Augen und einem schwer zu deutenden Zug in den Mundwinkeln. Unterhalb seines rechten Augenlides zuckte fortwährend ein kleiner Muskel nervös.

Lückes konnte allerdings nur knapp seine Zustimmung zu dem Ersuchen geben, denn soeben betrat der Weihbischof, gefolgt von zwei höheren geistlichen Würdenträgern in violett gesäumten Soutanen, den Sakristeiraum. Massenbach zögerte flüchtig, dann wandte er sich mit einem gemurmelten Gruß ab und verließ beinahe fluchtartig durch einen Seiteneingang die Kirche.

8

„Ich protestiere!" rief Echtermeyer mit einer Stimme, in der sich Empörung mit Furcht mischte, als er von zwei uniformierten Beamten in das Dienstzimmer Oberinspektor Königs gebracht wurde. Der eine der Polizisten trug eine braunlederne, an den Kanten etwas abgestoßene Aktentasche, die er jetzt vor den Oberinspektor hinlegte.

„Guten Morgen, Herr Echtermeyer!" grüßte König nicht unfreundlich und wies mit einladender Geste auf den Besucherstuhl vor seinem mit Akten und Papieren beladenen Schreibtisch. Nur höchst widerstrebend folgte der junge Mann der Aufforderung und setzte sich. Und er saß dann auch wie sprungbereit mit angewinkelten Beinen, die Hände auf die Knie gestemmt. Die beiden Uniformierten salutierten auf ein Zeichen des Oberinspektors und verließen das Zimmer.

In dem Zimmer roch es wie häufig in Büroräumen behördlicher Art, nämlich nach trockenem Aktenstaub und nach Stempelfarbe. König, dem dies aufgefallen sein mochte, erhob sich und öffnete beide Fensterflügel weit. Das Geläut der vielen Kirchenglocken ringsum – von „Maria-zur-Höhe" droben auf der Schönen Aussicht bis zu „St. Bonifatius" draußen in der Heide – klang eben in einzelnen unregelmäßigen Schlägen aus. Aber die festlich erregte Stadt war erfüllt von einem Summen und Schwirren, von einem vibrierenden Warten auf das große Geschehen.

„Warum haben Sie mich verhaften lassen?" begann Echtermeyer heftig, „ich habe meine Strafe abgesessen – bis

auf den letzten Tag! Was wollt ihr jetzt noch von mir, he?"
Er hatte sich in Zorn gesteigert und sprach am Ende
ziemlich laut. „Sie täuschen sich", erwiderte König
ruhig, während er wieder hinter seinem Schreibtisch
Platz nahm, „niemand hat Sie verhaftet. Wir müssen Sie
lediglich um eine Auskunft bitten, mehr nicht. Warum
haben Sie sich eigentlich gegen den Beamten gewehrt,
der Sie vorhin auf dem Bahnhof ansprach?" – Er habe
seine Strafe weg, und darum wolle er mit der Polente
nichts mehr zu tun haben, überhaupt nichts! Und damit
basta! wiederholte Echtermeyer störrisch.
König betrachtete aufmerksam den jungen Mann auf
der anderen Seite des Tisches in der auffallenden weinroten Klubjacke mit den weißmetallenen, ornamentverzierten Knöpfen und dem fliederfarbenen Binder. Echtermeyer war um die Mitte Zwanzig, von durchschnittlicher Größe und schlank gebaut.
„Eigentlich ein ganz hübscher Bursche", mußte sich
König eingestehen, während sein Blick an dem bleistiftschmalen Menjoubärtchen auf der Oberlippe haften
blieb. Allerdings fiel ihm bei genauerem Hinsehen ein
schlaffer Zug um Wangen und Mundpartie auf, den
die von der Haftzeit herrührende Blässe noch verstärkte.
Jetzt bemerkte König auch die beuteligen Säcke unter
den geröteten, unsteten Augen. Früh verlebt, urteilte
der Beamte bei sich – wahrscheinlich hat er die letzte
Nacht durchzecht.
Echtermeyer, dessen Unbehagen unter dem prüfenden
Blick wuchs, zog sein weißseidenes Tuch aus der
Brusttasche und fuhr sich damit über die Oberlippe;
unter seiner Nase hatten sich feine Schweißperlen

gebildet. „Sie sind mir noch die Antwort schuldig", mahnte König, „warum haben Sie unseren Beamten beiseite gestoßen und wegzulaufen versucht? Finden Sie nicht, daß so etwas ein reichlich sonderbares Verhalten ist?" Echtermeyer, bemüht, dem prüfenden Blick auszuweichen, sah zum Fenster hinüber.

Er bemühte sich, seiner Stimme einen möglichst harmlosen Tonfall zu geben, als er sagte: „Ich dachte, der will was von mir wegen der alten Geschichte – da sind mir halt die Nerven durchgegangen. Sieben Monate hinter Gittern sind kein Pappenstiel, das können Sie mir glauben." Warum er sich dann aber auch noch gegen die beiden dazukommenden Bahnpolizisten zur Wehr gesetzt habe, wollte der Oberinspektor wissen. Echtermeyer zuckte die Schultern: „Ich weiß nicht – vielleicht dachte ich, ich kriege den Zug noch mit, der eben abgepfiffen wurde. Ich war durch das alles ganz durcheinander."

„Aha!" sagte König mit unbewegter Miene, so daß der junge Mann nicht erkennen konnte, ob der Beamte seinen Worten Glauben schenke oder nicht, „wohin wollten Sie denn so überaus eilig?" – „Nach Dortmund!" platzte Echtermeyer heraus – eine Spur allzu eilig. Er schien das auch sofort selbst zu merken, denn er griff in seine Jackentasche und legte eine Fahrkarte vor König auf den Tisch.

Assistent Wittmann, den König in die Aktenregistratur der Staatsanwaltschaft geschickt hatte, betrat jetzt das Zimmer und übergab seinem Vorgesetzten eine Akte in hellbraunem Deckel, auf dem in großer, sauberer Handschrift mit Tinte geschrieben das Wort „Echtermeyer" stand. König dankte durch ein Kopfnicken und gab dem jungen Beamten ein Zeichen, dazubleiben. Dann nahm er den Faden wieder auf: „Warum wollten Sie ausgerechnet nach Dortmund?" Na ja, erklärte Echtermeyer und bemühte sich dabei um einen forschen Ton; er lehnte sich auf seinem Stuhl zurück, warf aber mißtrauische Blicke auf die Akte mit seinem Namen – er müsse sich schließlich nach einem Job umsehen, denn er könne ja nicht ewig seiner Freundin auf der Tasche liegen. Hier in Paderborn oder in einem der umliegenden Orte bekomme er keine anständige Arbeit, wenn man erst heraushabe, daß er im Knast gewesen sei. „Da habe ich mir halt gedacht, im Ruhrgebiet brauchen die vielleicht eher Arbeitskräfte, die werden deshalb nicht so penibel sein wegen meiner Gefängnisstrafe. Dort werde ich schon irgendwo unterkommen." Es klang alles ganz harmlos. Oberinspektor König, der den Sprecher weiterhin scharf beobachtete, fragte plötzlich, ohne seinen Tonfall zu verändern: „Wo waren Sie gestern abend?" „Gestern abend –? Da war ich in ‚Bernies Bierhütte!'" Die Antwort kam wie aus der Pistole geschossen. (Wie bei einem Schüler, der seine Lektion fleißig auswendig gelernt hat, mußte König denken.) Ob das jemand bezeugen könne? „Natürlich!" sagte Echtermeyer mit Nachdruck. Er wirkte jetzt selbstsicher: „Fräulein Bernhardine Schmolick kann das!" Als beide Beamten ihn ungläubig ansahen, trumpfte er herausfordernd auf: „Sie glauben mir nicht? Dann fragen Sie doch Fräulein Schmolick selbst! Ich war nämlich nicht nur am Abend, sondern auch die ganze Nacht bei ihr – natürlich nicht unten im Lokal!" Fräulein Schmolik und er würden

heiraten – bald, wenn er eine passende Stelle gefunden habe. Echtermeyer deutete auf die alte Aktentasche: „Da, schauen Sie nach! Ich war heute morgen überhaupt nicht zu Hause, darum konnte ich nur wenige Sachen von ihr mitnehmen. Sogar die Tasche mußte ich mir ausleihen." Assistent Wittmann, der auf einen Wink Königs die Tasche öffnete, zog lediglich ein Hemd, etwas Wäsche und einige Toilettenartikel hervor.
„Soso!" sagte König nur, und dann nochmals, „soso!" Nach einer kleinen Pause, in der Echtermeyers Dreistigkeit merklich zusammenschmolz, fragte der Oberinspektor: „Sie planten nicht etwa, via Dortmund nach Frankfurt zu reisen?" – „Nach Frankfurt? Niemals!" Echtermeyer war der Protest in Person; er saß steif aufgerichtet. „Was sollte ich denn ausgerechnet in Frankfurt machen?"
„Ja nun", antwortete König beinahe gemütlich und begann in dem vor ihm liegenden Dossier zu blättern, „wie aus Ihrem Lebenslauf zu ersehen, fanden Sie schon wiederholt Ihren Weg in diese Stadt. Das erste Mal waren Sie nicht älter als 15. Sie sind damals von zu Hause ausgerissen." – „Ich hatte die Penne mit ihrer Paukerei satt", murmelte Echtermeyer, den Kopf senkend... Was brauchte er diesem Polizeifritzen erzählen, daß ihm die Atmosphäre zu Hause unerträglich geworden war! Sein Vater – er nannte sich großspurig „Werbeagent", tatsächlich war er ein lumpiger „Klinkenputzer" – hatte wenige Wochen vorher die Mutter und ihn sitzengelassen und war zu irgendeinem dreckigen Weibsstück nach Berlin abgehauen, mit der er schon

in der Nachkriegszeit mehrere Monate zusammengehaust hatte.

Er erinnerte sich noch deutlich an diesen Phantasten! Der ging jedesmal, wenn er an den Wochenenden von seinen „Geschäftsreisen" heimkehrte, in der Stube auf und ab, die Daumen hinter die Hosenträger gehakt und eine dicke Havanna qualmend. Er vertrug zwar Zigarren nicht besonders gut, da er unter asthmatischen Anfällen litt, aber weil in der allgemeinen Vorstellung ein erfolgreicher „Businessman" Zigarren raucht, darum rauchte auch er die teueren und schweren Dinger. „Moneten, Junge", wiederholte er dabei jedesmal, „Moneten sind das A und O im Leben! Ohne Moneten bist du eine glatte Null, jawohl – nicht viel mehr wert als der Fliegendreck dort auf der Wand. Deshalb sage ich dir: Sieh zu, daß du zu Geld kommst! Wie – das ist letzten Endes doch egal!" Zu seinen Worten fuchtelte er wichtigtuerisch mit der Zigarre in der Luft herum. Freilich, er selber hatte das „große Geld" nie gemacht. Sein Handel mit rasiermesserscharfen Kartoffelschälern, unbegrenzt dehnbaren Büstenhaltern und garantiert wirksamen Schlankheitspräparaten florierte ständig nur flau. Hätte er nicht unter der Hand pornographische Schmöker (mitunter auch Fotos) angeboten, dann hätte er kaum das Geld für die Lottoscheine verdient, von denen er Woche für Woche eine Unmenge ausfüllte – allerdings ohne einen nennenswerten Treffer zu erzielen. Die Mutter, die durch ihre Arbeit in der Küche eines Hotels die Familie ohnehin ernähren mußte, weinte dennoch jede Nacht, als er sich unter Zurücklassen eines schäbigen Abschiedsbriefes davongemacht hatte.

Als gar noch kurz darauf sein einziger Freund, der Harry Spiers, mit seinen Eltern nach Höchst wegzog, da hatte er es einfach nicht länger ausgehalten, und er war eines Morgens per Anhalter nach Frankfurt abgehauen. Hier hatte er sich mit Harrys Hilfe mehr als drei Wochen auf dem Gelände des Großmarktes versteckt gehalten – dann faßte ihn die Polizei und brachte ihn zu seiner Mutter zurück ...

„Sie wurden deshalb von der Realschule verwiesen", las König aus den Akten, „auch Ihre erste Lehrstelle bei der Krankenkasse schien Sie wenig zu interessieren – jedenfalls liefen Sie nach einem knappen Jahr da weg. Ihre zweite Lehre brachten Sie dagegen erfolgreich hinter sich. Sie bestanden Ihre Prüfung als Kraftfahrzeugmechaniker tadellos. Aber schon einige Monate später stach Sie der Hafer, und Sie rückten zum zweiten Male nach Frankfurt aus." – „Irrtum!" unterbrach ihn Echtermeyer heftig, „ich war inzwischen volljährig geworden, darum konnte ich endlich euch Spießbürgern hier den Rücken zeigen!" – „Volljährig waren Sie – aber nur laut Personalausweis", konterte König, „hätten Sie auch nur ein Minimum an Reife besessen, dann hätten Sie sich wohl kaum auf diesen Blödsinn eingelassen!"

Daß man als Handwerker allein durch ehrliche Arbeit keine Reichtümer verdiente, das erkannte er in kürzester Zeit. Sein Alter hatte damals den Nagel auf den Kopf getroffen, wenn er sagte: „Geld, Junge, wirkliches Geld – das kannst du niemals durch Maloche verdienen. Die jämmerlichen paar Kröten, die du am Monatsletzten einsteckst, die sind und bleiben doch nur ein Almosen!"

In Frankfurt jedoch hatte er endlich das „große Geld" gemacht. Über Harry war er mit einer Clique in Berührung gekommen, die Autos knackten, umfrisierten und weiterverkauften, gewöhnlich ins Ausland. Harry hatte sich übrigens in den Jahren zu einem ganz gewieften Burschen entwickelt.

Nun, der Bande war sein technisches Können natürlich sofort willkommen gewesen, darum war er ganz groß ins „Geschäft" eingestiegen. Und bald konnte er aus dem vollen schöpfen: Moneten, Alkohol, Weiber! Bis diese idiotischen Kerle nach einer wahren Erfolgsserie unvorsichtig wurden und sich beim Klauen eines Luxusschlittens schnappen ließen. Da flog der ganze Ring auf, er mit! ...

„Tja, für Ihre Dummheit mußten Sie büßen: Sie marschierten hinter Gitter..." – „Was soll das!" brauste Echtermeyer auf, dem eine heftige Röte in die Wangen stieg, „ich habe meine Strafe abgesessen! Warum wärmen Sie die alte Geschichte nochmals auf?" Oberinspektor König blickte ihn fest an. „Ich versuche, mir ein Bild von Ihnen zu machen", sagte er. „Von mir?" fragte Echtermeyer verdutzt. „Aber warum?" – „Später!" winkte König ab, während er in der Akte weiterblätterte. „Zunächst scheint die Haftstrafe Sie tatsächlich für eine Weile kuriert zu haben. Ja, Sie hatten sogar unverschämtes Glück: Sie erhielten eine Anstellung als Privatchauffeur des Verlegers Massenbach." – „Meine Mutter führt seit zwei Jahren seinen Haushalt", murmelte der junge Mann.

Echtermeyer hatte sich jetzt wie gelangweilt zurückgelehnt und ein Bein über das andere geschlagen, doch seine rasch auf- und niederwippende Fußspitze verriet seine nervöse Unruhe. „Das hielt Sie nicht ab, bei Ihrem Arbeitgeber einzubrechen", sagte König mit einer gewissen Schärfe. Sein Gegenüber senkte den Blick und preßte die Zähne fest aufeinander.

... Was wußte der, was es hieß, tagtäglich all den Reichtum, all den Überfluß mit anzusehen, in die große Welt hineinzukommen, allen Glanz aus nächster Nähe zu erleben und dennoch stets zu wissen, daß man in diesem Luxus nur geduldet war! Nur so lange nämlich, wie ihn Lust und Laune eines Geldprotzen als eine Art Zaungast ertrug!
Natürlich hatte man ihm eine schicke Uniform verpaßt – hellgrau im Sommer, dunkelgrau im Winter! – und dazu passend eine graue Mütze mit schwarzglänzendem Lackschirm! Bei feierlichen Anlässen trug er gar graue Handschuhe! Man erwartete dafür allerdings mit größter Selbstverständlichkeit, daß er, wenn er mit seinem Brötchengeber irgendwo vorfuhr, aus dem Wagen hechtete, um das Fahrzeug herumflitzte, dem Alten die Tür öffnete und gleichzeitig die Mütze mit dem glänzenden Lackschirm vom Kopf riß. Und dazu eine zackige Verbeugung, als habe er ein Scharnier in den Hüften.
Die Frauen hatten sich nach ihm umgedreht – aber nur die auf der Straße, und dann auch noch die Dienstmädchen in den stinkvornehmen „besseren Häusern"! Die Damen der Gesellschaft hingegen hatten ihm, dem „Leibkutscher", dem Lakaien, niemals einen Blick gegönnt! Das wollte er ändern – und zwar gründlich!...
„Sie wurden dabei ertappt", sagte König, „wie Sie im Begriff standen, den Safe im Arbeitszimmer Massen-

bachs zu öffnen. Die Zahlenkombination des Schlosses hatten Sie sich irgendwie beschafft. Was Sie jedoch nicht wußten, das war die genaue Beschaffenheit des Sicherheitssystems. Der Safe hing nämlich an einer Leitung zur nächsten Polizeiwache. Als Sie am Schloß herumprobierten, wurde dort Alarm ausgelöst. Ihr Pech! In dem Geheimfach lag außer Bargeld und Wertpapieren ein äußerst wertvoller Schmuck, den wenige Tage zuvor Ihr Chef aus dem Ausland mitgebracht hatte, und der – wie man beim Prozeß vermutete – Sie wohl besonders anlockte. In Ihrem Zimmer aber, drunten im Souterrain der Villa, da fand später die Polizei außer Ihrem fertiggepackten Koffer auch eine Fahrkarte – eine Fahrkarte nach Frankfurt! Mit dem Geld und dem Schmuck aus dem Safe wären Sie gewiß gut in Frankfurt untergekommen. Ja nun, dieser Streich brachte Ihnen die sieben Monate Staumühle ein!"

Der Oberinspektor schloß die Akte, dann fragte er, ohne jedoch seine Worte besonders zu betonen: „Kennen Sie eigentlich eine junge Spanierin mit Namen Isabella Santoz?" Echtermeyer prallte zurück, als habe ihn der Beamte geschlagen. „Ich – äh", stammelte er, seine Lippen waren weiß geworden, und sein Blick flackerte. Aber gleich darauf gelang es ihm, sich zu fassen.

Natürlich, sagte er, sei ihm ein Fräulein Santoz bekannt. Sie sei ja, wie vordem er selbst, im Verlag Massenbach angestellt. „Da ich den Chef täglich morgens und nachmittags zum Büro bringen und genausooft auch wieder abholen mußte, sah ich diese Spanierin häufig in der Firma." Er wollte noch eine Bemerkung machen, daß sie ein „rassiges Weib" sei – unterließ das aber, als er

Königs strenge Miene sah, und setzte nur hinzu: „Sie hat einige Male den Alten begleitet, als er zu Buchausstellungen fuhr." ... Nur keine Panik in diesem Augenblick! Die Bernie würde ja sein Alibi bestätigen – was sollte ihm schon passieren! ...

Ob er Fräulein Santoz näher gekannt habe, wollte König wissen. Echtermeyer zuckte die Schultern: Was denn unter „näher" zu verstehen sei? „Sie ist jedesmal sehr nett gewesen, wenn sie im Wagen mitfuhr. Voriges Jahr, als ich sie einmal allein zu einer Ausstellung nach Hamburg fahren mußte, da hat sie mich ganz so wie einen ihresgleichen behandelt, ganz ohne akademischen Dünkel!"

Hier wurde die Vernehmung jäh unterbrochen, denn die Tür öffnete sich nach flüchtigem Anklopfen, und Kriminalhauptsekretär Dulowsky schob sich herein. Der Hauptsekretär maß nur 1 Meter 61, wog aber gut seine 120 Kilo! Jetzt kam er mit einem Kopfnicken gegen Oberinspektor König in das Zimmer, wälzte sich förmlich zum Schreibtisch und ließ seinen massigen Körper unter Schnaufen mit lautem Plumps auf den in allen Fugen krachenden Stuhl fallen, den ihm Assistent Wittmann seitlich neben den Platz des Oberinspektors geschoben hatte.

König schwieg zunächst, er war von dem Erscheinen des Dicken deutlich unangenehm berührt: Eine steile Falte stand auf seiner Stirn über der Nasenwurzel, während er seine Lippen fest aufeinanderpreßte. Der Hauptsekretär war unter seinen Kollegen wenig beliebt. Er erwies sich bei verschiedenen Gelegenheiten als rechthaberischer Starrkopf, der zudem bei jeder sich irgendwie bietenden

Gelegenheit um den Leiter der Kriminal-Abteilung herumstrich, um ihn in gehässiger Manier vom Tun und Lassen seiner Beamten zu unterrichten. Im Ruhrgebiet, von wo er vor wenigen Jahren nach Paderborn versetzt worden war, hatte man ihn herzlich gern scheiden sehen. Seit einem halben Jahr war er nun Oberinspektor König zugeteilt, dem er in dieser relativ kurzen Zeit bereits allerhand dienstlichen Verdruß bereitet hatte.
Echtermeyer, der unruhig diesen neuen Kontrahenten betrachtete, schrak unwillkürlich zusammen, als er die kleinen, bösartigen Äuglein bemerkte, die ihn jetzt hinter Fettwülsten hervor förmlich zu sezieren schienen ... Es heißt doch immer, dicke Leute seien gemütlich! Wenn der da gemütlich ist, glaube ich überhaupt nichts mehr! ...
Schließlich jedoch überwand sich König und setzte die Untersuchung fort: „Außer den erwähnten dienstlichen Begegnungen fand also zwischen Ihnen und Fräulein Santoz kein Mal ein privates Treffen statt?" – „Niemals!" kam es prompt und mit Nachdruck von Echtermeyer, der jetzt äußerst auf der Hut zu sein schien und beinahe wie ein Tier wirkte, das sich in die Enge getrieben fühlt. „Der hat Angst", ging es König durch den Sinn, „und zwar heftig!"
Ehe er jedoch seine nächste Frage auszusprechen vermochte, fiel Dulowsky unvermittelt und grob mit fettiger Stimme ein: „Lügen Sie nicht! Sie standen im Briefwechsel mit ihr!" Echtermeyer fuhr zurück, er war plötzlich blaß geworden. „Das – das ist nicht wahr!" protestierte er stammelnd, wobei er aber weiterhin König ansah. „Du sollst nicht lügen, Mensch!" schnauzte Dulowsky.

„Wir haben Beweise." – „Be-Beweise –?" Echtermeyer war halb aufgefahren, seine Augen quollen fast aus den Höhlen, „– was für Beweise?" König hob abwehrend die Hand, um einzugreifen, da platzte Dulowsky heraus: „Den Umschlag deines Briefes natürlich!"
„Herr Dulowsky – bitte!" rief König und schlug zornig mit der flachen Hand auf den Tisch: Die tölpelhafte Einmischung des Dicken verdarb sein Konzept gründlich. Dulowsky, der erschrocken zusammengefahren war, lehnte sich in seinem Stuhl zurück, schnaufte zweimal wild durch seine klobige, violette Nase, dann murmelte er gekränkt: „Verzeihung!"
Oberinspektor König zog einen geöffneten Briefumschlag hervor, der ziemlich hoch frankiert und bereits abgestempelt war. „Wir fanden dieses Kuvert", erklärte er dabei, „– allerdings ohne Inhalt, wie Sie hörten", setzte er mit einem ärgerlichen Blick auf den Hauptsekretär hinzu.
... Verflucht! – das war sein Schreiben! Dieses elende Weibstück! ... Laut sagte Echtermeyer, mußte sich aber dabei räuspern: „Ja – und? Was habe ich damit zu tun?" Das war töricht! – er wußte das, noch bevor er es vollständig ausgesprochen hatte. „Ganz einfach: Sie sind der Absender!" sagte König und hielt den Umschlag so, daß Echtermeyer die Worte auf der Rückseite lesen konnte. „Das da ist eindeutig Ihre Handschrift, jedes Leugnen dürfte zwecklos sein. Wir haben sie nämlich durch einen Schriftsachverständigen mit einer Schriftprobe von Ihnen vergleichen lassen. Das Ergebnis war eindeutig, ich sagte es schon."
Echtermeyer mußte mehrmals krampfhaft schlucken,

bevor er herausbrachte: „Bitte, kann ich einen Schluck Wasser kriegen?" König wandte sich an seinen Assistenten: „Geben Sie ihm bitte ein Glas Wasser!" Wittmann ging zu dem Waschbecken in der Ecke neben dem dunkelgestrichenen Spind, nahm von dem gläsernen Bord unterhalb des Spiegels einen Becher und füllte ihn. Echtermeyer trank gierig, einige Tropfen rannen ihm aus dem Mundwinkel seitlich am Kinn hinab und tropften auf den Kragen seines schweißnassen Hemdes. „Danke!" sagte er, als er das Glas zurückgab. ... Warum konnte dieses blöde Stück nicht auf seine Anweisung achten! Er hatte ihr doch ausdrücklich befohlen, den ganzen Brief zu vernichten! Er mußte einen Ausweg finden! – einen Ausweg! – einen Ausweg! ...

„Herr Echtermeyer", mahnte Oberinspektor König ruhig, aber bestimmt, „wie erklären Sie Ihre Handschrift auf diesem Kuvert?" – „Tja", antwortete Echtermeyer langsam, „das ist so: Wie ich vorhin sagte, war die Santoz – ich meine: Fräulein Santoz, jedesmal sehr nett, wenn ich mit ihr zusammentraf." Da sie gleichzeitig beim Alten – also Massenbach – schwer „einen Stein im Brett" habe, da habe er halt gedacht, als er vor einigen Tagen aus dem Knast entlassen wurde: „Wenn ich die bitte, für mich beim Alten ein gutes Wort einzulegen, dann läßt der sich am ehesten erweichen und gibt mir wieder einen Job in seinem Laden."

„Ach!" König war im Moment von der Schnoddrigkeit überrascht, „erzählten Sie uns nicht vor wenigen Minuten, Sie hätten heute morgen um jeden Preis den Zug nach Dortmund mitbekommen wollen, um sich nach einer Arbeit im Ruhrgebiet umzusehen?" – „Ja – doch –

ja –", der junge Mann wand sich – das sei richtig, ganz bestimmt! Aber wenn er eine Beschäftigung im Massenbach-Verlag wiederbekäme, dann würde er sofort zugreifen – mit beiden Händen! „Selbst wenn es in der Packerei wäre – oder als Kraftfahrer in der Versandabteilung." – Woher er eigentlich die Madrider Adresse des Fräulein Santoz habe – fragte König. Die habe ihm seine Mutter gesagt bei ihrem einzigen Besuch im Gefängnis, erklärte Echtermeyer, während er verstohlen die schwitzenden Handflächen an den Hosen abrieb – sonst komme er mit seiner Mutter nicht mehr zusammen, denn sie wolle von ihm nichts mehr wissen.

„Und sonst stand nichts Wesentliches in Ihrem Brief?" bohrte der Oberinspektor weiter. Aber nein, bestimmt nicht, er könne das sogar beschwören! – Echtermeyer bemühte sich, seiner Stimme einen biederen Klang zu geben. „Das ist ja interessant", sagte König trocken und sah ihn mit hochgezogenen Augenbrauen an; auch Assistent Wittmann, der jetzt von seinem Stenogrammblock aufblickte, grinste verstohlen, nur Hauptsekretär Dulowsky, dem der Zusammenhang im Augenblick nicht ganz klar wurde, sah verblüfft und verärgert zugleich drein. Er räusperte sich laut und schnob darauf mehrmals durch seine Knollennase.

„Mein lieber Echtermeyer", sagte König fast gemütlich. „Sie mögen zwar gewöhnlich ein ganz pfiffiges Bürschchen sein, aber eben sind Sie reingeschlittert." Der junge Mann saß verdutzt mit offenem Mund da. König nahm ein Lineal vom Tisch auf und wies damit direkt auf sein Gegenüber. Seine Stimme klang unvermittelt scharf: „Sie waren so sehr damit beschäftigt, eine plausible

Ausrede für den Inhalt Ihres Briefes zu erfinden, daß Sie darüber vollkommen die Frage übersahen, wie wir denn eigentlich in den Besitz besagten Kuverts gekommen seien!" –,,Das ist nicht wahr!" schrie Echtermeyer und sprang derart heftig auf, daß sein Stuhl umzufallen drohte. König befahl streng: ,,Setzen Sie sich!"
Der junge Mann klappte ruckartig wie eine Gliederpuppe in ihren Scharnieren zusammen. Er sah plötzlich weiß wie eine frischgetünchte Wand aus und mußte wiederholt krampfhaft schlucken. Sein spitz hervortretender Adamsapfel fuhr dabei in ruckenden Bewegungen auf und nieder. ,,Es ist nie ratsam", sagte König ruhiger, ,,die Polizei für dumm zu halten, das sollten doch gerade Sie wissen. Die Erklärung für Ihren eben gemachten Fehler ist einfach die: Sie waren bestens unterrichtet, daß die Empfängerin dieses Briefes" – er klopfte mit dem Fingerknöchel auf den Umschlag – ,,sich zur Zeit hier in Paderborn befindet. Wahrscheinlich, ich betone: wahrscheinlich, hängt Ihre Person" – König deutete mit dem Lineal abermals wie mit einer Lanze direkt auf den jungen Mann – ,,direkt mit dem Herkommen der Señorita zusammen!"
,,Wenn ihr mir etwas anhängen wollt, seid ihr schief gewickelt!" keuchte Echtermeyer. ,,Ich habe mit all dem nichts zu tun!" – ,,Dann wollen Sie also überhaupt nicht gewußt haben, daß Fräulein Santoz am gestrigen Abend unweit von hier – nämlich drunten in der Michaelsgasse – ums Leben gekommen ist?" Bevor noch Echtermeyer, der jetzt zitterte, zu antworten vermochte, fiel Dulowsky abermals in rücksichtsloser Manier ein: ,,Los, gestehen Sie! Sie sind der Täter!"

„Nein!" schrie Echtermeyer mit vor Entsetzen schriller Stimme, seine Augen drohten aus den Höhlen zu fallen, „ich besitze ja gar keine Schußwaffe!"
Totenstille folgte den Worten. Die drei Beamten starrten nur wortlos den zitternden Menschen an, der zu spät seinen Mißgriff erkannte und nun halb erhoben in einer merkwürdig verrenkten Stellung furchtgelähmt verharrte. „Herr Echtermeyer", sagte Oberinspektor König nach einer Pause mit großem Ernst, „woher wußten Sie, daß Fräulein Santoz mit einer Schußwaffe getötet worden ist?" – „Ich – ich – weiß nicht –, mir fiel das nur so ein –", stammelte der Gefragte; es klang wie ein Krächzen.
... Die Bernie! – Wenn doch die Bernie hier wäre ...
Er ließ sich auf den Stuhl zurückfallen, während er sich mit einer verzweifelten Gebärde seine fliederfarbene Krawatte beiseite riß, um den obersten Hemdknopf öffnen zu können.
„Was wissen Sie tatsächlich über den Mord vor dem Kloster?" bohrte König erneut. „Nichts!" stieß Echtermeyer krächzend hervor, „ich weiß nichts – wirklich!" Dulowsky stieß höhnisch ein röhrendes Lachen aus. „Herr Echtermeyer", König gab nicht nach, „ich will nicht Katz und Maus mit Ihnen spielen. Wir fanden bei genauerer Durchsuchung der Reisetasche, die Fräulein Santoz bei sich trug, diesen leeren, aufgeschlitzten Umschlag. Wie wir vermuten, hat ihn die junge Dame bei sich getragen, weil darauf Ihre neue Anschrift steht. Sie haben diese Wohnung doch erst seit einer Woche gemietet, nicht wahr? – das heißt: seit Ihrer Entlassung aus der Haftanstalt?"

Echtermeyer vermochte nur zu nicken. „Wir suchten daraufhin heute am frühen Morgen Ihre Wohnung auf, erfuhren aber von Ihren Wirtsleuten, Sie seien in den gestrigen Abendstunden weggegangen – und das ziemlich früh! – und später auch nicht mehr zurückgekommen. Als wir daraufhin den Bahnhof routinemäßig kontrollierten, wurden Sie beobachtet, wie Sie in verdächtig großer Eile abzureisen versuchten – Sie wendeten ja sogar Gewalt an, um unseren Beamten zu entkommen."
König machte ein Pause, dann sagte er: „Ich frage Sie deshalb: Wo waren Sie am gestrigen Abend in der Zeit zwischen 20 und 20.30 Uhr?" Einen Augenblick schien es, als wollte der junge Mann seiner Furcht nachgeben, aber dann verkniff sich sein Mund, und er sagte in verbissenem Tone: „In der Wohnung meiner Freundin natürlich! Ich habe das doch schon einmal ausgesagt! Wenn Sie mir nicht glauben, dann fragen Sie doch Fräulein Schmolick selbst!"
Bestimmt werde man das tun, erwiderte Oberinspektor König. „Bis wir jedoch vollständig Klarheit haben, müssen wir Ihnen leider ein Logis bei uns anweisen. Uns bleibt nichts anderes übrig – Sie können sonst allzu leicht versucht sein, doch noch einen Zug nach Dortmund zu erwischen." „Ihr wollt mich einsperren?" schrie Echtermeyer, als er sah, daß der Oberinspektor bei seinen letzten Worten einen Klingelknopf an der oberen Kante seines Schreibtisches betätigte. „So ist's recht! Bringt mich hinter Gitter – nur immerzu! Ich bin ja bloß ein armes Schwein, das schon zweimal gesessen hat! Große Herren dagegen, die laßt ihr ungeschoren

laufen – da verbrennt ihr euch lieber nicht die Finger!"
„Dummes Geschwätz!" röhrte Dulowsky und stemmte keuchend seine Fettmassen aus dem Bürosessel hoch. Es sah einen Moment so aus, als wollte er handgreiflich werden, da trat ein uniformierter Beamter nach kurzem Anklopfen ein. König, der wegen Dulowskys Gebaren aufgesprungen war, hob eine Hand: „Einen Augenblick, bitte!" sagte er zu dem Uniformierten, dann wandte er sich an Echtermeyer, „Wen meinen Sie mit ‚große Herren'?"
Echtermeyer, der furchtsam vor Dulowsky zurückgewichen war, sah den Oberinspektor an. „Fragen Sie doch mal den Dr. Lohse – und das etwas genauer", stieß er hervor, während sich Hohn in seine Furcht mischte, „der Herr Doktor könnte Ihnen, wenn er wollte, eine ganze Litanei über die Santoz vorbeten." Er trat hart an den Schreibtisch heran, wobei er aus den Augenwinkeln einen furchtsamen Blick auf den Dicken warf: „Wagen Sie es überhaupt, den härter anzufassen? Der ist einer von denen, die alles zahlen können! Ich dagegen – pah, ich bin nur ein ehemaliger Knastbruder, da geht's für euch leichter!"
König sah einige Sekunden in das von Angst und Wut verzerrte Gesicht des jungen Mannes, dann sagte er mit großer Bestimmtheit: „Wir werden ausnahmslos allen Hinweisen nachgehen. Betrachten Sie sich nicht als verhaftet, aber vorläufig müssen Sie bis zur abgeschlossenen Überprüfung Ihrer Angaben hierbleiben!"
„Was halten Sie davon, meine Herren?" wandte sich Oberinspektor König an seine beiden Mitarbeiter, nachdem der Wachtmeister den bleichen, schwitzenden

Echtermeyer hinausgeführt hatte. König war sehr ernst geworden.
Hauptsekretär Dulowsky stieß einen grunzenden Laut aus der Tiefe seines wabbelnden Doppelkinnes aus, dann sagte er schnaufend: „Der Kerl hat mit seinem Brief die Spanierin herbestellt, darum hat er so genau gewußt, um welche Zeit die durch die schlecht beleuchtete Michaelsgasse kommt. Dort hat er ihr aufgelauert und den tödlichen Schuß auf sie abgegeben."
König sah seinen Assistenten an: „Teilen Sie diese Ansicht?" Der junge Mann blickte ziemlich betreten drein; er klappte sein Notizbuch mehrere Male unschlüssig auf und zu: Man merkte, er wollte nicht gern dem weit älteren Hauptsekretär widersprechen, vermochte aber gleichzeitig nicht, sich dessen Theorie anzuschließen. Schließlich sagte er: Daß Echtermeyer es gewesen sei, der die Santoz brieflich hergelockt habe, glaube er ebenfalls. Für den Mord könne er jedoch kein Motiv erkennen. „Motiv! Motiv!" äffte ihm der Dicke ärgerlich nach, „man stößt doch förmlich mit der Nase drauf!"
Dulowsky beugte sich zu König vor, wobei er seine Pranken so schwer auf die Schreibtischplatte stützte, daß das Möbel wie protestierend in allen Fugen ächzte: „Ist eigentlich noch niemandem aufgefallen, daß im vergangenen Dezember der mißglückte Einbruch des Echtermeyer und das Verschwinden dieser Santoz nach Spanien terminmäßig beinahe zusammenfallen?"
König wie auch Wittmann saßen zunächst völlig konsterniert da und starrten Dulowsky nur an. Der aber fuhr, sich immer mehr ereifernd, fort: „Unsere werten

Kollegen vom Einbruchsdezernat haben damals geschlafen, denen ist dieser geradezu ins Auge stechende Umstand entgangen: Echtermeyer knackt den Safe seines Arbeitsgebers – oder vielmehr: er versucht es, wird aber dabei überrascht –, die Spanierin, seine Komplizin, sieht die Panne und macht sich rechtzeitig aus dem Staube. Und wenn Sie es genau wissen wollen: Der gestrige Mord hängt mit dem verpfuschten Einbruch zusammen!" Emphatisch reckte er seine 1 Meter 61 in die Höhe.

Als Oberinspektor König jetzt sprach, klang Skepsis wie auch Verärgerung aus seinem Tonfall: „Herr Dulowsky, empfinden Sie nicht ebenfalls, daß Sie sich mit dieser Theorie ziemlich weit auf das Feld unbewiesener Spekulation verirren? Zugegeben, Echtermeyer kann mit seinem Schreiben, dessen Inhalt wir leider nicht kennen, die Santoz irgendwie zur Rückkehr nach Paderborn veranlaßt haben. In diesem Fall wäre er allerdings über den Zeitpunkt ihrer Ankunft unterrichtet gewesen – aber nur dann, wenn sie sich tatsächlich strikt an seine Weisungen hielt. Aber warum, glauben Sie, sollte er einen solch scheußlichen Meuchelmord begehen?" „Rache!" nur dieses eine Wort schleuderte Dulowsky in den Raum. König schüttelte aber sofort entschieden den Kopf: Nicht der Echtermeyer! Er habe sich den Lebensweg dieses Menschen angesehen – vor allem seine Straftaten. Der sei im Grunde seines Wesens ein Feigling – der würde eine Waffe nicht mal mit der Zange anfassen! „Was sollte übrigens eine derart fürchterliche Rache heraufbeschworen haben?" Dulowsky, der sich bei diesen Worten sichtlich unbehaglich zu fühlen begann, räusperte sich, bevor er mit verkniffener Miene antwortete: „Weil sie ihn damals in der Tinte steckenließ."

„Wie und womit wollen Sie Ihre Hypothese stützen?" fragte König, jetzt beinahe ärgerlich. „Nach den seinerzeit vorgenommenen Recherchen der Polizei, in die natürlich alle Personen einbezogen wurden, die Massenbach auf irgendeine Weise nahestanden, befand sich die Santoz an jenem Nachmittag – es war Samstag, der 26. November – nach glaubwürdigen Zeugenaussagen überhaupt nicht hier in der Stadt. Sie traf sich vielmehr in einem Lokal hinter Sande mit einem Manne, dessen Name der Wirt allerdings nicht zu kennen vorgab. Das heißt: Sie befand sich mehrere Kilometer vom Tatort entfernt, als Echtermeyer den Einbruch versuchte. Nein, Dulowsky, von einer Mittäterschaft der jungen Frau kann man unter diesen Umständen wohl schwerlich ausgehen."

„Die beiden müssen sich aber gut gekannt haben!" schnaufte der Dicke, dessen von einem tiefroten Adernetz durchzogene Hängebacken vor Zorn zu beben begannen. „Selbstverständlich!" bestätigte König, „als Angestellte ein und derselben Firma mußten sie sich zwangsläufig kennen!" Und der Echtermeyer habe ja vorhin selbst zugegeben, daß er in seiner Funktion als Chauffeur Massenbachs die Spanierin manchmal gefahren habe. „Sagen Sie, Dulowsky, übersehen Sie eigentlich völlig, daß die Santoz wegen ihrer Schwangerschaft nach Madrid zurückgegangen sein könnte – in die ihr vertraute Umgebung? Erscheint Ihnen diese Annahme nicht wesentlich wahrscheinlicher als Ihre willkürlich konstruierte und durch nichts bewiesene Komplizenschaft bei dem stümperhaften Einbruch?" Oberinspektor König stand auf, ging zum Fenster und schloß es, während er fortfuhr: „Wenn nämlich Ihre Theorie zuträfe, die Santoz und der Echtermeyer hätten sich damals liiert – ich sage ausdrücklich: wenn! –, dann läge doch nichts näher als die Vermutung, der Echtermeyer sei der Vater ihres Kindes. Glauben Sie etwa ernsthaft, eine kunstsinnige, hochgebildete Frau fällt auf so einen hohlen Gigolo, so einen aufgeputzten Bluffer herein?" Das letzte hatte König fast erbittert gesprochen, nun setzte er ruhiger hinzu: „Daß Echtermeyer mehr weiß, als er eben zugab, daß überhaupt einiges faul ist bei diesem Burschen, das ist mir ebenfalls klar. Aber ein Mord –? Wohl kaum!"

Dulowsky, dessen Kopf sich während der Ausführungen Königs mit einem ins Violette spielenden Rot überzog, drehte sich plötzlich abrupt auf dem Absatz um. Seine kleinen, tückischen Augen zwischen den stets geschwollenen und entzündeten, wimpernlosen Lidern funkelten wütend. Mit kurzen, hastigen Schritten stapfte er hinaus, Unverständliches vor sich hin murmelnd.

„Mitunter kann ich ganz gut verstehen, warum die im Ruhrgebiet dieses Ekelpaket nicht mochten", knurrte Wittmann respektlos hinterdrein. König zuckte nur vielsagend die Schultern. „Passen Sie auf!" sagte er dann – sie müßten unbedingt noch einige Personen zu dem Fall hören; um rascher voranzukommen, würden sie eine Arbeitsteilung vornehmen. „Sie gehen zunächst zur ‚Bierhütte' und überprüfen – soweit man das überhaupt so nennen kann – Echtermeyers Alibi!

Fühlen Sie dabei dem Fräulein Schmolick tüchtig auf den Zahn, das kann nicht schaden! Auf dem Rückweg suchen Sie den Organisten Hochsträtter auf – da!" Er schob ihm das dickleibige, gelbe Telefonbuch zu. „Hier drin finden Sie seine Adresse. Lassen Sie sich von ihm den Hergang am gestrigen Abend nochmals ausführlich schildern!"
Er selbst werde, fuhr der Oberinspektor fort, zuerst den spanischen Lehrer Rodrigo A-l-v-a-r-e-z (König las den Namen buchstabierend aus seinem Notizbuch ab) besuchen, der habe ja im vorigen Jahr die Santoz an Massenbach vermittelt. Möglicherweise habe er in der Folgezeit noch weiterhin gute Kontakte zu ihr unterhalten, vielleicht könne er sogar einen Hinweis darauf geben, wer der Vater des Kindes sei – vielleicht!
„Und dann, mein lieber Wittmann", sagte König, „gedenke ich den Herrn Dr. Lohse zu einer Unterredung aufzusuchen." Er betrachtete nochmals das aufgeschlitzte Kuvert, das vor ihm auf der dunkelgrünen Schreibunterlage lag. Jemand hatte auf dessen Vorderseite die Ortsangabe „Madrid" durchgestrichen und handschriftlich eine andere, aus mehreren Worten bestehende Adresse darübergeschrieben, von der aber der Oberinspektor nur das letzte Wort entziffern konnte. Es lautete: „Sebastiani".
Vom Domturm hallten zehn volle Schläge. König warf einen überraschten Blick auf seine Uhr, als könne er der Domuhr nicht trauen, dann stand er auf, knöpfte sein Jackett zu und zog es mit einer energischen Bewegung straff. Es sah für den Assistenten, der ihn dabei beobachtete, aus, als habe sein Vorgesetzter mit dieser

Handlung gleich einem mittelalterlichen Kreuzfahrer eine Rüstung angelegt. Dieser Gedanke war um so bemerkenswerter, als Wittmann – einem stocknüchternen Westfalen – gewöhnlich jeglicher Sinn für Romantik fehlte! Da die Handlung jedoch mit einer strengen Selbstverständlichkeit geschah, wurde ihr jeder Anflug von Lächerlichsein genommen.

Darauf, schon im Begriff hinauszugehen, sagte König nachdenklich: „Der Herr Doktor hat gestern bei der Identifizierung nicht die geringste Andeutung gemacht, daß er die Santoz auch außerdienstlich besonders gut gekannt habe. Warum eigentlich nicht?"

9

Das Gewitter vom gestrigen Abend hatte eine milchige Dunstschicht zurückgelassen, die am Morgen das weite Becken von der Warthe bis hinüber zu den Bergwäldern hinter Kohlstätt füllte und unter deren Schleier die Konturen der Stadt mit ihren Dächern und Schloten und Türmen undeutlich und verzerrt wirkten, so daß alle Dimensionen im Unklaren verschwammen. Als jedoch später am Vormittag die Sonne höher stieg, erhob sich ein frisch-kühler Wind, der aus Südosten wehend durch die weite Senkung strich und allen Dunst über die Senne hinweg nordwärts in die Ebenen hinaustrieb. Und als die Kirchgänger nach dem feierlichen Pontifikalamt aus dem Dome strömten, da wölbte sich ein Himmel von einem beinahe unwirklich reinen und tiefen Blau über der Stadt.

Lippe, Pader und Alme, die noch bei Tagesanbruch Massen schmutzigen, graubraunen Wassers mit weißen Schaumkämmen und wirrem Treibgut talwärts vorüberwälzten und sich an Brückenpfeilern und Krümmungen des Bettes gurgelnd und quirlend stauten, schwollen bald merklich ab; und gegen Mittag hatte ihr Wasser wieder seine übliche blaßgrüne Färbung mit dem bläulichen Unterton angenommen.

Die Pfützen an den Wegrändern im Paderquellgebiet wandelten sich in zarte, helle Dampffahnen, die über den feuchtglitzernden Asphalt dahinwehten und plötzlich nicht mehr da waren. Und noch ehe es 12 Uhr läutete, blähten sich die Fahnen vor dem Alten Rathaus und die vielen Fähnchen, die den Weg der Prozession säumten, wieder getrocknet im Winde.

Gleich einer urmächtigen, erzenen Woge flutete das Festgeläut am Nachmittag über die Stadt und brauste, vom Wind getragen, weit über das Land. Pralle Trauben von Festbesuchern ballten sich vor dem Paradiesportal des Domes mit der gekrönten Madonna am Mittelpfeiler und den ehrwürdigen steinernen Aposteln links und rechts davon über reichgeschmückten Kapitellen.

Auch den ganzen Prozessionsweg entlang drängten sich die Menschen Kopf an Kopf, als der Zug gemessenen Schrittes mit dem vergoldeten Schrein, der die Reliquien des heiliggesprochenen Stadtpatrons birgt, unter einem Baldachin vorüberschritt. Die Träger des Schreins wie auch der Mann, der der Prozession den „Pfauenwedel" vorantrug, waren allesamt in die farbenfrohe Tracht des 15. Jahrhunderts gekleidet. Dieses „Pfauenrad" (oder auch „Pfauenwedel") erinnert dar-

an, daß – wie die Legende berichtet – im Jahre 836 ein Pfau dem Zuge den Weg weisend vorausgeflogen sei, als der damalige Paderborner Bischof Baduard die Gebeine des heiligen Liborius, eines Kirchenfürsten des 4. Jahrhunderts, aus dem französischen Le Mans in das erst kürzlich christianisierte Ostwestfalen überführen ließ.
Kein Geringerer als Seine Exzellenz, der amtierende Erzbischof in Person, geleitete den Reliquienschrein, begleitet vom Bischof von Le Mans und gefolgt vom Domkapitel, von den Rittern vom Heiligen Grab und von Mitgliedern der verschiedenen ortsansässigen kirchlichen Orden. Nach dem Abschluß der Prozession, wenn also der Zug das Dominnere wieder betreten hat, werden die Reliquien wieder in der Krypta unter der Apsis beigesetzt, nachdem sie vorher drei Tage lang vor dem Hochaltar zur Verehrung durch die Gläubigen ausgesetzt gewesen waren.
Eine gewisse Lockerung – keineswegs eine Verflachung! – des strengen asketischen Charakters der Prozession geschah durch die Mitwirkung der bayerischen Kapelle aus dem großen Bierzelt auf dem Liboriberg, die auf ihren Blasinstrumenten den Gesang der Prozessionsteilnehmer begleitete: Indem so die innig-lebendige Verbundenheit von Heiligenverehrung und Volksbelustigung allen Augen offenbar wurde, verschmolz auf eine schwer zu begreifende Weise Überirdisches und Irdisches zu einer elementaren, urtümlichen Frömmigkeit.
Der Zug besaß daher, als er mit „Pfauenrad", Bayernkapelle und Reliquienschrein vorüberzog, eine unverfälschte, natürliche Würde, einen aus jahrtausendealter Tradition erwachsenen Adel, daß der entlang des Weges

in der Zuschauermenge immer wieder aufspritzende Spott „progressiver" oder materialistisch orientierter Betrachter entweder rasch erstickte oder doch nur recht kümmerlich geriet. Etwas von einem tiefen, das Ganze durchdringenden Frieden ging von ihm aus, denn ihm fehlte die lauernde Aggressivität politischer Demonstrationen, aber auch das marktschreierische, touristenhaschende Gebaren vieler modernisierter „Volksumzüge".

10

Die festliche Abschlußandacht am Abend in der Kapelle des Michaelsklosters hatte erheblich länger gedauert, als Domvikar Lückes vorher annahm. Der Geistliche Rat und Dozent für alttestamentliche Exegese, Dr. Schmittlein, widmete sich während seiner Predigt der Erörterung seiner neuesten Erkenntnisse mit einer solch langatmigen Akribie, daß die beiden halbwüchsigen Ministranten links und rechts von Lückes anfingen, immer öfter und ungenierter auf ihre Armbanduhren zu blicken.
So kam es, daß der Domivkar jetzt – nach seiner Verabschiedung von dem geschwätzigen Festprediger und der heimlich seufzenden Oberin – mit rascherem Schritt als gewöhnlich die Gasse hinaufging. Er konnte es dabei nicht unterlassen, einen Blick auf den gegenüberliegenden Park zu werfen, wo die Büsche und Bäume zu einer einfarbig-schwarzen Masse ineinander verschmolzen, während die Wipfel sich scharf von dem allmählich

dunkler werdenden Pastellblau des Himmels abhoben. Lückes fühlte sich von diesem Anblick unwillkürlich an chinesische Tuschemalerei auf Seide erinnert.
Die Gasse schien verlassen, denn die letzten Gläubigen waren längst gegangen. Allerdings bemerkte der geistliche Herr etwas seitlich hinter der schmalen Brücke über dem Paderarm – da, wo sich die Gasse zu dem kleinen, mit Kopfsteinen gepflasterten Platz erweitert – einen schweren Wagen von dunkler Farbe. Das große Fahrzeug parkte dort ohne Standlichter; in seiner Windschutzscheibe widerspiegelte sich der Schein der nächsten Straßenlampe in einem grünlich-weißen Lichte.
Als Lückes sich nahezu auf gleicher Höhe mit dem Auto befand, löste sich aus dessen Schatten eine Gestalt mit einem breitkrempigen Hut und kam auf den Domvikar zu. Dieser verhielt unwillkürlich seinen Schritt – da nahm der andere seinen Hut ab, und Lückes erkannte den Verleger Massenbach.
„Guten Abend, Herr Vikar!" sagte der, „ich bitte um Verzeihung, aber Ihre Haushälterin sagte mir, sie seien im Kloster in der Abendandacht. Ich habe mir erlaubt, hier auf Sie zu warten. Wenn ich Sie nämlich trotz der vorgerückten Stunde belästigen dürfte – wenigstens für einige Minuten? Ich selbst finde keine Ruhe", setzte er leiser hinzu. Er stehe ihm selbstverständlich zur Verfügung, versicherte der Domvikar und fügte mit einer einladenden Geste hinzu: „Bitte, kommen Sie!"
Die beiden Herren gingen die Gasse aufwärts bis zu dem Haus am oberen Ende, in dem der Vikar eine Wohnung hatte. Drinnen, in seinem Studierzimmer, schaltete Lückes nur die Stehlampe mit dem dunkelgelben

Schirm ein, wodurch ein gedämpftes, warmes Licht auf die Sesselgruppe um den runden Rauchtisch fiel. Alles – das nur schwach erhellte Zimmer mit den vorgezogenen, bräunlich- und ockergetönten Übergardinen, die in Dunkel gehaltenen Möbel, die überwiegend schwarzen Buchrücken mit der Goldschrift im Bücherschrank, das orangefarbene Licht – schuf eine Atmosphäre ungewöhnlicher Geborgenheit, so daß Lückes schon nach kurzer Zeit spürte, wie sich die nervöse Spannung seines späten Besuchers mehr und mehr zu lösen begann.
"Ich habe noch eine Flasche Mosel", sagte der Domvikar, während er Massenbach einen Sessel zurechtrückte, "er ist weniger herb – eher lieblich. Was darf ich Ihnen zu rauchen anbieten – Zigarette oder Zigarre? Wenn es Sie nicht stört", erklärte er mit einem flüchtigen Lächeln, "möchte ich zur Pfeife greifen – eine alte Gewohnheit, die ich aus dem Krieg heimgebracht habe." Der Wein duftete würzig. Beide Herren rauchten, sie schwiegen zunächst, denn Massenbach suchte offensichtlich nach einem Anfang, und Lückes fühlte, er dürfe jetzt nicht drängen. Aber unvermittelt ergriff die Unruhe erneut von Massenbach Besitz, und er sagte ohne jede Einleitung: "Sie werden vermutlich wissen, warum ich Sie noch zu so später Stunde behellige, Herr Vikar. Ich sprach Sie ja bereits heute morgen darum an." Übrigens – unterbrach er sich selbst – habe er erreicht, daß am morgigen Vormittag die Obduktion vorgenommen werde, so daß am Nachmittag oder Abend die Leiche in die Kapelle am Ostfriedhof überführt werden könne. "Jetzt aber bitte ich Sie: Berichten Sie mir, was sich gestern abend ereignet hat –

das heißt: soweit Sie persönlich daran beteiligt waren!"
Leider, erwiderte Lückes, könne er nicht viel berichten, nur eben das, was er auch schon der Polizei geschildert habe. Nachdem er dem mit gesenktem Kopf reglos lauschenden Massenbach die Vorgänge beschrieben hatte – angefangen vom Schellen des Organisten bis zum Abtransport der ohnmächtigen Frau durch den Unfallwagen –, schloß er: „Wir haben zu diesem Zeitpunkt weder gewußt, wer die Frau war – noch, welch tödliche Gefahr ihre Verletzung in sich barg."
Massenbach, der bis zum letzten Wort stumm der Schilderung gelauscht hatte, hob nun den Kopf und fragte: „Sie vermochten auf der Straße keine verdächtige Person zu entdecken – ich meine damit: jemanden, der als Täter in Frage kommen könnte?" Nein, sagte der Domvikar mit Entschiedenheit, dasselbe habe ihn am heutigen Nachmittag schon der Polizeibeamte gefragt, der wegen der Unterschrift unter seiner Aussage bei ihm gewesen sei. Aber außer dem Organisten Hochstrátter, der die Mutter Oberin und ihn alarmiert habe, und etwas später eben jene Schuhmacherswitwe Schreiber sei die Gasse absolut menschenleer gewesen.
Massenbach atmete schwer. „Seit vierundzwanzig Stunden", sagte er, „seit man mir die schreckliche Nachricht überbracht habe, zermartere ich mein Hirn, wer Isabella derart wahnsinnig gehaßt haben könnte. Ich habe bis zur Stunde keine Antwort darauf gefunden." Als er sich jetzt vorbeugte, um seine erloschene Zigarre an der Flamme, die Lückes ihm zuvorkommend entgegenhielt, neu zu entzünden, bemerkte dieser, daß die Hand des Verlegers zitterte.

„Ich möchte nicht indiskret erscheinen", sagte der Domvikar, während er das abgebrannte Streichholz bedächtig in den Aschenbecher legte, „doch gestatten sie mir die Frage: Wie kam Fräulein Santoz in Ihr Unternehmen?" „Señor Alvarez", erklärte Massenbach, „der Leiter der hiesigen Schule für die Kinder spanischer Gastarbeiter – Sie kennen ihn gewiß selbst! –, mit dem ich von einigen Anlässen her bekannt war" (er verschwieg, daß er jene Schule bereits mehrfach finanziell unterstützt hatte), „bat mich eines Tages um Auskunft über die Anstellungsmöglichkeiten im bundesdeutschen Verlagswesen. Eine entfernte Verwandte, so erzählte er mir dabei, eine junge Dame, die eben ihr Examen in Romanistik und Germanistik an der Madrider Hochschule abgelegt habe, trage sich mit dem Wunsche, für einen begrenzten Zeitraum eine Anstellung in Westdeutschland zu suchen."

Nun, ihm sei die Anfrage nicht ungelegen gekommen, fuhr Massenbach fort, nachdem er einen Schluck Mosel getrunken hatte. „Mein angeheirateter Neffe – Sie kennen ihn ebenfalls: Dr. Lohse – plante nämlich bereits seit langem, eine kritische Edition spanischer Barockwerke herauszugeben, vor allem die Dramen Calderóns, aber auch Lope de Vega, Tirso de Molina und Agustín Moreto – und natürlich Cervantes! Da er aber wegen der verschiedenen Funktionen, die ihm als meinem Stellvertreter obliegen, unmöglich allein diese Ausgabe redigieren konnte, wir auch über keine geeignete Zweitkraft verfügten, war das Projekt bisher liegengeblieben. Ich will mich kurz fassen! Señor Alvarez arrangierte die Reise seiner Verwandten hierher, wir überzeugten uns

von deren übersetzerischem Können, ihr wiederum gefiel die ihr angetragene Tätigkeit, und so trat Señorita Santoz in unseren Verlag ein. Es war übrigens im April des vergangenen Jahres." Er schwieg, ergriff sein Glas und leerte es beinahe hastig. Lückes sagte gedankenvoll mehr zu sich selbst: „So war das also –."
Beide Herren saßen jetzt stumm, rauchten, der Domvikar hatte die Gläser neu gefüllt, obwohl es einige Augenblicke lang schien, als wollte sich Massenbach erheben und gehen. Das Schweigen war nicht eine Pause in einem kontinuierlichen Gespräch, es war vielmehr ein Suchen und Tasten nach einem Neubeginn, denn das, was ursprünglich gesagt werden sollte, das war ja bereits gesagt. Der Geistliche, erfahren durch viele Bekenntnisse, die aus den untersten Gründen der Seele heraufgequollen waren, spürte überdeutlich, daß sein Besucher etwas aussagen – oder besser: abgeben wollte, das noch weiter mit sich zu tragen seine Kräfte übersteigen würde!
Mehrere Male schien Massenbach den Versuch wagen zu wollen, endlich zu reden, aber jedesmal zögerte er, schreckte er wieder zurück. Domvikar Lückes aber wartete mit nahezu unerschöpflicher Geduld. Dann endlich – keiner der beiden Herren wußte genau, wieviel Zeit vergangen war, denn sie hatten in ihrem Warten den Begriff für Zeit aufgegeben – sagte Massenbach unsicher: „Sagen Sie mir bitte: Wo beginnt bei einer Verfehlung, die kein juristisches Delikt darstellt, das Schuldigsein?" – „Schuld – Unschuld –", erwiderte der Domvikar langsam, „wer könnte exakt festlegen, wo die Grenze zwischen ihnen liegt? Eine Grenze, denken Sie

daran, die einem hauchzarten Gebilde gleicht, das schon der bloße Gedanke verletzen kann – durchbrechen – zerstören!" Und nach kurzem Nachdenken ergänzte er: „Vielleicht läßt sich diese Grenze so erläutern wie das Phänomen des Punktes in der Geometrie: Sie ist letzten Endes nur ein gedachtes Etwas, das sich mit den uns zur Verfügung stehenden Mitteln niemals darstellen läßt! Daher ist es unmöglich, mit letzter, ausschließlicher Genauigkeit den Augenblick zu bestimmen, in dem die Trennlinie zwischen Schuld und Unschuld überschritten wird."

„Also genügt schon der Gedanke allein", sagte Massenbach, „‚– Gedanken, wer könnte die bändigen?!" Er hatte dabei das Bild ziehender Wolken vor Augen: Gebilde aus Dunst und Wasserdampf, fast schwerelos, nie faßbar, aber dennoch wirklich vorhanden! – zuwenig, eine Hand zu füllen, jedoch genug, ein ganzes Land zu bedecken.

„Sehen Sie", sagte Lückes, „der bloße Gedanke ist erst der Antrieb – die Tat entsteht ja danach aus der Synthese aus Denken und Wollen, also dann, wenn sich unser Verstand des Gedankens bemächtigt hat." Und bei sich setzte er hinzu: „Der Verstand, dieses unruhige, nie vollkommen zu befriedigende Uhrwerk in uns, das treibt und treibt, solange wir atmen! – der Bruder des Gefühls und zugleich sein erbittertster Gegenspieler: beides in einem!"

Massenbach saß reglos, er schien die Gedanken des geistlichen Herrn nachzuvollziehen. Dann, eine kleine Weile später, begann er zu reden. „Sie werden sich gewiß fragen", sagte er, „warum ich eine Angestellte

meines Verlagshauses in das Erbbegräbnis meiner Familie aufnehmen will. Die Erklärung lautet: Isabella war meine Frau!" Massenbach merkte, daß Lückes ihn groß ansah, darum setzte er hinzu: „Sie war es nicht nach den Gesetzen des Staates oder den Geboten der Kirche – danach nicht, aber nach der Verbindung, die wir eingegangen waren. Ich weiß nicht, Herr Vikar", unterbrach er sich abermals und blickte den geistlichen Herrn mit einem leicht verlegenen Ausdruck an, „wieweit Sie in diesen Dingen die Normen gedanklich zu überschreiten vermögen, die Ihnen Ihr Stand setzt...?"
– „Ich bin Spätberufener", sagte Lückes einfach, ohne jedes falsche Pathos, „ich habe beinahe dreißig Jahre als Laie in der Welt gelebt, mit allen Hoffnungen, Wünschen und Träumen, die ein Mann nur haben kann." – „Unter diesen Umständen werden Sie mich besser verstehen können!" sagte Massenbach lebhaft; der verschlossene, grüblerische Ausdruck wich nun vollkommen aus seinen Zügen, statt dessen schien er von dem festen Willen beseelt, rückhaltlos bekennen zu wollen.

„Ich habe zu Beginn der dreißiger Jahre studiert", begann er, „in München, Heidelberg und Berlin. Es waren damals tolle Jahre für mich, besonders die beiden letzten in unserer ehemaligen Reichshauptstadt! Verzeihen Sie – ich muß einfach weit ausholen, um Ihnen das Folgende besser verständlich zu machen!"

Er nahm einen Schluck, bevor er fortfuhr: „Ich war wie von einem sinnverwirrenden Rausch befallen, das Schöne aufzufinden und zu genießen! Das Schönste jedoch", setzte er leiser, beinahe versonnen hinzu, „das

Schöne, glaubte ich, ist in den Frauen verkörpert! – Sie halten mich nach diesem Geständnis möglicherweise für den sinnlichen Leidenschaften verfallen, aber glauben Sie mir: das war ich im Grunde meines Wesens nicht! Sie könnten mich weit eher einen Phantasten nennen – oder auch einen Narren! Ich fühlte mich nämlich förmlich von der Idee besessen, die vollkommene Schönheit zu finden, das heißt: äußere und innere Form eines Weibes sollten in höchster Makellosigkeit und Harmonie vereint sein!
Sie kennen Botticellis Venus – nun, dieses körperliche Schönheitsideal dachte ich mir durch ein gleichgestaltetes seelisches vervollkommnet. So habe ich viele Jahre der Auffindung dessen geopfert, was ich ‚meine Venus' nannte. Dies tat ich übrigens auch noch später, nach meiner Studienzeit, während meiner häufigen Reisen vor und nach dem Krieg. Ich war, so könnte man unter Umständen sagen, ein Pygmalion des 20. Jahrhunderts."
„Ich konnte mich aber trotz häufiger Frauenbekanntschaften nie zu einer ehelichen Bindung entschließen, ich hatte nämlich meine Venus nie gefunden! Ich widmete mich statt dessen mehr und mehr dem Ausbau des Verlages. In meinen Mußestunden aber huldigte ich dem Schönen in der Kunst, das ich außerordentlich ausgeprägt in der Musik, in der Architektur und auch in der Literatur des Rokoko erkenne. Ich glaube, die Fachleute nennen so etwas einen Verdrängungsprozeß.
Bis dann an jenem vorletzten Märztage Isabella kam! Sie werden sich fragen, warum ich Ihnen alles in derartiger Ausführlichkeit schildere. Nun, in dem, was ich bis jetzt

darlegte, dürfte der Schlüssel zu dem folgenden Geschehen liegen."

Nach einer kurzen Pause sprach er weiter: „Isabella erweckte mein Interesse sogleich bei unserer ersten Begegnung, als sie sich vorstellen kam – und sie faszinierte mich immer stärker, je länger sie in der Firma war. Ich wagte zunächst nicht, an eine späte Realisierung dessen zu glauben, was sich in meinen jüngeren Jahren als Fata Morgana erwiesen hatte – bis zum Liborifest des vergangenen Jahres."

Er machte abermals eine Pause, so, als müsse er sich extrem konzentrieren, dann berichtete er nüchtern und klar: „Wie Sie gewiß schon selbst beobachtet haben, ziehen in dem sogenannten Europazug die verschiedenen Nationen gruppenweise mit. Über den Lehrer Alvarez, der während seines mehrjährigen hiesigen Aufenthaltes wahrscheinlich diesen Umzug gesehen hatte, erfuhr Isabella davon – genauer: von der Teilnahme einer spanischen Delegation.

Isabella war eine echte Spanierin: stolz auf ihr Volk, stolz auf ihre Heimat! Daher äußerte sie den Wunsch, selbst am Zuge teilnehmen zu können. Meine Nichte Elisabeth besitzt als passionierte Reiterin ein eigenes Reitpferd, das stellte sie Isabella zur Verfügung.

Kein Geringerer als ich selbst, zuletzt angesteckt von dem Eifer der beiden jungen Frauen, engagierte einen bekannten Kölner Salon, für Isabella das Paradekostüm eines Toreros anzufertigen." Ein kleines Lächeln stahl sich in seine Mundwinkel, als er sagte: „Und so führte sie wirklich hoch zu Roß in Männerkleidung ihre Landsleute an."

... Vor seinen Augen entstand wieder mit beängstigender Schärfe jenes Bild, das ihn seit einem Jahr nicht verließ, als sei es förmlich in seine Netzhaut eingebrannt! Mit zackigem Schritt zog eben die Militärkapelle der in Paderborn stationierten britischen Einheiten zu den Klängen des „York'schen Marsches" vorüber, der Paukenschläger trug das gefleckte Leopardenfell umgehängt. Dahinter kam die spanische Gruppe. Er sah allerdings von all den prachtvollen, farbenfrohen Gestalten – den Männern in breitrandigen Hüten, den Frauen mit den kostbaren, hohen Mantillas – nur die schlanke Reiterin an der Spitze. Sie führte nur mit einer Hand die Zügel, die andere hielt sie mit charmanter Lässigkeit in die Hüfte gestemmt.

Sie saß in unnachahmlicher Grandezza im Sattel – in ihrem Anzug von preußisch-blauer Farbe, mit reichbesticktem Hüftjäckchen und langer Hose, die unten in überweiten, seitlich geschlitzten Beinen auslief, in weißer Spitzenbluse mit bauschigen Rüschen, die vorn zwischen den Revers aus Goldlamé hervorquollen, und mit einer breiten, purpurroten Schärpe um die Taille. Auf ihrem prachtvollen tief-schwarzen Haar, das im Nacken von einer ebenfalls purpurnen Schleife zusammengehalten wurde, trug sie einen dunklen Hut mit breiter Krempe und flacher Krone, keck zur Seite und leicht nach vorn gerückt. Sie lächelte den spalierstehenden Massen links und rechts des Weges zu, die ihr stürmisch Beifall zollten – ein anmutiges und zugleich stolzes Lächeln! ...

„In dieser Stunde erkannte ich mit für mich unumstößlicher Gewißheit, daß ich mein Ideal, meine Venus – die ich so viele Jahrzehnte vergeblich gesucht hatte – endlich vor mir sah! Isabella wurde für mich die Frau, in der sich äußere und innere Schönheit zu einer bezaubernden Harmonie paarten. Durch diese Erkenntnis erwachte etwas in mir, für das ich keinen Namen, keinen Ausdruck in unserer Sprache weiß – nicht Liebe, nicht Rausch, nicht Verzauberung! Das ist alles, für sich allein genommen, zuwenig. Es war das alles gleichzeitig!"

„Ich warb um sie", fuhr Massenbach fort, nachdem er seine Erregung gedämpft hatte, „mit aller Glut, der mein Herz je fähig wurde. Und ich sah mich dazu ermutigt durch die Entdeckung, daß mein Werben Isabella durchaus nicht gleichgültig blieb. Nur setzte immer wieder ihre stolze, strenge, sakramentbezogene Auffassung von der Liebe – die wir heute kaum noch verstehen, die aber ihrer religionsbezogenen Erziehung in einer Klosterschule entstammte – einem etwaigen Nachgeben ihrerseits ein Nein entgegen.

Ich aber wurde durch ihr halbes Sich-mir-Zuneigen und gleichzeitiges Vor-mir-Zurückweichen in einen Gemütszustand versetzt, der an Raserei grenzte. In diesem meinem völlig außervernünftigen Zustand des Besitzenwollens gewann ich die geliebte Frau endlich dadurch, daß ich ihr versprach, unsere Beziehung sowohl gesetzlich wie religiös zu legalisieren."

Das letzte hatte Massenbach nur zögernd ausgesprochen. Domvikar Lückes runzelte die Brauen und fragte mit einer gewissen Strenge: „Haben Sie, als Sie dieses Versprechen abgaben, aufrichtig den Willen besessen, mit Fräulein Santoz die Ehe einzugehen? Oder diente es Ihnen lediglich dazu, Ihre Absicht zu erreichen?"

„Niemals!" stieß Massenbach heftig aus. „Gott sei mein Zeuge! Ich sprach das aus, was tatsächlich mein innigster Wunsch war!" – „Warum haben Sie dann Ihr Wort gebrochen?" Noch war die Schärfe nicht aus der Stimme des geistlichen Herrn gewichen.
Massenbach schüttelte zunächst nur hilflos den Kopf, ohne zu antworten. Er suchte minutenlang nach treffenden Worten, schließlich sagte er – und Lückes glaubte, echte Verzweiflung daraus zu hören: „Ich habe mich seither wieder und wieder gefragt, was eigentlich geschehen sei, aber ich weiß keine Antwort darauf. In den Stunden, da sich Isabella mir schenkte, da kam ich mir beinahe wie von Sinnen vor in meinem Glück! Ich kann das, was ich im vergangenen August erlebte, was ich fühlte – es geschah in meinem Wochenendhaus draußen am Möhnesee –, unmöglich mit Worten wiedergeben!"
„Aber urplötzlich – und gerade das ist das Unbegreifliche, Widersinnige für mich! –, da schlugen ohne jeden äußeren Anlaß meine Gefühle um. Mitten im innigsten Glück bemerkte ich auf einmal, welch enormer Altersunterschied zwischen ihr und mir bestand: Sie war 22 – ich hingegen 58!"
Massenbach hielt es nicht länger in seinem Sessel. Er sprang auf und begann, hastig auf und ab zu gehen. „Es war entsetzlich!" rief er aus. „Wo ich auch ging oder stand – überall erschienen die Zahlen vor meinen Augen: 22 und 58! Ich sagte mir: Wenn sie in einigen Jahren zum reifen Weibe erblüht sein würde in vollendeter Schönheit, dann würde ich selbst ein verfallender Greis sein, ein Siebzigjähriger! Und dann würde es anderen Männern – diesen jungen, kraftstrotzenden

Burschen – nicht schwerfallen, mich dahin zu verweisen, wohin ich nach den Gesetzen der Natur tatsächlich gehörte! Alle die wahren, halbwahren oder erfundenen Geschichten, die ich je gehört hatte über Ehen, die am Altersunterschied der Partner gescheitert waren, fielen mir ein. Ich versuchte, diese Gedanken zu verbannen, die Qualen abzuschütteln – vergeblich! – Sie kamen wieder, immer aufs neue! Sie sprangen mich an wie ein Rudel hungriger Wölfe und drohten mich zu zerreißen! Es war ein infernalisches Trauma, das ich durchlitt!"
„Haben Sie nicht mit Fräulein Santoz über Ihre Zweifel gesprochen?" fragte Lückes. „Ich fand nicht den Mut dazu", gestand Massenbach, während er wie zögernd wieder Platz nahm. Das Geständnis schien ihn etwas beruhigt zu haben, „ich fürchtete, sie könnte mich nicht verstehen – vielleicht sogar verlachen. Es war quälend: Ich vermochte plötzlich nicht mehr zu erkennen, was sie wirklich dachte, was sie für mich fühlte." – „Wann erkennen wir jemals mit letzter Klarheit, was unser Gegenüber bewegt?" sagte der Domvikar leise, während zu gleicher Zeit der Gedanke in sein Bewußtsein drang, daß damals auch die Jünger – obwohl sie täglich um ihren Meister gewesen waren – im Garten Gethsemane nicht erkannten, unter welcher Todesangst Er litt.
„Ich tat das Unverzeihlichste, weil Törichste, was man – glaube ich – in einer derartigen Situation tun kann", fuhr Massenbach fort, „ich floh! Zwar gab ich die Fahrt, die ich schon wenige Tage nach unserem letzten Zusammensein nach Brüssel antrat, als unaufschiebbare Geschäftsreise aus, aber das war Tarnung. Ebensogut hätte mein Neffe oder ein Angestellter des Hauses unsere

belgischen und niederländischen Geschäftspartner aufsuchen können. Tatsache war, daß ich vor Isabella floh, um meiner seelischen Krise zu entkommen!"
Er habe zwar wiederholt an sie geschrieben, berichtete er nach einer Pause, aber er habe dabei das Thema einer Eheschließung sorgfältig ausgespart. „Und dann nahm alles eine unerwartete Wendung. Auf einer gesellschaftlichen Veranstaltung kurz vor meiner Rückreise traf ich einen alten Studienfreund, der vor mehr als zwei Jahrzehnten nach Amerika gegangen war. Nun – er wie auch seine Gattin drängten mich, sie zwei Tage später auf ihrem Rückflug über den Atlantik zu begleiten, um einige Wochen ihr Gast im sonnigen Florida zu sein. Ohne langes Besinnen sagte ich zu – die Verhandlungen in Brüssel waren inzwischen erfolgreich abgeschlossen, die Leitung des Hauses lag bei meinem Neffen in guten und bewährten Händen; also glaubte ich, nichts hindere mich an einer unvorhergesehenen Reise."
Massenbach sah zu Boden und schüttelte langsam den Kopf: „Es war jedoch, um die Wahrheit zu gestehen, weder mein alter Freund noch die Neue Welt, die mich hinüberzogen, es war nichts anderes als die Fortsetzung meiner Flucht! Ich erkannte das bald mit zunehmender Schärfe, als ich drüben von Sehenswürdigkeit zu Sehenswürdigkeit raste, als ich mit allen Mitteln versuchte, mich auf das zu konzentrieren, was ich gegenwärtig sah, hörte, erlebte. Denn in einer geradezu panischen Hektik – anders kann ich es nicht bezeichnen – stürzte ich mich auf alles, was immer sich mir bot. Ich wollte die Erinnerung an Isabella in einer Flut von neuen Eindrücken und Bildern ertränken! Verlorene Mühe! Ich

mußte von Tag zu Tag deutlicher erkennen, daß ich nie – wohin ich auch fliehen würde – weit genug käme, um in der Tat entflohen zu sein: Ich konnte mir ja selbst niemals entkommen!" Massenbach dachte kurz nach, darauf sagte er: „Ich war gegen Mitte September über den Ozean geflogen, Mitte November kehrte ich wieder nach Europa zurück. Die letzten zweieinhalb Wochen hatte ich übrigens unfreiwillig im Hause meiner Gastgeber bleiben müssen, denn ich war infolge der unsinnigen Strapazen gesundheitlich regelrecht zusammengebrochen. Aber gerade in den Tagen, in denen ich auf meine Genesung warten mußte, brach endgültig meine bisher krampfhaft unterdrückte Sehnsucht nach Isabella durch.
Rückblickend muß ich sagen, daß für mich daran das Unverständlichste ist und bleibt: Das Problem unseres enormen Altersunterschiedes, das mich vorher kopflos gemacht hatte, das erschien mir jetzt von Tag zu Tag unwesentlicher! Zusätzlich beunruhigte mich der Umstand, daß ich auf meine Briefe, die ich ihr aus den USA schrieb – im letzten hatte ich ihr meine seelische Verfassung aufrichtig geschildert – keine Antwort erhielt. Ich suchte mich selbst zu trösten mit der Erklärung, daß sie mir zürne. Ich war auch ehrlich genug, Isabella das Recht dazu uneingeschränkt zuzuerkennen.
Ich kam nach meiner Rekonvaleszenz so schnell wie möglich zurück. Nur in Brüssel unterbrach ich den Flug für knapp zwei Stunden, ich hatte nämlich da während meines Aufenthaltes im September im Angebot eines Juweliers einen prachtvollen Schmuck gesehen. Es handelte sich dabei um ein wundervolles Kollier mit passendem Ohrgehänge! Ich erwarb diese Kostbarkeiten für

Isabella – sie sollten meine Morgengabe werden, denn ich war jetzt erfüllt von der Absicht, sogleich nach meiner Heimkehr mein Wort einzulösen."
Massenbach brach ab, ergriff sein Glas und stürzte dessen Inhalt hastig wie ein Verdurstender hinunter. Dann stieß er gepreßt hervor: „Niemals, selbst in den düstersten Stunden nicht, hatte ich mir das ausgemalt, was mich tatsächlich erwartete!" Er stand auf, feiner Schweiß glänzte auf seiner Stirn, vielleicht von dem zu hastig getrunkenen Weine, vielleicht von der Qual der Erinnerung. Er begann erneut auf und ab zu gehen, wobei er wiederholt vor dem Bücherregal stehenblieb und auf die Buchrücken starrte, ohne jedoch offensichtlich das Geringste davon wahrzunehmen. Domvikar Lückes mußte sich jetzt mühen, die Worte zu verstehen, denn Massenbach sprach merkwürdig leise, fast, als spreche er zu sich selbst: „Sie wich mir aus, entglitt mir, ließ sich nicht fassen! Nicht etwa, daß ich Isabella nicht sehen und sprechen konnte! Im Verlag mußten wir uns ja zwangsläufig begegnen, aber das Beängstigende daran war, daß ich sie vor mir sah, mit ihr sprach, ihre Hand berührte – doch zugleich die Gewißheit empfand, von ihr unendlich weit entfernt zu sein!
Sprach ich sie auf geschäftliche Dinge an, so erhielt ich korrekt Antwort, versuchte ich dagegen über Privates, das heißt: Persönliches zu sprechen, so sah sie gleichsam durch mich hindurch, als sei ich nicht vorhanden, wandte sich ab und ließ mich ohne Erwiderung stehen. Ich – ich war ratlos, fühlte mich wie gelähmt! Dazu kam, daß ich an den Abenden, als ich ihre Wohnung in der Hathumarstraße aufsuchte, sie regelmäßig nicht

antraf. Auch ihre Vermieterin, der ich für eine Auskunft sogar Geld bot, vermochte mir nicht zu sagen, wo sie ihre Nächte verbringe. Einmal", sagte er noch leiser, „habe ich in meinem Wagen die ganze Nacht vor dem Haus gewartet – vergeblich!"
Massenbach kam zu seinem Sessel zurück, setzte sich. Der Domvikar merkte, daß der Verleger bemüht war, sich zu sammeln. Gefaßter fuhr er dann fort: „Nach mehreren Tagen gelang es mir endlich, sie zu einem Gespräch zu bewegen. Ich ließ in dieser Stunde all meinen Stolz fahren und bat sie beinahe kniefällig um eine Erklärung, woraufhin sie sich zögernd bereitfand, mich am Nachmittag des folgenden Tages, an einem Samstag, zu treffen. Aber nicht etwa in meinem Hause – das wies sie brüsk zurück! –, sondern weit außerhalb, in einem kleinen Gasthaus, das wir gemeinsam von einem Ausflug her kannten, an der Straße von Sande nach Delbrück."
…Es war einer jener Spät-Herbsttage, an denen ein Himmel von seidenzartem Hellblau sich unendlich weit und hoch über der Erde dehnt, während alle Dinge – selbst die in der Ferne – mit überdeutlicher Schärfe hervortreten. In der vergangenen Nacht hatte es gefroren, und auch jetzt noch, in den Nachmittagsstunden, lag über den Feldern und Wiesen ein dünner, weißlicher Hauch. Nur aus dem erfrorenen Braun-Grün der Ebereschen leuchtete noch hier und da das Rot einiger letzter, vergessener Vogelbeeren.
Massenbach, dessen schwerer Wagen draußen vor dem Lokal am Rande des Platzes parkte, stand am Fenster des kleinen, gemütlichen Hinterzimmers, das er per

Telefon für den heutigen Nachmittag hatte reservieren lassen. Er starrte über die fahlen Wiesen hinweg auf die Allee jenseits, die ihre kahlen Äste in den überhellen Himmel emporreckte. Das Bild wirkte auf ihn wie ein riesiger Scherenschnitt. Hinter ihm, auf dem weißgedeckten Tisch, standen links und rechts von einem Topf mit blaßviolett blühenden Alpenveilchen die Gedecke für zwei Personen. Eine anheimelnde Wärme ließ in dem kleinen Raum eine Atmosphäre der Heimeligkeit und Geborgenheit aufkommen.
Massenbach jedoch sah und spürte nichts davon. Er befand sich in einem tranceähnlichen Zustand, von hin- und herschwankenden Gefühlen gehetzt, die ihn bald als Ängste marterten, bald als Hoffnungen neu aufrichteten: Es war ein Stück Fegfeuer, das er durchlebte!
Als er hörte, daß hinter ihm die Tür nach flüchtigem Anklopfen geöffnet wurde, wandte er zunächst nur halb den Kopf, da er glaubte, der Wirt sei eingetreten. Gleich darauf fuhr er aber herum! „Isabella! – endlich!" rief er und wollte ihr mit ausgebreiteten Armen entgegengehen. Aber die Spanierin stand so stolz, so unnahbar unweit der Tür, die sie sofort hinter sich geschlossen hatte, daß er glaubte, sie sei von einer ihm nicht sichtbaren Mauer umgeben, und unwillkürlich stockte. Hilflos fielen seine Arme herab.
„Du hast mich hierher bestellt", sagte Isabella nach kurzem Gruß, „wozu noch?" Massenbach starrte sie voll Bewunderung und aufschwellender Sehnsucht an. „Sie ist noch schöner geworden – und reifer!" ging es ihm immer wieder durch den Sinn, während sein Auge über ihre schlanke Gestalt glitt. Sie trug ein graues

Winterkostüm, dessen Kragen mit hellem Pelzbesatz verbrämt war, dazu passend Schuhe und Handschuhe aus schwarzem Wildleder. Die rauhe Luft draußen, aber wohl ebenso die Erregung dieser Stunde mochte es sein, die ihre Wangen röteten.
„Bitte, Isabella", bat er mit weicher Stimme, indem er einen Stuhl zurechtrückte, „setz dich, bitte – wenigstens für einige Minuten!" Schon wollte sie ablehnen, da öffnete sich die Tür abermals, und der Wirt brachte weisungsgemäß das Getränk herein: dampfenden Punsch, der nach Tee, Arrak und Zitrone duftete. Er schenkte mit einem Schöpflöffel ein, dann erkundigte er sich höflich, ob er sofort die Königin-Pastete servieren dürfe. „Danke! – Für mich nicht!" wehrte Isabella korrekt, aber entschieden ab. Sie nahm jedoch, wahrscheinlich um Massenbach nicht vor dem jetzt neugierig glotzenden Mann zu desavouieren, auf dem Stuhl Platz, den der Verleger noch immer für sie parat hielt. Massenbach bedeutete dem Gastwirt, vorläufig mit dem Servieren noch zu warten. Der Wirt zog sich zurück.
Massenbach ließ sich dem Mädchen gegenüber nieder. „Isabella –", sagte er leise und legte behutsam seine Rechte auf ihre feingliedrige, schmale Hand. Sie hatte ihre Handschuhe ausgezogen und neben das vor ihr stehende Glas gelegt. „Isabella", wiederholte er, „wie habe ich diesen Augenblick herbeigesehnt...!" – „Es hat keinen Sinn mehr!" unterbrach sie ihn und zog ihre Hand zurück; ihre Stimme klang nicht laut, aber ungewöhnlich fest.
„Das kann nicht wahr sein!" fuhr Massenbach auf, „das ist unmöglich!" Er beugte sich zu ihr vor: „Isabella,

hast du völlig vergessen, daß ich dich liebe? – Hast du vergessen, was zwischen uns war?"
„Eben darum", entgegnete sie, „weil ich nichts vergessen habe – gar nichts!" – „Bitte, Isabella!" rief er gequält, „laß dir alles erklären!" Sie schüttelte nur stumm den Kopf, ergriff ihre Handschuhe und streifte sie über – sie sah ihn dabei nicht an. Dann sagte sie ruhig: „Ich bin hierher gekommen, um dir mitzuteilen, daß ich heiraten werde. Du solltest dies aus meinem Munde hören, nicht aus einem fremden." – „Nein!" Massenbach war aufgesprungen, alles Blut schien plötzlich aus seinen Wangen gewichen. Er starrte die Spanierin an, als habe sie soeben sein Urteil gesprochen. Aus seinem halboffen stehenden Munde kam kein weiterer Ton.
„Doch, Ewald", sagte sie, noch immer leise, aber unumstößlich bestimmt, so daß der Mann ihr gegenüber erkannte, das, was sie ihm sagte, sei endgültig. „Wann und wie steht zu dieser Stunde noch nicht fest, allerdings wird es bald geschehen. Darum ist jetzt jedes weitere Wort von deiner Seite zwecklos." Damit erhob sie sich.
„Aber – aber hast du – hast du nie meine wahre Liebe gefühlt? Hast du mich denn niemals wiedergeliebt –?" stammelte Massenbach trostlos. Alle seine vorher so sorgfältig vorgeformten Erklärungen, die er sich zurechtgelegt hatte, waren schlagartig aus seinem Gedächtnis gelöscht. Doch da brach jäh die Mauer nieder, die die Frau umgab, und sie erwiderte fast flüsternd: „O ja, Ewald – ich habe dich geliebt, bis zur Selbstaufgabe! Das wußtest du – und gerade darum gibt es zwischen uns nichts mehr zu sagen!" Sie sah ihn jetzt an, und für einen einzigen Augenblick vermochte er allen Schmerz, alle

Not und alle Seelenpein dieser Erde in ihren Augen zu erkennen – im nächsten schon schloß sich die Tür hinter ihr! Gleich darauf hörte er vor dem Haus einen Automotor aufheulen! Das wilde Knattern riß Massenbach aus seiner Erstarrung. „Isabella!" rief er, während er ihr verzweifelt nachstürzte, „Isabella! Warte!" Als er jedoch auf den Parkplatz hinauskam, sah er, wie gerade die Spanierin in dem VW, den sie sich für diesen Nachmittag von Alvarez ausgeliehen hatte, abfuhr – wie der Wagen, rechts blinkend, einige Meter weiter auf die Bundesstraße einbog, um dann in rascher Fahrt stadteinwärts davonzubrausen. Er fühlte sich versucht, in seinen hochtourigen Mercedes zu springen und ihr nachzujagen, aber er wußte gleichzeitig, wie sinnlos das sein würde!

So stand er und beobachtete, wie das Fahrzeug, ein rotbraunes Kabriolett, zwischen den entlaubten, dickstämmigen Bäumen der Chaussee kleiner und kleiner wurde, bis es von dem Gehölz vor dem Dorf Sande verschluckt wurde. Er aber stand noch: starr, stumm, hilflos. Er spürte nicht, wie ihm der kalte Novemberwind ins Gesicht pfiff und sein Haar wüst zauste – er nahm die Schar Krähen nicht wahr, die unter mißtönendem „Krah-krah!" vorüberstrich...

„Das, was noch geschah, ist bald erzählt", beendete Massenbach seinen Bericht, „– ich konnte trotz mehrmaliger Versuche Isabella nicht mehr außerhalb des Verlages finden, weder am Abend jenes Tages noch am folgenden Sonntag. Am Abend dieses Samstages wurde ich übrigens von der Polizei gehindert, Isabella sofort in ihrer Wohnung aufzusuchen. Mein damaliger Chauf-

feur war nämlich dabei ertappt worden, wie er während meiner Abwesenheit versuchte, den Safe in meinem Arbeitszimmer zu erbrechen. In diesem Schrank lag ja unter anderem der für Isabella bestimmte wertvolle Schmuck – das hatte der junge Mensch gewußt.
Am folgenden Montag teilte mir Isabella in Gegenwart meines Neffen offiziell mit, daß sie für ein dreiviertel Jahr von der Firma beurlaubt werden wolle, um sich an der Hochschule ihrer Heimatstadt einem Intensivkurs der deutschen Sprache zu unterziehen. Meine Einwände, sie spreche und schreibe ein einwandfreies, um nicht zu sagen: ausgezeichnetes Deutsch, blieben fruchtlos. Da sie infolge der Zusage meines Neffen zu diesem Gesuch – die Erlaubnis hatte er ihr während meiner Abwesenheit in seiner Eigenschaft als administrativer Firmenleiter erteilt! – bereits alle erforderlichen Schritte an der Madrider Universität geregelt hatte und da sie sich außerdem verpflichtete, während ihrer Abwesenheit weiter an der angelaufenen Barockausgabe zu arbeiten, mußte ich zuletzt zu meiner Verzweiflung völlig wider meinen Willen in die bereits getroffene Abmachung einwilligen.
Drei Tage später, am 30. November, schied sie aus – am 1. Dezember trat sie die Heimreise an. Wie ich eben schon sagte, war es mir nicht mehr gelungen, sie unter vier Augen zu sprechen." Er schwieg.
„Haben Sie nicht versucht, schriftlich Kontakt zu bekommen?" fragte Domvikar Lückes. „Gewiß", antwortete Massenbach bitter, „in den ersten zwei, drei Monaten ihrer Abwesenheit habe ich das wieder und wieder versucht. Ich erklärte ihr, daß ich ohne sie nicht

leben könne, daß ich alles, was sie während meines Amerikaaufenthaltes auch immer getan haben möge, sofort vorbehaltlos vergessen wolle – verlorene Mühe! Ich erhielt alle meine Briefe retour, versehen mit dem Vermerk ‚Annahme verweigert'!" Das – schloß er – habe ihm die Courage genommen, persönlich nach Madrid zu reisen.

„Wenn ich jedoch auch mir gegenüber ehrlich bin, dann lag mein Zaudern, Isabella direkt in ihrer Heimat aufzusuchen, hauptsächlich darin begründet", sagte Massenbach, „daß ich seit jenem Treffen im Hinterzimmer des Lokals von einem eigenartigen, quälenden Verdacht befallen war, der mich förmlich lähmte und den ich nicht abzuschütteln vermochte –." Er schien noch etwas sagen zu wollen, machte dann aber nur eine vage Geste und setzte hinzu: „Ich hatte in der ganzen Zeit nie die Hoffnung völlig aufgegeben, es könnte dennoch alles gut werden, wenn sie erst wieder hier wäre. Am gestrigen Abend ist sie tatsächlich gekommen, aber –" Massenbach mußte gegen ein jähes Schwanken in seiner Stimme ankämpfen, bevor er fortfahren konnte, „aber nun kann sie nicht mehr sagen, zu wem sie hat kommen wollen." Er nehme an, erwiderte der Domvikar, in diese Frage würden die Ermittlungen der Polizei Licht bringen.

Schweigen senkte sich über das sanft erhellte Zimmer. Und plötzlich wollte es Domvikar Lückes so vorkommen, als sei jemand, der irgendwann unbemerkt eingetreten war, nun wieder gegangen: ebenso unbemerkt, wie sein Kommen und seine Gegenwart gewesen war! Ein schwereloser Schatten –! Der geistliche Herr mußte sich bemühen, seine Gedanken zu sammeln und auf die Frage zu konzentrieren, die ihn beschäftigte.

„Zu der eiligen Rückkehr nach Spanien", sagte er, „– dazu wurde doch Fräulein Santoz eindeutig durch ihre Schwangerschaft gezwungen." Da Massenbach nur wortlos nickte, fuhr der Domvikar fort: „Dies beweist doch, daß sie keinesfalls eine bloße Ausrede gebrauchte, als sie Ihnen gegenüber von einer bevorstehenden Heirat sprach. Haben Sie nicht versucht, über den Unbekannten Recherchen anzustellen?"

„Ich deutete eben schon einen Verdacht an", antwortete Massenbach – er wirkte jetzt müde, erschöpft und merkwürdig gealtert –, „darum habe ich nur lau nachgeforscht. Außerdem spürte ich damals sogleich, daß Isabella die Wahrheit sagte, denn sie konnte nicht lügen – sie konnte es einfach nicht!" Er brach ab, zögerte, bevor er unsicher hinzufügte: „Mitunter freilich vermochte ich nicht zu verhindern, daß meine Gedanken – gleichsam verselbständigt – doch der Frage nachspürten. Und da hat sich mein Verdacht verstärkt, bis er nahezu zur Gewißheit wurde. Aber, verstehen Sie, ich konnte mich nie dazu überwinden, mir endgültige Klarheit zu verschaffen. Und darum, Herr Vikar, wage ich nicht, Ihnen einen Namen zu nennen." So sei er – setzte er schließlich noch hinzu – im Grunde auch nicht besonders überrascht gewesen, als ihm gestern abend die Kriminalbeamten auch von der Geburt eines Kindes berichteten.

Nun, sagte der Domvikar, er habe nur gefragt, weil ihn die Frage nach dem Täter und dem Motiv der Tat beschäftige. „Nein!" wehrte Massenbach mit aller Entschiedenheit ab, „wenn mein Verdacht richtig ist, dann müssen jener unbekannte Liebhaber und der Mörder zwei ganz verschiedene Personen sein!"

Massenbach sah auf seine Hände hinab, die er zu Fäusten geballt im Schoße liegen hatte. „Ich habe Ihnen das berichtet", sagte er, ohne aufzusehen, „was mein Anteil am Tode Isabellas ist. Was auch immer während meiner Abwesenheit geschehen, wessen Haß gegen sie zu solch unmenschlichem Ausmaß erregt worden sein mag, ich weiß dennoch: Niemand hat sich eigentlich so schwer an ihr vergangen, wie ich es tat! Und ich ahne, zwischen meinem Verrat und der Bluttat muß ein geheimer, uns heute noch verborgener Zusammenhang bestehen, der vielleicht dann, wenn man den Mord vollständig aufgeklärt hat, offen zutage treten wird. Aber letztlich kann ich nicht umhin, mir den Vorwurf zu machen, daß ich der erste bin, den die Verantwortung für ihren Tod trifft!" Während er dies sagte, drängten sich ihm die wehmutvollen Verse auf, die er irgendwo in einer Elegie der Romantik gelesen hatte: „Sie starb wie ein schuldloser Falter, zu schön und zart für unsere rauhe Welt." Er sprach das aber nicht aus.

Domvikar Lückes dachte eine Weile sorgfältig nach, bevor er sprach. „Sie fragten mich eingangs", sagte er schließlich, wobei er sich in seinem Sessel zurücklehnte und die Augen unwillkürlich in das Licht der Lampe emporrichtete, beinahe so, als suche er dort das andere, Ewige Licht, das alle Wahrheit in sich birgt, „wo die Grenze zwischen Schuld und Unschuld" liege. Nun, in Ihrem Falle, glaube ich, war es der Zeitpunkt, von dem an Sie meinten, nicht mehr ohne diese eine, einzige Frau

leben zu können! Denn in diesem übersteigerten Verlangen keimte bereits in einem nie vollkommen erklärbaren Widerspruch die außervernünftige, rasende Eifersucht, die Sie dann vom Ziel Ihrer Wünsche wegriß und in sinnloser Flucht davontrieb. Das, was Sie im Grunde wollten und was ja jeder wahrhaft Liebende will, war der niemals endensollende Besitzanspruch auf einen anderen Menschen. Lassen Sie es mich so ausdrücken: Sie suchten in der Endlichkeit das Unendliche zu gründen – und das für Sie allein! Die Erkenntnis der Unmöglichkeit dieses seiner Natur nach unmöglichen Vorhabens führte schließlich folgerichtig zur Katastrophe."
Lückes richtete sich unvermittelt auf, eine kleine Verlegenheit schien sich seiner bemächtigt zu haben. „Verzeihen Sie", bat er, „daß ich mich unterfangen habe, Ihnen mit den mir zu Gebote stehenden, völlig unzureichenden Mitteln meines leider nur durchschnittlichen Verstandes das Wesen Ihrer Schuld enthüllen zu wollen!" Aber während er so seine menschliche Unzulänglichkeit bekannte, wurde ein Schimmer jener tiefen Weisheit sichtbar, der die Großen der Kirche während zweier Jahrtausende ausgezeichnet hat.
Massenbach, dem dies nicht entgangen war, sah ihn von jähem Staunen überwältigt an. Dann besann er sich, stand hastig auf und bat, nach einem Blick auf seine Uhr, um Entschuldigung für die ungebührlich lange Belästigung. „Nein! nein, ich bitte Sie!" wehrte der Domvikar mit sanfter Gewalt ab. „Ich habe nur das zu tun versucht, was mir mit meinem Amte als Aufgabe auferlegt wurde."

Auf dem Weg zur Tür verhielt er jedoch nochmals: „Erlauben Sie mir eine letzte Bemerkung, Herr Massenbach! Ich kann Ihrem Entschluß, Fräulein Santoz in die Gruft Ihrer alteingesessenen und hochangesehenen Familie aufnehmen zu wollen, um damit vor aller Öffentlichkeit der Toten gegenüber das nachzuholen, was Sie vordem gegenüber der Lebenden versäumten, meine Achtung nicht versagen! Aber ich fürchte, da bleibt noch etwas offen." Als er abbrach, sah ihn Massenbach verständnislos an. Lückes fuhr fort: „Sie hegen gegen einen bestimmten Menschen nicht nur einen Verdacht, sondern auch Zorn, vielleicht gar Haß, weil er Ihnen die geliebte Frau entfremdete."
Da Massenbach nicht antwortete, sondern stumm zu Boden blickte, legte ihm Lückes die Hand auf den Arm. „Versuchen Sie, alles Böse aus Ihrer Seele zu verbannen!" sagte er dabei. „Vergessen Sie! – und vor allem: vergeben Sie! Erst dann, wenn Sie über sich selbst hinauswachsen, werden Sie das Bild des Menschen, den Sie am meisten geliebt haben, ungetrübt in Ihrer Erinnerung bewahren!"
Die beiden Herrn sprachen nicht, als sie in die Nacht hinaustraten. Die Gasse lag still und verlassen vor ihnen, vom Lichte der wenigen Straßenlaternen nur schwach erhellt. Der Domvikar ließ es sich nicht nehmen, seinen Besucher zu dessen Wagen zu geleiten. „Ich weiß nicht, Herr Vikar, wie ich Ihnen danken soll – Worte sind zuwenig", sagte der Verleger, während er Lückes herzlich die Hand drückte. „Sie haben mir mit diesem Gespräch mehr gegeben, als Sie ahnen. Wenn Sie gestatten, darf ich Sie zu einem Gegenbesuch einladen!"

Als Massenbach um seinen Wagen herumging und einstieg, kam es dem Geistlichen so vor, als seien die Schultern seines Besuchers jetzt straffer als vorher, seine Haltung aufrechter. Lückes blieb noch etwas stehen und sah dem schweren Fahrzeug nach, wie es mit rotglühenden Hecklleuchten davonglitt.

Plötzlich – er stand eben im Begriff, sich abzuwenden – wurde seine Aufmerksamkeit von dem Parkeingang jenseits der kleinen Brücke angezogen. Ihm war es nämlich so vorgekommen, als habe sich dort etwas bewegt – ein Schatten oder so was! Lückes stand vornübergebeugt und starrte mit zusammengekniffenen Augen angestrengt auf die pechschwarze Mauer aus Büschen und Bäumen, von der sich heller die grauen Betonsäulen des Törchens abhoben. Es war nicht möglich, ein Geräusch von dort drüben zu vernehmen, der Wind rauschte in den Baumkronen und verschmolz mit dem Gurgeln des Wassers, jeden anderen Laut verschlingend.

„Vielleicht ist es ein Tier – ein streunender Hund oder eine Katze auf der Jagd", beruhigte Lückes sich selbst, „oder ein verspätetes Paar vom Rummelplatz drückt sich noch herum." Es war natürlich auch möglich, daß ihn seine übermüdeten Sinne genarrt hatten!

Ehe sich jedoch der Domvikar vollständig darüber klar werden konnte, vernahm er hinter sich Schritte, die in großer Eile über das holprige Pflaster die Gasse herabkamen. Gleich darauf bog eine dunkelgekleidete Frauengestalt, die ein großes Umschlagtuch um Kopf und Schultern geschlungen trug, um die Ecke – wohl in der Absicht, dem schmalen Pfad oberhalb des Parkes, an der

Augenquelle vorüber, zur Hathumarstraße zu folgen. Als aber die Frau plötzlich den Geistlichen nur wenige Schritte vor sich gewahrte, prallte sie so heftig zurück, als sei sie gegen ein Hindernis gelaufen. Und sofort wandte sie sich ab und hastete die Gasse abwärts davon, am Kloster vorüber. Als sie dabei den fahlen Lichtkegel einer Straßenlampe passierte, erkannte sie der Domvikar, der ihr verblüfft nachschaute. „Die Schreibern!" murmelte er verwundert, „– was treibt die denn hier um Mitternacht?"

11

Wie am Nachmittag verabredet, trafen sich Eberhard und sein Klassenkamerad Klaus mit den Mädchen Biggi und Maggi beim Acht-Uhr-Läuten an der Ecke vor „Kaiser's Kaffee" am Westerntor zu einem Bummel über die Liborikirmes.

Bereits vor mehreren Wochen hatte nämlich Eberhard der blonden Birgit, die von ihren Freundinnen aus der Obersekunda des „Pelizeums" allgemein nur „Biggi" gerufen wurde, einen Abendbummel über die Kirmes versprochen. Beide hatten dabei an Karussellfahren, an Softeisschlecken und an das größte transportable Riesenrad Europas gedacht. Er war mit dem Mädchen seit dem gemeinsamen Faschingsball der Oberschulen im Februar so etwas wie befreundet.

Am Nachmittag freilich, als Eberhard nach seinem Ministrantendienst bei der Prozession an der hinteren Dompforte auf die Birgit getroffen war, die dort zusam-

men mit ihrer Freundin Maggi und Klaus auf ihn wartete, da hatte er unerklärlicherweise eine nicht recht zu begründende Unlust in sich aufsteigen gefühlt. Beide Mädchen waren übrigens noch vom Prozessionszug her in dunklen Samtkleidern und hochhackigen, glänzenden Lackschuhen gewesen, statt – wie gewöhnlich – in ausgewaschenen, geflickten Jeans und klobigen Clogs oder schmutziggrauen Turnschuhen. Da die drei sogleich mit ungestümer Heftigkeit in ihn gedrungen waren, sein einmal gegebenes Versprechen am heutigen Abend einzulösen, hatte Eberhard so aus dem Stegreif keinen Grund gefunden, der überzeugend genug geklungen hätte, dem unschuldigen Vergnügen auszuweichen. Jetzt, nach legerer Begrüßung, drangen die vier in die Gasse zwischen Buden, Würstchenständen und Vergnügungsmaschinerien ein: Geisterbahn, Kettenkarussell, Autoskooter, Achterbahn! Eine fremdartige Welt von beinahe surrealistischem Charakter war es, in die sie sich da hineinwagten – eine Synthese von Inferno und Bacchanal!
Gleich einem tausendköpfigen Fabelwesen schob sich, dicht an dicht gedrängt, ein Besucherstrom im Schritttempo vom Westerntor zur Kasseler Brücke aufwärts, während sich wie eine konträre Spiegelung eine gleichartige Masse auf der anderen Seite abwärtsschob. Das Ganze – die Zeilen der Buden links und rechts, die Kolonne der Wohnwagen dahinter, die schiebende, wogende Menschenflut in der Gasse dazwischen – übergoß gelbes, rotes, blaues, violettes und grünes Licht, überschwemmte ein wüster Lärm, in dem das Stimmengewirr mit dem Dröhnen, Rasseln, Orgeln und

Pfeifen der Musikapparaturen, mit dem Heulen und Sausen der verschiedenartigen kreisenden oder schwingenden Belustigungsmaschinen und dem heiseren Geplärre der Losverkäufer zu einer ohrzerreißenden Kakophonie verschmolz. Aus ihr spritzten hin und wieder ausgelassenes Kreischen und schrille Vergnügungsschreie wie Gischt auf.
Vor den einzelnen Attraktionen staute sich bald flüchtiger, bald heftiger die Flut der Schaulustigen, um sich darauf desto ungestümer gleich Brechern in der Brandung weiterzuergießen. Die Luft lastete schwer und stickig vom aufgewirbelten Straßenstaub, vom Rauch der bratenden Würstchen und vom Schweiß der aneinandergedrängten Leiber. Es roch betäubend nach gebrannten Mandeln, nach Lebkuchen und Honig, nach Heringsemmeln und sauren Gurken, nach Pommes frites und nach Auspuffgasen.
Die beiden Mädchen, jetzt wieder in ausgewaschenen Jeans, genossen die Atmosphäre wie einen berauschenden Trank. Manchmal machte die kleine Gruppe vor einem der Stände halt, um etwas von den Naschereien zu kaufen: mit rotem Zuckersirup überzogene Äpfel, röstfrische Mandeln, Zuckerwatte und schließlich Eis in Waffelhörnchen. Bald zwängten sich Biggi und Maggi kichernd und albernd durch das Gewühl und wollten kein Ende mit ihrem Lachen finden, wenn sie sich vorher aus den Augen verloren hatten und dann plötzlich vermittels eines energischen Vorwärtsschiebens voreinanderstanden.
Eberhard, der sich hinterdreinschob, fand dieses Getue reichlich kindisch – und je länger es die Mädchen

trieben, die jetzt anfingen, andere Kirmesbesucher in Mimik und Gestik nachzuahmen, desto mehr wurde er dieses Benehmen leid, während sich Klaus köstlich darüber amüsierte. Ihn störte heute eigenartigerweise Birgits von einer sprudelnden Übermütigkeit befallenes Wesen, obwohl er noch auf dem „Lunapark" im letzten Mai gerade daran besonderes Gefallen gefunden hatte – ihre Sucht nach kleinen, harmlosen Foppereien und ihr schadenfrohes Gelächter über einen gelungenen Schabernack.

Nur widerstrebend setzte er sich dann neben Biggi in eine Gondel des Riesenrades, und als das Mädchen bei der Abwärtsbewegung des Rades ein erschrockenes „Huch!" ausstieß, fuhr er sie ärgerlich an, was es denn zu schreien gäbe! Alles Drängen und Zureden seiner drei Gefährten vermochte ihn anschließend nicht zu bewegen, mit ihnen die Achterbahn zu besteigen. Ihm sei schon von dem einen Quatsch übel genug, erwiderte er unwirsch, darum habe er keine Lust, seinen Magen nochmals zu schikanieren! „Je, was bist du heut' eklig!" rief Biggi erbost, woraufhin Eberhard unerwartet heftig aufbrauste: Sie solle sich dann gefälligst einen anderen Begleiter suchen! Und noch ehe seine völlig verdutzten Freunde zu reagieren vermochten, war er im Gewühl untergetaucht.

Eberhard drängte sich energisch durch den aufwärts- wie durch den abwärtsschiebenden Strom, schlüpfte durch die Lücke zwischen zwei Verkaufsständen und erreichte den betonierten Gehweg, der hinter den Schaubuden an der Stadtmauer entlangläuft. Hier herrschte nur schwacher Verkehr, zumeist Pärchen, die sich umschlungen hielten, oder alte Abendspaziergänger, die den Trubel der Kirmes scheuten, so daß der Bursche rasch bergabwärts gegen das Westerntor vorankam. Jedesmal, wenn er den Schatten einer Bude oder des dahinterstehenden Wohnwagens passiert hatte, übergoß ihn aus dem Zwischenraum bis zum nächsten Gehäuse das unwirkliche Licht der grellbunten Birnen und der wirre Lärm des Vergnügungsplatzes gleich einem Sturzwasser. Eberhard schritt kräftig aus. Er wußte jetzt sein Verhalten vor sich selbst nicht recht zu erklären: weder seine Unduldsamkeit gegenüber dem Mädchen, noch sein drängendes Verlangen, von hier wegzukommen – obwohl er gleichzeitig kein Ziel anzugeben vermochte.

Bevor der junge Mann jedoch das untere Ende des Spektakels erreichte – ungefähr in der Höhe des Denkmals mit dem Strahlenkranz –, stockte er abrupt! Er konnte eigentlich selbst nicht genau sagen, was ihn bewog, schärfer als bisher nach links hinüberzuspähen. Dort drüben stand, von einem schwächlichen Licht nur mangelhaft beleuchtet, eine hölzerne, buntbemalte Handpuppenbude, wie man sie heutzutage immer seltener antrifft, auf deren kümmerlicher Bühnenöffnung gerade der Kasper die struppige Figur des Teufels mit seiner Pritsche aus Pappe mit klatschenden Schlägen bearbeitete. Auf den rohgezimmerten Bänken unmittelbar vor der Bühne hockte nur noch eine Handvoll Kinder, die von ungeduldigen Müttern immer wieder zum Gehen gemahnt wurden, während sich auf den hinteren Bänken eine Horde Halbwüchsiger herumflegelte und mit wüst-sinnlosem Geblöke den großen Strafmonolog des Kaspers übertönte.

Was Eberhard allerdings so jäh hatte halten lassen, das war die schlanke Mädchengestalt im ärmellosen Leinenkleid mit schwarz-rotem Blumenmuster auf hellem Untergrund und weißen, absatzlosen Schuhen, die dort im Halbschatten eines Schaustellerwagens stand, so daß sie der jenseits vorüberziehenden Menge verborgen blieb. Eberhard sah, daß sie dem primitiven Puppenspiel wie fasziniert zuschaute, völlig versunken in den jämmerlichen Zauber der Vorführung.
Behutsam trat er näher, nun seinerseits fasziniert von Isabellas so vollkommen unerwarteter Gegenwart. Ganz plötzlich wußte er, warum ihn vorhin die blonde Birgit so wenig interessiert hatte: Seine Gedanken, sein Fühlen und Trachten hatte sich, ihm allerdings nicht bewußt, unterschwellig mit der Südländerin befaßt. „Wie schön sie ist!" schoß es ihm durch den Sinn, und die quirlende Unrast des gestrigen Abends erwachte erneut. Er trat gleich einem Traumwandler langsam näher. „Fräulein Isabella!" rief er dabei halblaut, dann, da sie ihn nicht hörte, nochmals: „Fräulein Isabella!"
Er sah, wie sie heftig zusammenzuckte und ihm ruckartig ihr Gesicht zuwandte – und einen Augenblick lang vermeinte er trotz der unsicheren Beleuchtung einen Ausdruck von gespannter Abwehr in Gesicht und Haltung der Spanierin wahrzunehmen, so daß er unwillkürlich stockte. Da erkannte sie ihn, ihre Starre löste sich, und sie lachte leise auf. „Sie haben mich erschreckt", sagte sie, dann deutete sie zu der Kasperbude hinüber: „Ich habe dem da zugeschaut, dem Arlekino. Das ist vielleicht kindisch, aber" – hier veränderte sich der Klang ihrer Stimme plötzlich merkwürdig – „diese

Welt da, die ist so einfach! Da gibt's nur Gut und Böse, und immer wird am Schluß das Gute belohnt und das Böse bestraft!"

Bevor aber Eberhard den Sinn ihrer Worte vollständig zu erfassen vermochte, änderte sie abermals ihren Ton und fragte leichthin: „Und Sie –? Was tun Sie hier?" – „Ach, ich sehe mir nur den Rummel etwas an", erwiderte Eberhard, wobei er sich bemühte, das Vibrieren seiner Stimme zu unterdrücken. Gleich darauf nahm er mit einem tiefen Atemzug all seinen Mut zusammen: „Würden Sie meine Einladung zu einem Bummel annehmen?" fragte er; dabei mußte er sich Mühe geben, zu verhindern, daß sich seine Worte überschlugen.

Die Spanierin sah ihn einen Moment überrascht an, dann lächelte sie. „Gern", erwiderte sie, „nur, bitte, lassen Sie uns dem größten Gedränge ausweichen."

Eberhard fühlte sich unvermittelt von einem Taumel des Glücks erfaßt. Mit einiger Mühe schlug er vor, auf dem Fußpfad hinter der Budenzeile aufwärts zu gehen, bis sie etwas entdecken würde, das sie vielleicht interessiere: einen Verkaufsstand oder etwas zum Vergnügen. Das Mädchen willigte unbefangen ein.

So folgten sie dem Weg bergan, dabei hielten sie an mehreren Lücken zwischen den Ständen an, um das Treiben jenseits zu beobachten. Isabella gab sich jetzt so gelöst, daß Eberhard seinen Blick kaum von ihr zu wenden imstande war. Die Schönheit ihrer Züge, die einen Hauch von Exotik trugen, und der Reiz ihrer Gestalt fesselten sein Auge in gleichem Maße, wie die verhaltene Lebhaftigkeit der Südländerin seine erregten

Sinne berauschte. Und wenn sie, von irgend etwas stark beeindruckt, ihre schmale, feingliedrige Hand auf seinen Arm legte, um so seine Aufmerksamkeit auf das Objekt ihres Interesses zu lenken, vermeinte er, ein glühender Strom gehe von dieser Mädchenhand aus und durchflute ihn. Er erkannte mit der ganzen Schärfe seines jungen Verstandes, daß er rettungslos in die schöne Spanierin verliebt war.

Diese Erkenntnis verlieh ihm den Mut, oberhalb der Rosenstraße ihre Hand zu ergreifen und sie mit sanfter Gewalt zu einer Lebkuchenbude zu ziehen, sich dabei mit einigem Ungestüm durch die Menge drängend. Am Stande erwarb er dann ein zierliches Lebkuchenherz, das in rotglänzendes Stanniol-Papier gewickelt war und in einer mitten auf die Vorderseite geklebten Widmung der Empfängerin die „nie welkende Liebe" des Spenders versicherte. „Oh, wie nett!" rief Isabella mit einem fröhlich-unbefangenen Lachen, als Eberhard ihr das Präsent reichte, und beugte mit anmutiger Bewegung den Kopf, damit er ihr das Band um den Nacken legen könne. Schon wollten sie sich wieder aus dem Gedränge auf den ruhigeren Pfad zurückziehen, als das Mädchen auf einmal schräg oberhalb den Stand mit den Kähnen einer Luftschaukel entdeckte, der nur bei wenigen Besuchern Beachtung fand, während die modernen Belustigungsapparate dicht umlagert waren. „Da, sehen Sie nur!" rief sie impulsiv und drehte ihn an der Schulter leicht in die angegebene Richtung, „dort kann man sich in die Luft schwingen – immer höher hinauf! Kommen Sie!" Jetzt war sie es, die energisch vorandrängte, den überraschten Begleiter nach sich ziehend.

„Jeder nimmt eine Gondel für sich!" rief sie. „Wer kann höher hinauf?!" Und schon sprang sie geschmeidig in einen der buntbemalten Kähne, dem Schausteller bedeutend, sie kräftig anzuschieben. Dann rief sie etwas mit heller, vor Begeisterung zitternder Stimme in ihrer Muttersprache, das Eberhard aber nicht verstand. Und dann, als ihre Schaukel bereits weit hin und her schwang, beschleunigte sie mit unerwarteter Kraft die Schwingungen. Eberhard sah völlig verblüfft zu ihr auf, plötzlich unfähig, sich vom Fleck zu rühren. Die schlanke, biegsame Mädchengestalt in der auf und nieder gehenden Gondel strahlte unvermittelt so viel Elan aus, so viel überschäumende Lebenskraft, gepaart mit einem geballten Willen zur Tat, daß er sich auf einmal ungewöhnlich hilflos vorkam.

Seltsam, dachte er plötzlich, warum legt sie eigentlich niemals ihre Handtasche beiseite? Wirklich baumelte ihr auch jetzt die Tasche an dem geflochtenen Riemen vom Arm herab; sie war durch die heftigen Bewegungen zur Armbeuge herabgeglitten und vollführte da eigene Schwingungen, gleich dem rotglänzenden Lebkuchenherz auf der Brust.

„Caramba! Ihre Freundin hat Paprika im Blut!" sagte der Mann, der die Schaukel bediente, und schnalzte unangenehm mit der Zunge; in seinen zusammengekniffenen Augen stand ein gieriges Funkeln. Eberhard hätte diesen kaugummikauenden, unrasierten Kerl am liebsten beiseite gestoßen. Er war daher froh, als die Schaukel ausschwang und Isabella heraussprang, die Hand, die der schmutzige Mensch ihr entgegenstreckte, übersehend. Sie atmete heftig, ihre Wangen waren

erhitzt, und ihre Augen blitzten. „Warum haben Sie nicht geschaukelt?" fragte sie und brachte ihr Haar wieder in Ordnung. „Wir haben in Madrid oft geschaukelt, wenn wir auf den Festplatz durften." Sie sagte nicht, wen sie mit „wir" eigentlich meinte, Eberhard nahm jedoch an, sie meine damit irgendwelche Freundinnen aus den Kinderjahren. Isabella wirkte jetzt jung und unbekümmert – so, als sei sie in ein anderes Wesen geschlüpft. Sie hatten schon begonnen, sich weiter bergaufwärts durch die Menschenmassen zu schieben, als plötzlich etwas Unerklärbares mit der jungen Spanierin geschah. Eberhard, der sich seitwärts mit einer Schulter voran durchdrängte und Isabella an der Hand nach sich zog, fühlte jäh, wie das Mädchen seine Rechte mit einem Ruck fahrenließ. Sich deshalb erstaunt umwendend, gewahrte er, daß sie sich hastig von ihm fort durch die Menschenflut arbeitete. Er hatte aber den beklemmenden Eindruck, als geschähen ihre Bewegungen irgendwie mechanisch, wie von einem ihm unbekannten Objekt unwiderstehlich angezogen.
Aber dann, da er ihr so rasch wie nur möglich nachstrebte, entdeckte er es: Die Südländerin versuchte eine Schaubude zu erreichen, über der in verschnörkelten Lettern, halbkreisförmig und von verschiedenfarbigen Birnen beleuchtet, „Kallweit's Schießvergnügen" stand! Ein beleibter Mann mit einem steifgezwirbelten Kaiser-Wilhelm-Bart und ein grellgeschminktes Frauenzimmer mit einem frechen Gesicht schrien den Vorüberziehenden zu, indem sie Luftgewehre emporreckten: „Meine Herrschaften! Die Sensation des Tages: für eine Mark sechs Schuß! Treten Sie näher, versuchen

Sie Ihr Glück – die höchsten Preise winken! Für nur eine Mark sechs Schuß!" An der Rückwand des Standes schwebten in einer Art Drahtkäfig rote, grüne und blaue Luftballone auf und nieder.

Eberhard sah, wie die Spanierin, als sie den Schießstand erreichte, etwas zu dem dicken Mann sagte, ein silbernes Geldstück auf den Tisch warf und mit ungestümer Gebärde eine der Büchsen an sich riß! Dann legte sie an, zielte kurz – und mit einem scharfen Knall platzte ein blauer Ballon auseinander! Der Budenbesitzer streckte die Hand aus, um das Gewehr durchzuladen, aber mit rascher, geübter Bewegung hatte das Mädchen den Kolben auf den Tisch aufgestemmt, den Ladehebel durchgezogen, erneut angelegt – und peng! –, ein zweiter Luftballon zerplatzte.

Neugierige blieben stehen, die die Südländerin hatten die Schüsse abgeben sehen, gafften, stießen anfeuernde Rufe aus! Isabella aber lud durch, legte an, schoß! – lud durch, legte an, schoß! – immer schneller! – immer hektischer! Sie wirkte wie hypnotisiert! Die Menge drumherum, die unwahrscheinlich schnell anwuchs, brüllte Beifall, klatschte bei jedem Treffer in die Hände, indes Eberhard, der nur wenige Schritte entfernt stehengeblieben war und wie versteinert das ihm unerklärliche Schauspiel verfolgte, plötzlich von einer dunklen, beklemmenden Bangigkeit befallen wurde. Ihm war, als müsse er etwas Drohendes, Gefährliches abwehren, von dem er allerdings nicht wußte, ob es von der Spanierin ausgehe oder sie bedrohe! Er nahm unvermittelt wahr, daß aus dem Lautsprecher eines gegenüberliegenden Standes blechern der Refrain eines gerade in diesem

Sommer allgemein beliebten Schlagers plärrte: „...im Leben, im Leben geht mancher Schuß daneben...!" Eberhard klang er jetzt wie Dämonengesang höhnisch und doppeldeutig in den Ohren, daß ihn beinahe fröstelte.

Als der letzte Schuß abgegeben war, ließ das Mädchen die Büchse fallen, raffte ihre Handtasche an sich und drängte sich gleich darauf mit wilder Hast durch die Umstehenden – im nächsten Augenblick schon war sie aus dem Lichtkreis der Schießbude verschwunden. Eberhard erwachte aus seiner Erstarrung und stürzte ihr nach, dabei verzweifelt die Zuschauermenge durchbrechend. Mehr einem sechsten Sinn als den Wahrnehmungen seiner Augen folgend, strebte er zwischen den nächsten beiden Ständen auf den betonierten Pfad hinter der Budenzeile hinaus.

Wirklich fand er hier die Gesuchte: Sie lehnte in geringer Entfernung an der Stadtmauer, die an dieser Stelle bis an den Weg herantritt, und atmete heftig, beinahe keuchend. Eberhard wollte sofort auf sie zueilen, stockte aber jäh, als er gewahrte, daß Isabella totenbleich war. Sie hielt den Kopf gesenkt, ihre Augen waren geschlossen. Sie bot ein Bild totaler psychischer Erschöpfung. Das kleine Lebkuchenherz in dem rotglänzenden Stanniol-Papier hatte sie im Gedränge verloren.

„Fräulein Isabella!" sagte er behutsam, fast ängstlich, und darauf, da sie sich weder bewegte noch eine Antwort gab, berührte er ganz scheu ihren Arm. Jetzt endlich wandte sie ihm ihr Gesicht zu, ihr stoßweises Atmen klang ab, sie entspannte sich, und dann erschien ein kleines, müdes Lächeln in ihren Mundwinkeln. Eberhard schien es, als sei die Südländerin aus einem quälenden Traum erwacht.

Als jedoch der junge Mann jetzt fragen wollte, schüttelte sie nur in stummer Ablehnung den Kopf, löste sich von der Mauer und sagte leise, aber bestimmt: „Bitte, lassen Sie uns nach Hause gehen!" Eberhard wollte sich dem Westerntor und damit der Bushaltestelle zuwenden, aber da bat sie: „Nicht mit dem Auto, gehen wir lieber zu Fuß, bitte!"

Er führte sie zum Marktplatz hinab, dann durch die Michaelsgasse am Kloster vorüber und durch den Ükern zur Kastanienallee, die auf den Schützenplatz mündet. Er hatte bei den ersten Schritten ihre Hand ergriffen, die sich sonderbar kühl anfühlte, und auf seinen Arm gelegt, und zu seiner unsagbaren Freude beließ sie sie dort, während sie stumm mit gesenktem Haupte neben ihm ging. Ihre Rechte preßte noch immer die Handtasche fest an die Hüfte. Auch Eberhard sprach nicht, er fühlte aber bald, wie sich die unerklärliche, von einer dunklen Furcht getränkte Unruhe mit jedem Schritt mehr und mehr zu verflüchtigen begann.

Hinter ihnen erglühte der Himmel über der Stadt in einem unwirklichen Farbenspiel: Es war der Widerschein des Lichtermeeres auf dem Liboriberge – eine irreale, surrealistische Corona. Wenn ein Luftzug von Süden heranstrich, dann trug er ihnen für einen Augenblick den Lärm vermischt mit Musikfetzen von dem großen Volksrummel zu. Die Silhouette der Altstadt stand jenseits des Maspernplatzes wie eine schwarze Mauer mit bizarr gezackter Krone gegen den buntleuch-

tenden Horizont – überragt von dem wuchtigen Schatten des Domes mit seinem Turm, der gleich einem Riesenfinger zum Himmel emporwies. Der Mond war noch nicht aufgegangen, aber im Osten kündete ein allmählich heller werdender, rötlicher Fleck über dem Kamm der Egge sein baldiges Kommen.
Vor den beiden öffnete sich nun der hallenartige Bogengang der Allee aus dickstämmigen, himmelstrebenden Kastanien. Die weitausladenden Äste bildeten mit ihren großlappigen, gefingerten Blättern ein schier undurchdringliches Dach, unter dem die schwärzeste Finsternis zu wohnen schien. Tief über den Baumkronen, vom Lichterglanz der Stadt nicht mehr erreichbar, weidete der „Fuhrmann" seine „Capella", während das verschobene W der „Kassiopeia" ostwärts strebte. Hoch darüber flimmerte das Sternbild des Kleinen Wagens, der seine Deichsel mit der juwelenen Spitze, dem „Polarstern", bereits deutlich dem Zenit des Himmelsgewölbes entgegenhob: Das Jahr hatte seinen Kulminationspunkt überschritten.
Als sie in die Allee eintraten, spürte Eberhard, wie die Spanierin erschauerte. „Ist Ihnen kalt?" fragte er besorgt. Sie erwiderte leise: „Nicht sehr. Es ist mehr die Dunkelheit." Er blieb dennoch stehen, zog seine leichte Windbluse aus und legte sie dem Mädchen um die bloßen Schultern. „Danke!" sagte sie mit einem dankbaren Lächeln.
Einige Schritte schwieg der junge Mann, bevor er mit verhaltener Lebhaftigkeit begann – wahrscheinlich verlieh ihm gerade das Dunkel den Mut zum Sprechen: „Ich bin so glücklich, daß Sie zurückgekommen sind!

Ich habe all die langen Monate, die Sie fort waren, immer wieder an Sie gedacht. Sie haben vielleicht im vorigen Herbst", fuhr er nach kurzem Zögern fort, „nie so recht wahrgenommen, wie ich Ihnen stets nachschaute – ja, manchmal sogar nachging, das aber in ziemlicher Entfernung. Ich wünschte und fürchtete dabei zugleich, Sie könnten meine Schwärmerei merken. Sie aber, Sie waren jedesmal freundlich, wenn wir uns begegneten. Sie haben meinen Gruß dann immer mit einem Lächeln belohnt!" Er sprach jetzt, als sei ein Damm gebrochen, hinter dem sich eine unermeßliche Flut an Gefühlen gestaut hatte. Die Spanierin schwieg noch immer, ihr Gesicht zeigte aber jetzt einen rätselhaften Ausdruck: etwa wie ein angestrengtes Sich-hinein-Denken in etwas – oder in jemanden.

„Sie haben gewiß nicht bemerkt, daß ich an den Wochenenden – und zwar jedesmal, wenn es nicht regnete – mit dem Fahrrad hinter dem Auto herfuhr, mit dem Sie zum Tennis abgeholt wurden." Er sei dann mehrmals ganz langsam an den Tennisplätzen am Fürstenweg vorbeigeradelt, weil sie ja dort gespielt habe. „Anfangs wagte ich nicht stehenzubleiben, später redete ich mir selbst Mut ein. Ich bin kurzerhand am Zaun abgestiegen, um Ihnen zuzuschauen, denn ich sah wirklich auf dem roten Feld nur Sie ganz allein, sonst niemanden. Allerdings fiel mir mit der Zeit auf, daß regelmäßig, wenn ich dort am Zaune stand, auch ein kleiner, ziemlich verwachsener Mensch da war. Er hielt sich immer so halb hinter einem Baumstamm verborgen; von dort aus starrte er dann äußerst angestrengt auf das Feld hinüber. Mir kommt es aber heute noch so vor,

als sei er nur Ihnen mit den Augen gefolgt. Merkte er aber, daß ich ihn beobachtete, machte er sofort kehrt und verschwand wie ein scheues Tier."
Eberhard brach verwundert ab. „Komisch, daß mir ausgerechnet jetzt der Verwachsene einfällt! Sie jedoch", fuhr er in verändertem Tonfall fort, „Sie haben mich eines Tages dort am Zaun entdeckt und kamen zu mir, um mich zu fragen, ob ich nicht mitspielen wolle. Sie boten mir an, dafür die Erlaubnis zu erwirken. Ich glaube, ich bin über und über rot geworden, aber ich fühlte mich gleichzeitig unbeschreiblich glücklich: Sie hatten mit mir gesprochen, Sie wollten mich auf den Platz holen! Leider konnte ich damals noch nicht Tennis, aber ich dachte, mir müsse das Herz vor Freude bis zum Halse hoch schlagen!" Er lachte, und alles Glück eines jungen, verliebten Herzens klang daraus.
Er sei sofort einem Tennisverein beigetreten – berichtete er –, und er habe bis heute eifrig trainiert. „Dabei habe ich mir die ganze Zeit ausgemalt, wie es sein wird, wenn wir beide uns eines Tages am Netz gegenüberstünden. Werden Sie", fragte er, während er stehenblieb und sich ihr direkt zuwendete, „meine Einladung zu einem Match annehmen?"
Isabella, die bisher, ohne etwas zu sagen, seinen Worten gelauscht hatte, hob ihren Kopf und blickte ihn an. „Vielleicht", sagte sie nur. Er vermochte ihre Züge nicht genau zu erkennen, da sie im Schatten einer mächtigen Kastanie standen. „Ich habe noch sehr viel zu tun", setzte sie nach einer kleinen Pause hinzu, als sie seine grenzenlose Enttäuschung erkannte, „ich werde mich aber bemühen, Ihren Wunsch bald zu erfüllen!"

Ein befreiender Atemzug löste sich aus der Brust des Burschen. Eifrig nahm er wieder ihren Arm und sagte in drängendem Tone, indes sie ihren Weg fortsetzten: „Bitte, tragen Sie dann wieder Pferdeschwanz – so wie im vorigen Jahr!" – „Pferde-schwanz –?" fragte sie, die einzelnen Silben verständnislos dehnend, „was ist das?" Er sah sie überrascht an, und einen Moment lang fürchtete er, sie nehme ihn nicht ernst. Aber er merkte, sie kannte die Bedeutung des Wortes tatsächlich nicht. „Sie trugen doch stets beim Spiel Ihr Haar im Nacken mit einem weißen Bande zusammengebunden", erklärte er, „nicht aufgesteckt wie jetzt." Das Mädchen lächelte nur.

Nach einer kleinen Weile sagte Eberhard: „In unserer Siedlung wird sehr häßlich von Ihnen und einem Mann gesprochen. Sie sollen wissen, daß ich diese Niederträchtigkeiten nie geglaubt habe und auch niemals glauben werde!" stieß er mit zorniger Heftigkeit hervor. „Was redet man von mir?" fragte die Spanierin, aber es klang merkwürdigerweise, als spräche sie von einer anderen Person – nicht von sich selbst! Sie hatten jetzt das Ende der Kastanienallee erreicht. Der Mond war inzwischen aufgegangen: unwirklich groß und rotgold erhob er sich als volle Scheibe über der Egge, und sein Licht übergoß alles ringsum mit einem rötlichen Kupferton. Ganz nah hörte man das Glucksen des Baches, in dessen kristallklarem Wasser das Spiegelbild der übergroßen, roten Mondscheibe schwamm. Aus den Gärten duftete der Phlox, vermischt mit dem herben Geruch von Farnkräutern. Von irgendwoher kam schwer und betäubend der Duft frisch gemähten Grases, der von ganz weit auch eine schwache Spur von der Schärfe des Jasmins mitbrachte.

Erst zirpte nur eine einzelne Grille, dann antwortete eine zweite, eine dritte, bis ein ganzes Orchester einfiel. Ein Duft und Dunst von Reifsein schwängerte die Luft, bittersüß und berauschend, die Sinne zugleich erregend und einschläfernd. Aber in diese Fruchtträchtigkeit mengte sich, wohl noch kaum wahrnehmbar, eine frühe Spur von Welken und Sterben und Vergehen. Die überquellende Fülle des Hochsommers trug bereits den tödlichen Keim des Herbstes in sich: Der letzte Schritt zur Reife ist synonym dem ersten zum Verfall ...

Eberhard war abermals stehengeblieben, er hatte sich dem Mädchen unmittelbar zugewandt. Er spürte, wie sein Blut in den Schläfen immer heftiger pochte, wie es durch seine Adern jagte und wie es sein Herz wild hämmern ließ. Aber es war nichts Niedriges oder Gemeines in seinem Gefühl, das sein Inneres jetzt wie eine Flamme durchlohte – es war der beseligende Rausch seiner ersten großen Liebe.

Ganz behutsam legte er seine Hände um ihre schlanke Taille und flüsterte: „Isabella." Doch seltsamerweise wiederholte sich gerade in diesem Augenblick für den Bruchteil einer Sekunde jene Vision des gestrigen Abends: Er sah wieder, wie die beiden Stoffbahnen des Fenstervorhanges herabsanken, und beide Schatten der Spanierin verschmolzen zu einem einzigen. Aber gleich darauf war das imaginäre Bild gelöscht.

Isabella sah ihn an – sie sprach nicht – ihre Augen waren dicht vor ihm: groß, dunkel, unergründlich. Sie wehrte sich nicht gegen seine Berührung, aber noch immer lag der rätselhafte Ausdruck auf ihren Zügen: halb Fragen, halb Wissen. Plötzlich löste sich irgend etwas Starres von ihr, fiel förmlich ab, ihr Blick wurde weich, zärtlich, hingebungsbereit. Sie hob ihre Arme, wohl um sie dem jungen Mann auf die Schultern zu legen – da glitt ihr unversehens die leichte Jacke von den Schultern, und die Handtasche, deren Riemen sie darüber getragen hatte, fiel mit einem ungewöhnlich dumpfen Laut zu Boden. Die Tasche, die ziemlich gewichtig sein mußte, öffnete sich beim Aufschlag, und ein Teil des Inhalts ergoß sich auf die Straße.

Isabella stieß einen kleinen Schrei aus, während Eberhard sich rasch bückte, um das an sich geringfügige Malheur zu beheben, aber unversehens prallte er erschrocken zurück: Was er dort neben der halboffenen Handtasche liegen sah, im Mondlichte schwach metallisch blinkend, das war ein Revolver! Es handelte sich um eine schwere, großkalibrige Waffe, die sicherlich weit trug, von ausländischem Fabrikat. Eberhard starrte maßlos verblüfft auf die Waffe, unfähig, sie anzurühren. Ehe er jedoch in der Lage war, einen klaren Gedanken zu fassen, hatte sich die Spanierin gebückt und Tasche und Revolver an sich genommen.

„Die Reise von Madrid nach Deutschland ist weit", sagte sie, während sie die Bügel der Tasche zuschnappen ließ, „darum ist es für eine alleinfahrende Frau ratsam, bewaffnet zu sein." Sie blickte ihn zwar an, als sie sprach, es schien Eberhard jedoch, als sei nun erneut jenes Visier aus Abwehr und Vorsicht vor ihre Züge gerückt.

Sie gingen weiter, durchquerten den Waldsaum am

Schützenplatz. Keiner sprach; als er ihr seine Jacke wieder anbot, lehnte sie dankend, aber bestimmt ab. Eberhard wollte reden, er wollte etwas Befreiendes sagen, irgend etwas, aber er suchte vergeblich nach dem rechten Wort. So wurde er mehr und mehr von der quälenden Vorstellung befallen, eine Kluft habe sich zwischen ihnen aufgetan, ein Graben, so daß sie jetzt getrennte Wege gingen, obwohl er doch das Mädchen dicht neben sich sah.
Als sie den Waldrand hinter sich ließen, blies ihnen ein rauher Wind ins Gesicht, der von der Senne heranfegte. Der Mond war in der Zwischenzeit höher gestiegen, sein Rotgold hatte sich dabei in ein fahles Gelb-Weiß verwandelt, und es schien, als ob er ein Gesicht trüge, das voll Bosheit herabschiele. Die bläulich-weißen Lichter des Eisenbahn-Ausbesserungswerkes, auf das sie nun zugingen, glotzten ihnen feindselig entgegen; das Summen aus den Maschinenhallen wirkte wie das Fauchen eines bösartigen Tieres.
In den Gassen der Siedlung begegnete den beiden niemand. Isabella war sehr schnell gegangen, ohne ihren Begleiter wieder anzufassen – es wirkte beinahe, als suche sie vor ihm zu fliehen. Eberhard fühlte sich verzweifelt und elend: Jedesmal, wenn er den Versuch unternahm, die Spanierin anzusprechen, entzog sie sich ihm durch eine kurze oder unbestimmte Antwort. Was hatte er nur falsch gemacht, fragt er sich wieder und wieder. Konnte sein Erschrecken über die Schußwaffe, die sie in ihrer Handtasche mit sich trug, sie so hart gekränkt haben? Oder gab es da noch einen anderen Grund? Fast gleichzeitig fühlte er, wie die düstere

Ahnung einer noch unbekannten Drohung oder Gefahr, die er vorhin, am Schießstand auf dem Liboriberg, so quälend empfunden hatte, ihn erneut befiel. Vor dem Hause der Kutschera angekommen, wagte er, sie schüchtern am Arm zu berühren: „Fräulein Isabella! Warum zürnen Sie mir?" Er stockte, wußte nicht weiter. Die Spanierin blickte ihn jetzt an, in der Pforte des Vorgartens stehend, das Tor im Zaun hielt sie mit einer Hand offen. Sie sprach noch immer nicht. In plötzlich aufsteigendem Trotz stieß Eberhard aus: „Sie müssen doch fühlen, was ich für Sie empfinde! Ich liebe Sie! Jawohl, ich liebe Sie aus ganzem Herzen!"
Einen Augenblick lang schienen beide wie erstarrt dem Klang seines Geständnisses nachzulauschen, das sich gleichsam materialisiert durch die Nacht entfernte – dann wiederholte sich etwas, was schon draußen an der Allee vor sich gegangen war: Es war, als löse sich ganz unvermittelt der unsichtbare und dennoch existente Panzer, der das Mädchen sonst umgab. Und bevor der junge Mann völlig zu begreifen vermochte, was geschah, war sie dicht an ihn herangetreten, hatte ihre Arme um seinen Nacken gelegt und für wenige Sekunden ihre Lippen auf die seinen gepreßt! Im nächsten Augenblick schon glitt sie durch das Gartenpförtchen und war gleich darauf im Hause verschwunden. Ihr geflüstertes „Gute Nacht!" verwehte wie ein verlorener Seufzer mit dem Nachtwind.
Das leise Klicken, mit dem sich die Haustür schloß, weckte den Verliebten aus seiner beinahe absoluten Erstarrung. Sie hatte ihn geküßt! Wie einen Feuerbrand hatte er ihre Lippen gefühlt – ja, ihm war, als glühe sein

Mund noch weiter! „Ich möchte schreien – oder tot umfallen!" schoß es ihm überschwenglich durch seine durcheinanderwirbelnden Sinne, während sein Inneres so stark erbebte unter dem jähen Ansturm seiner Gefühle, daß er zu taumeln vermeinte und haltsuchend nach den Planken des Zaunes griff.

12

Dr. Lohse stand eben im Begriff, das vor ihm liegende Schriftstück zu unterzeichnen, als er hörte, wie sich ein Wagen dem Hause näherte, der Motor erstarb und eine Autotür zugeschlagen wurde. Einen Moment hielt Lohse zögernd den Füller über dem Papier, dann setzte er mit kräftigem Schwung seinen Namenszug unter den Schriftsatz und schloß die Mappe aus braunem Leder.
Gleich darauf wurde vernehmlich die Haustür geöffnet und wieder geschlossen, zugleich flammte das Licht in der Diele auf. Lohse sah jetzt durch die offenstehende Zimmertür, wie seine Frau mit heftiger Bewegung hereinkam. „Danke, Erna", sagte sie zu dem Hausmädchen, das in weißer Schürze aus der Küche trat, „ich benötige Sie heute abend nicht mehr. Sie können zu Bett gehen." Als das Mädchen sich jedoch abwenden wollte, hielt Frau Lohse sie plötzlich zurück: „Sagen Sie, Erna, waren Sie eben draußen vor dem Haus?" Gewiß nicht, antwortete die Erna verwundert, sie habe in der Küche noch mit Bügeln zu tun gehabt. „Eigenartig", sagte Frau Lohse, „ich glaubte, jemand in einem weißen oder wenigstens hellen Kleid sei um das Haus herumge-

gangen." Nun, es sei nicht weiter von Bedeutung, wahrscheinlich habe sie sich getäuscht.

Dr. Lohse beobachtete, wie sich das Mädchen etwas hastig mit einem gemurmelten Gute-Nacht-Gruß zurückzog und wie seine Frau mit einer energischen Bewegung den hellblauen Seidenmantel an der Garderobe ablegte, den sie über ihrem beinahe hauteng sitzenden Kleid aus silbergrauem Lurex trug. Der Stoff des Kleides funkelte nun, da ihn das Licht der beiden Lämpchen rechts und links vom Garderobenspiegel übergoß, wie ein Regen aus Silbersplittern auf. Dann trat Frau Lohse in das Herrenzimmer und schloß die Tür zur Diele fest hinter sich.

„Würdest du mir bitte erklären", begann sie nach knappem Gruß, während sich ihre glatte Stirn leicht krauste, „warum du ganz unerwartet mit einem Telefonanruf, dir sei unwohl, heute abend die Einladung absagtest? Die Brockmüllers schauten danach ziemlich pikiert drein, sie haben dir die Begründung offensichtlich nicht abgenommen, zumal Onkel Ewald wenig früher mit einer ähnlichen Floskel fernblieb. Künftig solltet ihr wenigstens so klug sein, euere Ausflüchte vorher aufeinander abzustimmen! Die Atmosphäre war natürlich auf den Gefrierpunkt abgesunken. Wie fatal meine Situation war, kannst du dir hoffentlich vorstellen."

„Ich bedauere das aufrichtig", erwiderte Dr. Lohse, der sich beim Eintritt seiner Frau höflich erhoben hatte, „ich habe es nicht mit Vorbedacht getan. Ich werde das bei den Brockmüllers in Ordnung bringen – morgen." –
„Wie aber soll ich dein Fernbleiben auffassen?" fragte

sie, noch immer verärgert. „Du hast dich auch den Tag über weder hören noch sehen lassen."
Lohse betrachtete einige Augenblicke seine Frau intensiv, als sie ihm gegenüber in einem Sessel Platz nahm. Sie erschien ihm schön und begehrenswert – auf ihre kühle, junonische Art, hinter der sie wie hinter einer Maske ihre Gefühle zu verbergen wußte. Er mußte sich jetzt beinahe Gewalt antun, das, was in ihm brannte, zu vergessen und seine Gedanken auf das Thema zu konzentrieren.
„Ich habe heute den Verlag nicht betreten, den ganzen Tag nicht", sagte er, und er fühlte, wie nun, da er sprach, sein Inneres ruhiger wurde, „ich war auch nicht geschäftlich unterwegs." – „Aber wo bist du dann gewesen?" unterbrach sie ihn. „Ich sah dich doch heute morgen von meinem Fenster aus in deinen Wagen steigen und wegfahren!" – „Gewiß", sagte er, „ich bin so aus dem Haus gegangen, wie jeden anderen Tag, aber nicht in die Firma, sondern aus der Stadt hinaus in die Berge. Ich fürchtete mich einfach vor der Enge meines Büros. Den Wagen habe ich dann irgendwo am Waldrand stehenlassen, ich selbst bin durch die Wälder gewandert. Stunde um Stunde! In einem kleinen Dorfgasthaus habe ich etwas zu Mittag gegessen – ich glaube, es war da hinten bei Feldrom. Danach bin ich weitergegangen" – er sah seine Frau nachdenklich an, dann sprach er gedankenverloren weiter: „Es war herrlich, Elisabeth!"
...Er sah den grünen Bergwald um sich, Buchen und Birken, Fichten und Kiefern – er sah das steilwandige Tal zu seinen Füßen, dahinter andere, neue Höhenzüge

und weiter hinten noch weitere, blau im Dunst der Ferne verschwimmend; er hörte den Wind in den Wipfeln rauschen und das Knarren der Holztauben von der Lichtung hinter sich; und er roch das vom Gewitterregen des Vortages noch feuchte Moos und das aus den Fichtenstämmen gequollene Harz!...

„Ja – aber", sie suchte nach Worten, „warum das gerade heute?" – „Ich mußte nachdenken", erklärte er ohne jede Dramatik, „und dort droben, in der freien, sonnigen Bergwelt, da fühlte auch ich mich unendlich frei und fähig, klaren Gedankengängen zu folgen. Ich vermochte auf einmal, alles wie durch ein Vergrößerungsglas zu sehen mit allen sonst verborgenen Feinheiten: mich, den Verlag, Onkel Ewald und dich – dich ganz besonders!"

Sie stutzte, darauf zog sie ihre feingeschwungenen Augenbrauen in die Höhe, während sie sagte: „Würde ich deine Geisteshaltung nicht so genau kennen, dann wäre ich versucht, zu meinen, du wollest andeuten, du habest so etwas wie eine verspätete Rousseau-Phase erlebt!" Lohse ging nicht auf ihren Ton ein, sondern fuhr fort, als sei er nicht unterbrochen worden: „Ich habe mir alles klargelegt – natürlich auch zwangsläufig den Charakter unseres Zusammenlebens. Nein, bleib!"

Sein Ton besaß unvermittelt eine solche Schärfe, daß sie sich, schon im Begriff aufzustehen, wieder in den Sessel zurücksinken ließ! „Wir führen keine Ehe, Elisabeth, das muß endlich ausgesprochen werden! Und wir haben ja kaum jemals eine geführt! Heute nun stellte ich mir die Frage mit letzter Konsequenz: Warum bist du überhaupt meine Frau geworden?" Er zauderte kurz,

bevor er sagte: „Ich kann mich des Verdachtes nicht ganz erwehren, daß dein Onkel damals bei deiner Entscheidung für mich soufflierte ..."
„Das ist ungeheuerlich!" Sie war emporgefahren, ihr Blick sprühte, sie rang nach Worten. „Ist meine Annahme gar so abwegig?" fragte Lohse, in seiner Stimme schwang jetzt Resignation mit. „Es ist dir doch ebenso wie mir bekannt, daß der Ästhet Massenbach nur zu gut Progreß und Profit von Schäferdichtung und Sonatensatz zu trennen weiß! Bot sich ihm eine bessere Gelegenheit, die Fähigkeiten des mittellosen, ledigen Germanisten und Romanisten der Firma lebenslänglich zu erhalten, als durch eine Verheiratung mit seiner Nichte und Erbin? Natürlich, zum Ziel gelangte er nur, weil sich der eben genannte junge Habenichts in diese Nichte verliebt hatte."
Das letzte sagte er leiser, dann stand er auf, trat zur Bar und entnahm bauchige, kurzstielige Gläser und eine Flasche „Asbach Uralt". Er sah seine Frau an, die kerzengerade und reglos stand, die Lippen so fest aufeinandergepreßt, daß sie weiß geworden waren. „Darf ich dir anbieten?" fragte er. Da sie stumm den Kopf schüttelte, füllte er nur sein Glas, während er sagte: „Du gestattest –!" Da sein Blick auf das Etikett fiel, setzte er hinzu: „Es könnte beinahe Ironie sein: Die Reklame preist ihn für gemütliche Stunden an." Sie antwortete auch darauf nicht, sah ihn nur weiter feindselig aus Augen an, die vor Zorn tiefblau wirkten.
„Du bist dir ebenso wie ich bewußt", fuhr er fort, nachdem er sich wieder hinter seinen Schreibtisch zurückgezogen hatte, „daß seit mehr als zwei Jahren

unsere Ehe nur noch vor der Öffentlichkeit besteht."
Fast hätte er hinzugefügt: „Im Grunde von Anfang an!"
O ja, er erinnerte sich genau der Hochzeitsnacht, wie sie zunächst vor seiner Berührung zurückschreckte, sich dann instinktiv gegen ihn aufbäumte und schließlich in tiefe Apathie verfiel!
Er trank hastig, um das würgende Gefühl aus der Kehle wegzuspülen. Sie aber blickte, nun halb abgewandt, mit steinernem Gesicht in das Licht der Tischlampe, ohne zu antworten. Auf diese Weise hatte sie bisher jedesmal reagiert, wenn er von ihrer Ehe sprechen wollte, wodurch sie ihn zwang, abzubrechen, aufzugeben.
Aber heute, da konnte er nicht aufgeben, da war es ihm, als wäre ein anderer anwesend, der alle seine Gedanken und Nöte so wisse und empfinde wie er selbst und nun ausspreche, indes er selbst wie ein Zuschauer nur danebensitze. Und so war es ihm, als höre er eigentlich nur zu, wie eben jener andere weiterspreche – und ihr Trotz ließ ihn ungewollt härter reden: „Es begann damals schon, als unser Kind unterwegs war. Du hast keinerlei Rücksicht auf deinen Zustand genommen, du mußtest unbedingt dabeisein, als dein Reiterverein das große Treffen in der Senne veranstaltete!"
– „Du weißt sehr wohl, daß mein Pferd plötzlich scheute, als irgendein Tier dicht vor ihm aufsprang, und mich dadurch abwarf!" rief sie heftig mit unterdrückt bebender Stimme. „Natürlich, Elisabeth", erwiderte er, aber er wollte den Schmerz in ihrer Stimme nicht hören, „für den Sturz an sich kann dich kein Mensch verantwortlich machen, auch ich nicht. Daß du jedoch mitgeritten bist, obwohl ich dich auf die Warnung

unseres Hausarztes hin dringend bat, während deiner Schwangerschaft allen Reitveranstaltungen fernzubleiben – das, Elisabeth, ist dir anzulasten."
Sie sah ihn noch immer nicht an, als sie antwortete: „Du müßtest dich eigentlich daran erinnern, daß an jenem Tage Dr. Wellheim Onkels Gast war –!" „O nein!" fiel er ihr erbittert ins Wort, „wie könnte ich das je vergessen! Ebensowenig, daß dieser Charmeur dich unbedingt im Sattel sehen wollte! Und ich habe auch nicht vergessen, daß Dr. Wellheim den Erzeugnissen unserer Firma den Schweizer Markt öffnete. Nur mußte nicht das Verlagshaus Massenbach den Preis dafür entrichten, sondern wir – du und ich!" Er hatte zuletzt sehr laut gesprochen, nun setzte er gemäßigt hinzu: „Du hast deine Fehlgeburt genutzt, um nach oben in ein separates Schlafzimmer zu ziehen." – „Und du?" fragte sie, „bist du nicht anschließend damit einverstanden gewesen, diese Regelung beizubehalten?" – „Ja", sagte er und senkte den Kopf, „ja – weil ich inzwischen müde geworden war."
Einige Sekunden war es still im Zimmer, nur die kleine Uhr mit den vergoldeten Ziffern auf dem Schreibtisch schien auf einmal sehr laut zu ticken. Dann blickte Frau Lohse ihren Gatten direkt an. „Es ist wohl kaum möglich", sagte sie dabei, „alle Ursachen einer unglücklichen Ehe in wenigen Worten bloßzulegen, das weißt auch du. Was beabsichtigst du also?" „Ich möchte dich hiermit", erklärte er sehr förmlich – und er wunderte sich, wie klar und fest eine Stimme klang – „um deine Einwilligung zur Scheidung bitten!"
„Scheidung –", wiederholte sie, als habe sie den Sinn des Wortes nicht recht erfaßt, „Scheidung? Ja, aber – wie

denn?" Zum ersten Male an diesem Abend hatte sie ihre strenge Selbstbeherrschung völlig verloren.
„Ich glaube, ein Ende mit Schrecken ist für uns beide besser als ein Schrecken ohne Ende. Ich habe hier" – Dr. Lohse klappte seine braunlederne, verschließbare Schreibmappe auf und entnahm ihr mehrere handgeschriebene Bogen, deren letzten er vorhin bei ihrem Eintritt unterzeichnet hatte – „ein detailliertes Geständnis abgelegt, in dem ich mich des Ehebruchs bezichtige und somit alle Schuld auf mich nehme." Nach kurzem Zögern fügte er unvermittelt fürsorglich hinzu: „Wende dich am besten an den alten Rechtsanwalt Mühlberger. Er ist in Scheidungsangelegenheiten erfahren und wird unseren Fall mit der gebotenen Rücksichtnahme auf deine Person erledigen." Während er ein zweites Blatt aussonderte, sagte er: „Ich verzichte gleichzeitig auf jegliche Ansprüche an die Firma. Ich werde alle meine Funktionen zum Quartalsende im Verlag niederlegen, möchte allerdings bereits in den nächsten Tagen Urlaub nehmen, und zwar bis zu meinem Ausscheiden."
Frau Lohse hatte sich erhoben. Kein Muskel ihres ebenmäßig schönen Gesichtes regte sich, das aber unter seiner fast bronzenen Bräune jetzt krankhaft blaß geworden war, als sie zum Fenster trat und in die Scheibe starrte, die vor der sich vertiefenden Schwärze der Nacht draußen das erleuchtete Zimmer widerspiegelte. Nur die leise Bewegung, mit der sie sich gegen die Fensterbank stützte, verriet, wieviel Mühe sie aufwenden mußte, ihre aufrechte Haltung beizubehalten. „Es ist – nein, es war die Santoz, nicht wahr?" fragte sie sein Spiegelbild. Ihre Stimme klang monoton und farblos.

Lohse, der sie wie unter einem Zwang beobachten mußte, nickte: „Ja, es war Isabella. Aber wann hast du –?" Er vermochte seine Überraschung nicht zu verbergen.
„Ich habe es schon lange gefühlt", sagte sie, „ich habe mich nur gesträubt, es zu wissen."
Beide schwiegen. Die „Stunde der Wahrheit" ist angebrochen – sie dachten es beide zugleich wie durch Gedankenübertragung. Und sie wußten, es gab kein Ausweichen, und es würde schmerzen, tief drinnen, aber es mußte sein!
„Du hast ein Recht darauf, alles zu erfahren", sagte er, und er fühlte, wie ihn unvermittelt die Erregung befiel bei dem Gedanken, jetzt durch seine Aussage alles noch einmal durchleben zu müssen. „Glaubst du?" entgegnete sie bitter. „Was könnte das noch an der Tatsache ändern, daß ihr mich hintergangen habt – meine Arglosigkeit ausnutzet – dabei vielleicht über mich spottetet." – „Niemals!" rief er heftig, „mit keinem Wort! Mit keinem Gedanken! Das kann ich beschwören!"
Er füllte zuerst seinen Schwenker nach, dann begann er ruhig und klar: „Ich habe Isabella vom ersten Tag an gemocht, gleich als sie in unseren Verlag kam, und zwar als Mensch! Ich habe sie auch bald als talentvolle Mitarbeiterin schätzen gelernt.
Und wenig später, als wir beide privat mit ihr zu verkehren begannen, da erkannte ich schnell, welch ein vornehmes und zugleich lauteres Wesen sie auszeichnete. Allerdings habe ich nicht – und das möchte ich ausdrücklich betonen, Elisabeth – das Weib in ihr gesucht!"

Er hob seine Augen und sah zu seiner Frau hinüber. Sie hielt ihren Blick weiter unverwandt auf das Spiegelbild in der Scheibe gerichtet, aber ihre Augen, die er seinerseits spiegelbildlich sah, wirkten merkwürdig stumpf, so daß er nicht wußte, ob sie wirklich die Spiegelung auf der Glasfläche erkenne. Er hatte jedoch den Eindruck, daß sie ihm zuhöre.

Im August des letzten Jahres – fuhr er fort – sei ihm dann eine merkwürdige Veränderung im Wesen Isabellas aufgefallen – und zwar besonders nach jenen Wochenenden, an denen sie ihre Teilnahme an dem obligatorischen Tennismatch abgesagt habe. „Ich konnte aus ihrer Gemütsverfassung nicht klug werden: Es war eine undefinierbare Mischung aus Glückseligkeit und Trauer, die aber gegen Ende des Monats – das heißt exakt: nach Onkel Ewalds Abreise nach Brüssel – einer abgrundtiefen Mutlosigkeit – ja Depression Platz machte. Ich suchte nach einer Erklärung, denn mich beunruhigte nicht allein ihr gemütsmäßiger Wandel, sondern ebenso dessen Auswirkung auf ihre körperliche Konstitution. Aber Isabella wich meinen Fragen beharrlich aus – ähnlich erging es ja auch dir, als du etwas gemerkt hattest. Bis zu einem Mittwoch gegen Mitte September – am Tage, nachdem uns dein Onkel seine unverhoffte Amerikareise telegrafisch mitgeteilt hatte", sagte er langsam. Es schien fast, als habe er die Gegenwart seiner Frau vergessen und spreche zu sich selbst. „Ich hatte an jenem Tag in geschäftlicher Angelegenheit auswärts zu tun. Als ich mich in den frühen Abendstunden von Bennhausen her der Stadt näherte, goß es in Strömen –."

13

... Die Windstöße schleuderten das Regenwasser in Kaskaden gegen die Windschutzscheibe seines Wagens, daß die Scheibenwischer kaum dagegen ankamen. Er fuhr äußerst vorsichtig, drosselte vor jeder Kurve oder sonstigen potentiellen Gefahrenstelle sein Tempo; auf der Straße herrschte nur schwacher Gegenverkehr. Die wenigen Fahrzeuge, denen er begegnete, kamen ihm mit einer Art Bugwelle aus schmutzigem Wasser entgegen, so daß sie aus einiger Entfernung wie Motorboote auf der See aussahen.

Da seine Aufmerksamkeit nur wenig abgelenkt wurde – er konnte durch den Regenschleier bereits die ersten Häuser der Stadt sehen –, fiel ihm die einzelne Gestalt auf, die auf einem von der Straße abzweigenden Feldweg auf die hier parallel zur Straße verlaufende Eisenbahnlinie zuging. Diese Gestalt hob sich jetzt auf dem zum Bahndamm hin ansteigenden Weg mit dem unbeschrankten Übergang deutlich gegen den bleigrauen Himmel ab, an dem tiefhängende Wolken wie zerfetzte Leichentücher vom Sturm dahingejagt wurden. Das lange Haar der Gestalt und ihr weiter Mantel flatterten wild. Das Bild hatte für Lohse etwas Grausig-Phantastisches an sich.

Er wußte später nie zu sagen, was ihn bewogen hatte, seine Fahrgeschwindigkeit jäh noch stärker zu verringern, um die einsame Frau dort drüben auf der Anhöhe schärfer zu beobachten. Vermutlich war es ihr Gang – oder ihre Haltung, was ihm plötzlich bekannt vorkam – oder es war die dunkle Ahnung nahenden Unheils, die

ihn schon seit Tagen im Unterbewußtsein verfolgte und die ihn in diesem Augenblick einholte! Als er die Abzweigung des lehmigen Fußpfades erreichte, auf dem sich Pfütze an Pfütze reihte, steuerte er an den Straßenrand, stoppte und drehte die Scheibe herab, um besser sehen zu können.
Und gleich darauf war er sicher, die Frauengestalt erkannt zu haben, die dort allein in Sturm und Regen auf die Eisenbahnstrecke zuging. Und beinahe gleichzeitig gewahrte er, wie das Lichtsignal neben den Gleisen von Grün auf Rot umsprang. Er warf einen Blick auf seine Uhr. Der D-Zug – durchfuhr es ihn – richtig, der D-Zug von Hannover nach Aachen mußte in wenigen Minuten weiter oben, diesseits der Steigung von Bennhausen, auftauchen!
Lohse sah, wie die einsame Frau zu laufen begann. Mit einem Satz war er aus seinem Wagen. Eine entsetzliche Angst hatte ihn überfallen: Die quälende Ahnung hatte sich in diesem Augenblick zur Gewißheit gewandelt! Er rannte durch Schlamm und Pfützen hinter der laufenden Gestalt her, deren Haar und Mantel vor ihm jetzt noch wilder flatterten. „Isabella!" schrie er, so laut er konnte, gegen den Wind, „Isabella!" Der Sturm fetzte ihm die Worte vom Munde, die Frau hörte sie nicht – oder wollte sie nicht hören. Und da tauchten unvermittelt weiter links oben aus dem Grau der Regenwand heraus in der steilen Kurve die in Dreiecksform montierten Lichter der Lokomotive auf, die sich dort beängstigend schnell auf der abfallenden Strecke näherten!
„Isabella!" schrie er abermals. Die Angst peitschte ihn

vorwärts; er rannte keuchend, mit Lungen, die zu bersten drohten. Der Regen peitschte ihm ins Gesicht, beschlug seine Brillengläser, hinderte ihn am Sehen; der Schlamm spritzte bis über die Knie herauf; einmal stolperte er, drohte zu fallen, riß sich mit verzweifelter Energie hoch! „Isabella, bleiben Sie stehen!" Alles war unwirklich, glich einem wahnsinnigen Traum!
Er hatte sie fast eingeholt und streckte bereits seine Hand nach ihrem flatternden Mantelsaum aus – aber da, ganz wenige Meter vor ihnen, waren schon die Gleise! Und da brauste der Zug heran! Die Frontlichter rasten auf sie zu! Der Lokführer mußte etwas von dem Vorgang erkannt haben: Die Maschine stieß einen gellenden Pfiff aus, gleich darauf hörte man die Druckluft in die Bremsen fauchen! Verzweifelt warf sich Lohse nach vorn, griff zu, fühlte den Stoff des Mantels in seiner Hand und stemmte sich im gleichen Augenblick hintenüber, die Spanierin unter Aufbietung aller seiner Kräfte zurückreißend! In der nächsten Sekunde fiel Isabella so wuchtig gegen ihn, daß er rückwärts taumelte und fast gestürzt wäre. Aber er umschlang das Mädchen mit beiden Armen und preßte sie an sich. Hart neben ihnen donnerte der Zug vorüber, der Luftsog raubte ihnen den Atem und drohte sie für einen entsetzlichen, qualvollen Moment mit sich zu reißen und unter die rasenden Räder zu schleudern! Fenster mit schemenhaften Gesichtern dahinter stürmten vorüber – und da war das stählerne Ungetüm vorbei! Der Sog fegte wie ein Schweif hinterdrein.
Nun, da alles vorüber war, befiel Dr. Lohse plötzlich ein Zittern wie von einem Fieberschauer. Er schaute auf die

Frau hinab, die noch immer völlig erstarrt, regungslos in seinen Armen hing – mit einem Gesicht, das so weiß war, als habe es keinen Tropfen Blut in sich. Ihre Augen hielt sie geschlossen, nur ihr Mund war geöffnet, und sie atmete heftig in Stößen.
„Isabella!" brachte er keuchend hervor, „was wollten Sie tun?" In seinem Ausruf lag so viel Entsetzen, daß sie ihre Augen öffnete und ihn ansah. Jetzt erkannte er in ihrem Blick einen Abgrund von Not und Verzweiflung. Sie antwortete aber nicht. „Kommen Sie!" sagte er und mußte gegen ein Würgen in seiner Kehle angehen.
Er führte sie vorsichtig den glitschigen Lehmweg hinab zur Straße, einen Arm um ihre Schultern gelegt, um sie sorgsam zu stützen. Sie ging willenlos mit, gerade so, als sei aller Wille in ihr erstorben: ihre Glieder bewegten sich rein mechanisch wie die einer Puppe. Weiter unten, gegen die Stadt zu, verglühten inzwischen die blutroten Schlußlichter des Zuges im Grau der Regenwand. An der Straße angekommen, brachte er sie zu seinem Wagen, öffnete die rechte Vordertür und schob sie behutsam auf den Beifahrersitz. Darauf, nachdem er selbst hinter dem Steuer Platz genommen hatte, wandte er sich dem Mädchen an seiner Seite zu, in der Absicht, Licht in das Dunkel des eben durchlebten schrecklichen Vorganges zu bringen. Sie aber blickte noch immer versteinert vor sich hin, schien ihn und seine Gegenwart nicht wahrzunehmen. Aus ihrem gelösten Haar tropfte die Nässe; eine feuchte Locke fiel ihr über die totenbleiche Wange. Ihre Hände ruhten wie leblos nebeneinander in ihrem Schoße, und als Lohse, der bei ihrem Anblick auf einmal nicht mehr wußte, was er sagen

sollte, seine Rechte auf ihre Hände legte, fühlte er, daß ihre Finger steif und eiskalt waren. Ehe er aber das rechte Wort fand, fielen unvermittelt, wohl unter der lebendigen Wärme seiner Berührung, ihre Schultern herab, ihr Kopf sank nach vorn, und sie begann zu weinen – nicht laut oder schluchzend, sondern es war vielmehr, als verströme in ihren Tränen unwiederbringlich ein Teil ihrer selbst.

Dr. Lohse saß hilflos, nach Worten suchend und doch keine findend; er umfaßte nur weiter mit seiner Rechten ihre bebenden, schlanken Finger. Und plötzlich begann sie ungefragt zu sprechen: leise, monoton – und es schien dem Mann an ihrer Seite, als seien diese Worte eigentlich gar nicht für sein Ohr bestimmt, sondern als vernähme er eine Beichte. Die Finger des Mädchens erhielten, während sie sprach, neues Leben, bewegten sich und umklammerten schließlich seine Hand wie schutz- und haltsuchend: Sie gab sich mit diesem Zugriff gleichsam in seine Hand!...

14

„Ich war zunächst tief erschrocken, als ich ihre Erklärung hörte", fuhr Dr. Lohse fort, „dann schockiert und zuletzt außer mir vor Zorn. Ich verabscheue die rohe Gewalt, aber hätte ich in jener Stunde gekonnt, ich glaube, ich hätte dem alten Schurken die vornehme Adlernase eingeschlagen!"

„Von wem sprichst du?" fragte Frau Lohse, jedoch Ton und Ausdruck ihrer Frage verrieten, daß sie die Antwort bereits ahnte. „Von deinem Onkel Ewald!" stieß er hervor, die Zähne vor Grimm aufeinandergepreßt, „von dem hochangesehenen, stinkvornehmen, allseits geachteten Herrn Massenbach...!"

„In dessen Fußstapfen zu treten du dich allerdings nicht geniertest", unterbrach sie ihn voller Sarkasmus. „Niemals!" fuhr Lohse auf. Er schnellte in die Höhe und schleuderte den Kognakschwenker zu Boden, daß die Splitter wie Geschosse durch das Zimmer spritzten.

„Ich habe mich dir gegenüber vergangen, indem ich das verletzte, was wir noch als unsere Ehe ansehen! Aber ich habe nie ein noch unberührtes, tiefgläubiges Mädchen mit falschen Versprechen gelockt, verführt! Pfui Teufel! Halt, Elisabeth – du bleibst!" gebot er mit starker Stimme, da seine Frau sich abrupt abwandte und Anstalten machte, das Zimmer zu verlassen. Und seine Stimme besaß jetzt so viel Stärke, daß sie wider ihren Willen in der Bewegung stockte und ihn halb überrascht, halb verunsichert ansah.

Er kam hinter seinem Schreibtisch hervor, trat vor sie hin. „Ich weiß nur zu gut", sagte er, wobei er ihr fest in die Augen blickte, „die Massenbachs erheben den Namen ihrer Familie über alles. Aber hier und jetzt gilt einzig und allein die Wahrheit! Und die lautet: Dein Onkel Ewald hat Isabella im vergangenen August vorgegaukelt, er wolle sie in Kürze ehelichen! Als Gegenleistung forderte er ihre Hingabe! Bedenke, was das für ein Mädchen mit ihrer Erziehung bedeutete, eine Erziehung, die himmelweit von unserer gängigen emanzipatorischen Einstellung entfernt war! Und solltest du mir nicht glauben, dann geh und frage den alten Schuft

selbst! Versuche, ob er heute noch die Stirn besäße, zu leugnen!"
Leider habe die in diesen Dingen unerfahrene Südländerin seinen Beteuerungen geglaubt – fuhr Lohse etwas ruhiger fort. Er hatte sich zur Seite gewandt und stand nun seinerseits vor dem großflächigen Fenster. Wie entsetzlich sei daher für sie die Enttäuschung gewesen, als sich der Mann, dem sie sich rückhaltlos geschenkt hatte, schon wenige Tage später unter einem fadenscheinigen Vorwand ins Ausland davonmachte, ohne ein weiteres Wort über das zwischen ihnen Vorgefallene zu verlieren!
Zunächst habe sie sich damit getröstet – und ihn wohl gleichzeitig vor sich selbst zu entschuldigen gesucht –, daß er durch übermäßige Sorgen um sein Unternehmen zu sehr in Anspruch genommen sei, aber als dann Briefe von ihm kamen, in denen nicht ein einziges Wort andeutete, er denke daran, sein Versprechen tatsächlich einzulösen, da habe sie die ganze Tragweite des gemeinen Betruges erkannt!
„Den Rest", sagte Lohse, „gab ihr das bewußte Telegramm, in dem dein Onkel uns mitteilte, er wolle für eine noch unbestimmte Anzahl Wochen mit einem alten Kommilitonen nach den Staaten hinüberfliegen. Jetzt wußte Isabella, daß ihre Liebe – ihre erste, wahre, jungfräuliche Liebe! – mißbraucht, entehrt, geschändet worden war! In ihrer Verzweiflung darüber lief sie an jenem Regentag zunächst ziellos durch die Straßen, bis sie hinaus ins Freie geriet. Dort löste der Anblick der Eisenbahngleise plötzlich in ihr den Entschluß aus, ihrem Leben ein Ende zu bereiten."

Lohse machte zunächst eine Pause, darauf setzte er mit gerunzelten Brauen nachdenklich hinzu: „Irgendwer, irgendwas – ich weiß es einfach nicht zu erklären – führte mich gerade zu dieser Stunde gerade an dieser Stelle vorüber. Ich kann nicht glauben, daß es nur ein blinder Zufall war!"
Frau Lohse ging gesenkten Blickes zu einem Sessel. „Bitte", sagte sie, während sie sich setzte, „gib mir einen Asbach!" Er nahm zwei neue der bauchigen Gläser aus der Bar und schenkte von der bräunlichen, klaren Flüssigkeit ein. Sie nahm den Schwenker entgegen, dankte mit einem Neigen ihres Hauptes und nippte an dem Getränk. Der Weinbrand belebte sie offensichtlich: In ihre bleichgewordenen Wangen trat wieder Röte. Mit einer Stimme, deren Festigkeit ihn überraschte, sagte sie dann: „Laß mich auch noch das übrige wissen!"
Einige Augenblicke sah er sie wie unschlüssig an, darauf berichtete er weiter: „Wir saßen beide völlig durchnäßt und übel verschmutzt in meinem Wagen. Isabella fror entsetzlich, wahrscheinlich weniger vor Kälte als weit mehr vor Erregung. Da ich in dieser Stunde nicht hierher kommen mochte, wir aber ebensowenig ihr Logis in der Hathumar-Straße aufsuchen wollten – denn weder Isabella noch ich konnten in unserer gegenwärtigen seelischen Verfassung einem Menschen Rede und Antwort wegen unseres Anblicks stehen –, da erinnerte ich mich plötzlich an die alte Kutschera und ihr Häuschen draußen am Rande der Siedlung an den Fischteichen. Bei ihr hatte ich ja vor Jahren, in der ersten Zeit meines hiesigen Aufenthaltes, in Untermiete gewohnt – du weißt das noch. Nun, die alte Kutschera

hatte ich schon damals als eine Person kennengelernt, die gegen entsprechende Vergütung zu allem bereit sein würde."

Lohse stand gegen die Schreibtischkante gelehnt und betrachtete sein Glas. „Die Kutschera nahm uns auch wirklich sofort herein, gab uns einige trockene Sachen zum vorläufigen Überziehen, während sie unsere lehmverkrusteten Kleidungsstücke und Schuhe säuberte. Und, was uns dabei so wichtig war: Sie stellte, da ich ihr beim Eintreten etwas in die Hand gedrückt hatte, keine unnützen Fragen! Nachher, als wir mit ihr zusammen bei einem heißen Grog im Wohnzimmer saßen, da erzählte sie, es ginge ihr in der letzten Zeit nicht besonders gut.

Die kleine Mansardenwohnung oben in ihrem Haus – eben die, welche ich seinerzeit bewohnt hatte – stünde schon seit einer Reihe von Monaten leer. Wahrscheinlich, so meinte die Kutschera, liege ihr Haus gar zu abseits von der Stadt." Er trank einen Schluck aus seinem Glas, bevor er fortfuhr: „Ich habe nicht sofort zugegriffen, sondern erst später – nach Tagen. Isabella kam übrigens eine Woche lang nicht in den Verlag; ich hatte sie offiziell dem Personalbüro als krank gemeldet. Ob du mir nun Glauben schenkst oder nicht, Elisabeth: Ich habe in jenen Septembertagen ernsthaft darum gekämpft, der Gefühle Herr zu werden, die mich seit dem Geschehen am Bahndamm unaufhörlich bestürmten. Erspare mir Einzelheiten – es waren fürchterliche, qualvolle Stunden! Allerdings hat mich Isabella mit keinem einzigen Wort, mit keiner einzigen Geste dazu gedrängt – das vor allem möchte ich betonen! Erst am dritten oder vierten Tage, ich weiß es nicht mehr genau, suchte ich die Kutschera abermals auf und mietete die beiden Mansardenzimmer."

Er begann, den kurzen Stiel seines Schwenkers zwischen Daumen und Zeigefinger langsam hin und her zu drehen, als er weitersprach: "Wir gingen sehr vorsichtig vor. Isabella behielt ihre bisherige Wohnung in der Hathumarstraße weiterhin bei, denn dorthin ließ sie wie bisher ihre Post und alle Zusendungen kommen. Ich nehme an, das Manöver gelang – wahrscheinlich wußten nur ganz wenige, daß sie eine Zweitwohnung besaß."

"Hast du sie häufig besucht?" wollte Frau Lohse wissen. Ihre Stimme klang belegt. "Nun – vergiß nicht, daß wir nur wenige Monate zur Verfügung hatten", antwortete er ausweichend – mehr nicht. Er wollte sie nicht quälen oder demütigen, darum schwieg er jetzt davon, wie er so oft wie nur irgend möglich spät abends, nachdem er sich ganz offiziell in sein separates Schlafzimmer zurückgezogen hatte, aus dem niedriggelegenen Parterrefenster stieg und sich durch den Garten davonstahl – zu seinem Glück hatte in keiner einzigen Nacht das Telefon bei ihm geläutet! –, wie er gewöhnlich drüben an der Schönen Aussicht den letzten fahrplanmäßig gehenden Bus benutzte und zur Stadtheide hinausfuhr, um von dort, quer durch eine Waldzunge, die Rückseite des Kutscheraschen Haus zu erreichen (wodurch seine nächtliche Besuche weitgehend den Nachbarn verborgen blieben). Genauso heimlich hatte er sich regelmäßig im Morgengrauen, wenn der erste Frühbus fuhr, wieder heimwärts geschlichen. Er war niemals dabei aufgefallen, und das abnehmende Licht der Herbsttage hatte sein Tun begünstigt.

„Hast du sie –", Frau Lohse stockte, und für wenige Sekunden drohte sie ihre Haltung zu verlieren, aber gleich darauf gewann sie wieder Gewalt über sich, „hast du sie sehr geliebt?" – „Ja, Elisabeth", erwiderte er, „ich will aufrichtig sein." Nach kurzem Zögern setzte er hinzu: „In den letzten Wochen bedrängte mich jedoch in steigendem Maße die Frage, ob ich nicht vielleicht in einem unlösbaren Widerspruch dich in ihr liebte. Ich weiß, dies klingt absurd! Aber Isabella war fast in allem – in ihrem Äußeren wie in ihrer Natur – das strikte Gegenteil von dir, so daß möglicherweise unterschwellig meine Liebe zu ihr aus meiner vormaligen zu dir entsprang!"

Lohse verstummte mit einer hilflosen Geste, während ihm die Frage durch den Sinn ging: Wer ist überhaupt fähig, das irrationale Wesen der Liebe bis ins Letzte zu erfassen, dieses seit Urzeiten lockende Labyrinth der Gefühle? Und wer vermag sich wieder aus diesem Irrgarten herauszuarbeiten, da er allein auf die rationalen Mittel des Verstandes angewiesen bleibt, auf diesen brüchigen Ariadnefaden!

„Und sie –?" fragte Frau Lohse weiter, „hat sie dich wiedergeliebt?" Er dachte mit gerunzelter Stirn angestrengt nach, bevor er antwortete: „Ich glaube: ja. Aber es geschah nicht mit der feurigen Glut erster Hingabe, sondern es lag im Grunde so etwas wie eine tiefe Dankbarkeit darin – Dankbarkeit dafür, daß ich ihr das Leben erhalten hatte, Dankbarkeit dafür, daß ich ihr meine Liebe schenkte, sie nicht nur schnöde ausnutzte.

Sie hat mich übrigens nie gedrängt oder auch nur angedeutet, daß sie mehr von mir erwarte als nur diese meine Gegenliebe. Niemals hat Isabella meine Trennung von dir gefordert! Und hierin bin ich an ihr schuldig geworden: Gerade ihre selbstlose Hingabe bedingte, indem ich sie annahm, die meine als Gegengabe in ebenso selbstloser Weise!"

Dr. Lohse setzte sein Glas zur Seite, dann begann er auf und ab zu gehen, wobei er weitersprach: „Ich habe mir mehrfach in einsamen Stunden Rechenschaft über mein Tun zu geben versucht. Ich war schließlich zu der Einsicht gelangt, daß ich unmöglich noch weiterhin mit dir diese Scheinehe vor der Öffentlichkeit führen, im Verborgenen hingegen die nicht legalisierte Beziehung zu Isabella aufrechterhalten durfte. So erwog ich bereits in der ersten Oktoberhälfte unsere Scheidung, oder genauer: ich plante sie! Dann wollte ich sie heiraten und mit ihr in Deutschland bleiben."

Er durchmaß am Schluß das Zimmer auf seiner ruhelosen Wanderung immer rascher, nun aber blieb er jäh stehen und blickte mit gerunzelten Brauen zu Boden: Er war nun so stark in der Erinnerung verhaftet, daß er weiterzusprechen vergaß. Darum schrak er auch zusammen, als seine Frau sagte: „Mir fiel auf, daß die Santoz von einem bestimmten Zeitpunkt an mir auszuweichen suchte. Gelang ihr das nicht, zeigte sie sich eigenartig befangen. Obgleich ich mir dieses sonderbare Verhalten nicht erklären konnte, schöpfte ich zuerst noch keinen Verdacht. Warum habt ihr euer Vorhaben nicht ausgeführt?"

„Es gab da zwei Hindernisse, die ich anfänglich nicht

mit einkalkuliert hatte: Einmal nämlich warf die Frage einer kirchlichen Trauung ein beinahe unüberwindliches Problem auf. Würde die Kirche mir, dem vor dem Gesetz Schuldig-Geschiedenen, ihre Dispens zu einer neuen Ehe gewähren oder verweigern? Mir persönlich wäre dies im Endeffekt gleichgültig gewesen. Isabella jedoch war zu tief mit ihrer ethischen Vorstellung im Kirchlich-Religiösen verwurzelt, um in eine Ehe zu willigen, die lediglich durch die Unterschrift vor dem Standesbeamten besiegelt worden wäre.
Das zweite Problem betraf in erster Linie mich – das heißt, es erwuchs aus meiner jetzigen beruflichen Stellung. Ich darf mit Recht für mich in Anspruch nehmen, bis zu einem gewissen Grade den Aufwärtstrend unseres Verlages verursacht zu haben. Die Auflösung dieser unserer Ehe würde selbstverständlich mein sofortiges Ausscheiden aus der Firma nach sich ziehen, das war mir von Anfang klar – ganz abgesehen davon, daß ich wegen Isabella unmöglich länger mit deinem sauberen Onkel zusammenarbeiten konnte! Mit anderen Worten: Ich würde nach einem Wechsel des Arbeitsplatzes wieder auf irgendeiner der tieferen Sprossen der Chargenleiter stehen – und das, nachdem ich einen beträchtlichen Teil meiner Zeit und Kraft dem Hause Massenbach gewidmet hatte. Du weißt, für mich ist vormals der Weg bis zum Eintritt in die Firma hart und steinig gewesen."
... Und unvermittelt sah er diesen bei seinen letzten Worten wieder, so, als stünde er draußen vor der Schwärze der Nacht und schaute durch das Fenster ihn an: den bleichen, schmalbrüstigen Pennäler mit der

unschönen Nickelbrille und den schlecht geschnittenen Haaren, der nachmittags, wenn seine Klassenkameraden Fußball spielten oder in späteren Jahren zu ihrem ersten Rendezvous gingen, den Nachbarn für ein paar Groschen Holz hackte, den Garten umgrub oder Besorgungen machte. Der Schulbesuch kostete, und in einer Arbeiterfamilie bildet ein Heranwachsender, der keinen Pfennig verdient, hingegen ständig Kosten aufbürdet, auch heute noch eine Belastung für die Familie. Zuweilen traf ihn das Glück, daß jemand Nachhilfeunterricht brauchte und dafür auch zu zahlen imstande war. Meist aber hatten die, denen er den „Ablativus absolutus" oder die Gesetze der Trigonometrie klarmachte, nicht viel mehr als er selbst.

Etwas später, während seiner Studentenzeit, war es ihm um einige Grade besser ergangen: Man bewilligte ihm ein Stipendium! Dennoch mußte der schlaksige Bursche mit dem amerika-importierten Bürstenhaarschnitt in dem knappsitzenden, an Ärmeln und Knien durchgewetzten Habit – der täglich in seiner billigen Studentenbude droben unter dem Taubenschlag die Wahl zwischen einer Fertigsuppe aus einem Maggiwürfel oder einer solchen aus einem Knorrpäckchen hatte – in der vorlesungsfreien Zeit im Betonwerk des Nachbarortes körperlich schwere, ungewohnte Arbeit verrichten.

Und er sah auch den zaundürren, ausgehungerten Doktoranden, der seine Exzerpte und dann das Konzept seiner Dissertation auf die leeren Rückseiten von überall in den Straßen aufgelesenen Reklameblättern schrieb. Auf diese Weise sparte er das Geld für Schreibpapier ...

„Ich rang mich jedoch durch", fuhr Lohse fort, als er wieder in die Gegenwart zurückgefunden hatte, „und reichte mehreren Verlagshäusern meine Bewerbung um Anstellung ein. Bekannte um Vermittlung anzugehen oder geschäftliche Kontakte auszunutzen, wagte ich nicht. Nun, einige Firmen antworteten positiv, andere negativ. Nach einigem Schwanken entschied ich mich schließlich für ein ganz passables Angebot aus Süddeutschland.
Aber inzwischen gerieten meine Beziehungen zu Isabella in ein kritisches Stadium. Im Laufe der Wochen häuften sich nämlich die Stunden, in denen sie sich immer heftiger mit Selbstvorwürfen überhäufte, sie habe die Ehe zwischen dir und mir untergraben, so daß ich stets größere Mühe aufwenden mußte, sie davon zu überzeugen, daß unsere Ehe ja längst de facto aufgelöst sei und lediglich noch de jure auf dem Papier wegen der Öffentlichkeit bestehe."
„Mittlerweile standen wir in der zweiten Novemberhälfte", sagte Lohse nach einer Pause, nachdem er den restlichen Inhalt seines Glases wie ein Verdurstender hinuntergestürzt hatte; die aus der Erinnerung geborene Erregung ließ jetzt seine Augen fiebrig glänzen. „Eines Nachts gestand mir Isabella unter Tränen, sie erwarte ein Kind. Und gleichzeitig sagte sie mir, sie habe ihre Gewissensqual nicht länger ertragen und deshalb einen spanischen Priester aufgesucht. Ihm habe sie dann unser heimliches Verhältnis rückhaltlos bekannt. Die Auflage, die ihr jener Geistliche machte, lautete: sie müsse ungesäumt das sündige Tun abbrechen, sich am besten bis zur Klärung der Situation vollständig von mir

zurückziehen, während ich – außer den notwendigen juristischen Schritten zur Auflösung meiner gegenwärtigen Ehe – mich an die Kirchenbehörde wenden und um eine Dispens zu einer zweiten Eheschließung nachsuchen sollte.

Ich wurde zunächst fürchterlich wütend, denn Isabella fügte ihrem Bericht hinzu, sie wolle dem geistlichen Befehl Gehorsam leisten und so rasch wie möglich in ihre Heimat zurückkehren. Es gab eine äußerst heftige Szene in dieser Nacht zwischen uns, in der ich tobte, Isabella hingegen unbeugsam an ihrem Entschluß festhielt. Sie sagte, sie müsse jetzt nicht nur an unser beider Seelenheil denken, an meines und ihres, sondern auch an das unseres noch ungeborenen Kindes. Verharrten wir weiter in unserem bisherigen Tun, so sei es in Sünde empfangen und werde in Sünde geboren!

Am Ende sah ich mich gezwungen, nachzugeben. Wie wir ihre Rückkehr nach Madrid erklärten, ist dir bekannt. Am 1. Dezember reiste sie ab; ich war an jenem Tage nicht in Kassel, wie ich allgemein bekanntgab, sondern brachte Isabella mit meinem Wagen nach Düsseldorf zum Flughafen."

Dr. Lohse bemerkte, daß sein Glas leer war. Er wollte schon zur Flasche greifen, besann sich aber und zog die halbausgestreckte Hand wieder zurück. Er schien jedoch von dem Vorgang nichts bemerkt zu haben, sein Blick war ins Leere gerichtet. „Und dann?" fragte Frau Lohse, „was geschah dann? Sie verließ dich doch offensichtlich in der Erwartung, du würdest dein Vorhaben in die Tat umsetzen!"

Lohses Gesicht nahm einen gequälten Ausdruck an, als

er erwiderte: „Nach ihrer Abreise geschah etwas mit mir, das ich auch heute nicht exakt erklären kann, wofür letztlich die Kräfte meines Verstandes nicht reichen. Obwohl ich ihr noch auf dem Flugplatz, ja sogar am Fuß der Gangway, bevor sie die Maschine bestieg, hoch und heilig versprach, alles so rasch wie irgend möglich zu regeln – obwohl mein Gefühl jeden Tag, jede Stunde seit ihrem Fortgehen ihre baldige Wiederkehr herbeisehnte, tat ich dennoch nichts Konkretes zur Verwirklichung meines Wunsches. Gewiß – ich suchte einen Anwalt auf und besprach mit ihm alle Einzelheiten einer Scheidung. Ich führte wieder und wieder Verhandlungen mit der süddeutschen Firma über meinen Wechsel in ihren Dienst. Ja, ich saß auch verschiedentlich während schlafloser Nachtstunden hier an meinem Schreibtisch und versuchte, in einem ausführlichen Schreiben der Kirchenbehörde alle meine Gründe für eine Scheidung und eine darauffolgende Wiederverheiratung darzulegen!
Aber den letzten, den entscheidenden Schritt, der die Realisierung unseres Planes eingeleitet hätte, den tat ich in keinem einzigen Falle! Ich plante nur, zog Erkundigungen ein, verhandelte und bastelte an meinem mehrseitigen Schriftsatz herum!"
Aber ganz unerwartet schien er jetzt, da er darüber sprach, klarer zu sehen. Er blickte erst überlegend vor sich nieder, darauf sagte er: „In meinem Heimatdorf bin ich als Kind gern am Bach gewesen. Dort habe ich kleine Tierchen – Insekten – beobachtet, die wir ‚Wasserreiter' oder auch ‚Wasserhopper' nannten. Diese Tiere standen auf hohen, dünnen Beinchen auf der Oberfläche des Wassers, vermittels einer Art von merkwürdig runden

Füßchen, die als Schwimmer fungierten. Ihren Namen hatten diese ‚Wasserhopper' von ihrer Angewohnheit, auf dem Wasser zu hüpfen, und zwar stets gegen die Strömung. Sie sprangen eifrig vorwärts, da aber die Strömung ihnen entgegenkam, wurden sie, kaum hatten sie sich eine Sprungweite fortbewegt, im nächsten Augenblick schon von der folgenden Welle wieder zurückgetragen, daß sie trotz aller Mühe niemals wirklich vorankamen.
Ich glaube, es gibt keinen besseren Vergleich für die Situation, die ich in den letzten Monaten durchlebte. Es klingt absurd, wenn ich sage: Ich wußte nicht, was ich nach Isabellas Niederkunft tun würde, obgleich dieses Ereignis heranzurücken begann. Ich mußte das Bestehende ändern, ohne das zu können – ich konnte aber das nicht aufrechterhalten, was bestand! Ich lebte in einem höllischen Zyklus!"
„Hast du sie auch in dieser Zeit noch geliebt?" fragte Frau Lohse leise. Sie hatte zuletzt wie gebannt, fast ohne zu atmen, seinen Worten gelauscht. „Ja, Elisabeth", antwortete er und blickte auf seine Hände hinab, die sich durch seine Erregung verkrampft hatten. Jetzt öffnete er die Finger, während er ruhiger sprach: „Ja", wiederholte er, „ich habe sie unentwegt geliebt. Darum gibt es auch für mich keine Entschuldigung!"
Ent-schuldigen – das hieße: die Schuld hinwegnehmen – dachte er, wobei er ans Fenster trat – die Schuld auslöschen. Wer das könnte! Zu ihr aber sagte er: „Mir wurde die ganze Tragweite meiner Verfehlung gestern blitzartig vor Augen geführt, als ich an Isabellas Bahre stand und auf sie herabsah, wie sie dort kalt und stumm vor mir lag. Ich kenne die verruchte Hand nicht, die den

tödlichen Schuß abfeuerte, und ich verfluche sie! – aber im gleichen Atemzug muß ich das Verdammnisurteil auch über mich selbst aussprechen. Denn ich!" rief er heftig, „ich hätte sie vor diesem Tod bewahren können! Was bedeuteten im Grunde die glühenden Briefe, die ich ihr schrieb? Welche Schuld tilgen nun die Geldsummen, die ich ihr regelmäßig überwies? Im Letzten, Entscheidenden, habe ich sie doch feige im Stich gelassen!" Er verstummte, ließ den Kopf vornüber sinken, bis seine heiße Stirn das kühle Glas des Fensters berührte.
Frau Lohse saß eine Weile regungslos, dann stellte sie ihren Schwenker auf die Bar und erhob sich. „Ich muß das, was ich heute abend hörte, in Ruhe überdenken, denn eine sofortige Entscheidung wäre zu sehr aus der ersten Gefühlsregung entsprungen. Gewähre mir bitte eine Frist!" Sie tat zögernd zwei, drei Schritte, dann blieb sie stehen und wandte sich zu ihrem Gatten um: „Kannst du eigentlich erklären, warum Isabella noch vor ihrer Niederkunft hierher zurückgekommen ist? Hatte sie dich nicht vorher von ihrer Ankunft benachrichtigt?" – „Nicht mit einem einzigen Wort", erwiderte er und breitete in hilfloser Gebärde die Arme aus. „Ich stehe ebenso wie die Polizei vor einem Rätsel. Ich habe während der vergangenen Nacht und auch heute draußen im Walde wieder und wieder über diese Frage nachgegrübelt – allerdings ohne eine stichhaltige Antwort zu finden. Ich kann nicht annehmen, daß sie zu mir gewollt hat. Auch finde ich keine Antwort darauf, wer Isabella so wahnsinnig gehaßt haben könnte, daß er ihr den Tod nicht nur wünschte, sondern sogar zufügte." Er

habe gestern abend noch – setzte er hinzu – mit Massenbach über die Frage der unerwarteten Rückkehr Isabellas gesprochen, aber auch der habe keine Erklärung gewußt.

Dr. Lohse machte einige Schritte auf seine Frau zu, die bleich und starr stand, mit Augen, die vor verhaltenem Schmerz stumpf waren. „Elisabeth", sagte er behutsam, „es tut mir leid, dich verletzt zu haben. Aber verstehe, die Wahrheit mußte endlich ans Licht, sie durfte nicht länger verborgen bleiben – die Tote hat das gestern gleichsam von mir gefordert. Wie ich dir bereits erklärte, werde ich bei unserer Scheidung rückhaltlos alle Schuld auf mich nehmen, damit nicht der geringste Makel an dir haften bleibt." Sie schwieg zunächst, dachte nach, dann fragte sie: „Was würdest du nach unserer Trennung machen?"

„Ich werde", sagte er mit überlegender Bedächtigkeit, „die Position in dem süddeutschen Verlagshause annehmen, und zwar so rasch wie irgend möglich. Ich habe ja nun für meine Tochter zu sorgen!" Seine Worte klangen so selbstverständlich, daß sie beide einen Moment davon überrascht waren. Dann setzte er hinzu: „Ich wies bereits meinen Anwalt telefonisch an, alle juristischen Formalitäten zu regeln, damit ich das Kind zu mir holen kann. Drunten am Neckar, nicht weit von Heidelberg, wohnt eine Verwandte meiner Mutter. Sie ist unverheiratet. Ich habe sie in meinen Jugendjahren wiederholt besucht und in guter Erinnerung behalten. Sie will ich anschreiben und bitten, zu mir zu ziehen und meinen Haushalt zu führen."

Er hatte den Eindruck, als wollte seine Frau etwas sagen, aber dann besann sie sich, wandte sich ab und schritt zur Tür. Dort dankte sie ihrem Gatten für seine Höflichkeit, ihr die Tür zu öffnen, durch ein Neigen des Kopfes. Auf der untersten Stufe der Treppe zum Obergeschoß verhielt sie jedoch und sagte: „Übrigens, ich vergaß, dir vorhin zu sagen, daß heut' bereits zweimal ein Herr König nach dir gefragt hat." – „Danke!" erwiderte Dr. Lohse, vermied es aber, seine Frau dabei anzuschauen, „er hat mich bereits aufgesucht – am frühen Abend."

Jetzt ging sie. Er stand am Fuß der Treppe und sah ihr nach, wie sie die Stufen emporstieg, schlank und hoch aufgerichtet – und er konnte ihrer Haltung seine Bewunderung nicht versagen. Das Licht der Korridorleuchte brach sich auf dem Stoff ihres Kleides und wurde so in einer Unzahl von gleißenden und sprühenden Funken zurückgeworfen, daß es plötzlich den Eindruck hervorrief, sie sei in ein Strahlengewand gehüllt.

Er sah, wie sie sich oben nochmals kurz umwandte, ohne etwas zu sagen, und dann ihr Schlafzimmer betrat. Er vermochte jedoch nicht mehr zu sehen, wie sie sich – kaum hatte sie die Tür geschlossen – quer über ihr Bett warf, das Gesicht in die Armbeuge gepreßt, während ihr Körper von jäh hervorbrechendem, konvulsivischem Schluchzen geschüttelt wurde.

Nein – dachte Lohse, als er behutsam die Tür zu seinem Arbeitszimmer zuzog –, er durfte ihr auf keinen Fall noch mehr zumuten, wenigstens nicht zu dieser Stunde, nicht nach dem Schock, den seine Eröffnungen eben bei ihr ausgelöst hatten! Er hätte sie zweifellos überfordert, wenn er sie jetzt auch noch von dem Verdacht wissen ließ, der seit dem Besuch des Kriminalbeamten wie ein drohender Schatten über ihm schwebte.

15

Unschlüssig blieb Lohse neben dem Sessel vor seinem Schreibtisch stehen. Der Oberinspektor war sehr höflich und überaus korrekt gewesen – gewiß! Er hatte sich nach einer Entschuldigung für die erneute Behelligung erkundigt, ob Dr. Lohse tatsächlich näher mit Fräulein Santoz bekannt gewesen sei – der Polizei sei etwas davon zu Ohren gekommen. Natürlich hatte er nicht geleugnet, ihm wäre das wie ein Verrat an der Toten vorgekommen. König hatte daraufhin lediglich vor sich hingenickt, aber keinen Vorwurf dazu geäußert, daß Lohse gestern abend bei der Identifizierung diesen wichtigen Umstand verschwiegen hatte.
Auch die Frage, wo er – Lohse – gestern in der Zeit zwischen 19.30 Uhr und 20.30 Uhr gewesen sei, stellte ihm der Beamte sehr höflich. „In Bielefeld", hatte er geantwortet, „ich traf dort mit dem Vertreter einer unserer Zulieferfirmen zusammen." Wenn er fragen dürfte: von wann bis wann? „Wir trafen uns kurz nach 17 Uhr im Restaurant" (er gab den Namen des Lokales an, dabei nannte er auch den Namen seines gestrigen Gesprächspartners, was von dem Oberinspektor sorgfältig notiert wurde!) – „gegen 19 Uhr trennten wir uns."
Er habe sich die Freiheit genommen, hatte darauf der Oberinspektor gesagt, und bereits die Hausangestellte

gefragt, um welche Zeit der Herr Doktor am vorigen Abend nach Hause gekommen sei . . . . „Dann haben Sie bereits erfahren, daß ich nur wenig vor halb neun hier ankam – und sicherlich auch, daß ich dabei völlig durchnäßt war!" König hatte daraufhin nur bejahend genickt, dann aber gesagt: „Sie benötigten für die Fahrt von Bielefeld bis zu Ihrem Hause gut ein und eine halbe Stunde. Ist das nicht ungewöhnlich lange?" – „Unter normalen Umständen schon", hatte er geantwortet, „aber ich bin in Stukenbrock von der B 67 in die Senne abgebogen, da ich dem Stau an der Baustelle vor Hövelhof ausweichen wollte. Damit geriet ich leider vom Regen in die Traufe, denn mitten in der Senne, als weit und breit keine Menschenseele zu sehen war, platzte mir ein Reifen. Sie müssen wissen, ich bin nicht sehr geschickt in technischen Dingen, darum dauerte es ziemlich lange, bis ich das Rad gewechselt hatte. Zusätzlich begann es noch, während ich an meiner ungewohnten Tätigkeit schwitzte, in Strömen zu regnen!" Dies sei die Erklärung, warum er so spät und obendrein total durchnäßt angekommen sei! Nein – hatte er noch geantwortet – während seines Reifenwechsels sei niemand an ihm vorbeigekommen.

Er habe deshalb keinen Zeugen für seine Angaben – das heißt: im Kofferraum seines Wagens liege noch der lädierte Reifen. Wenn der Herr Oberinspektor vielleicht diesen –? König hatte jedoch sofort abgelehnt.

Nach kurzem Nachdenken hatte der Kriminalbeamte gesagt, es tue ihm leid, daß er die bereits gestern gestellte Frage noch einmal stellen müsse: Ob der Herr Doktor wirklich keine Antwort wisse, warum Fräulein Santoz

ausgerechnet zu diesem Zeitpunkt hergekommen sei? Er – Lohse – hatte das mit gutem Gewissen verneinen können. Ebenso verneinen konnte er dann auch die Frage, ob es zwischen ihm und der Ermordeten irgendwie zu einem Konflikt gekommen sei.
Dann allerdings, als der Oberinspektor sich bereits zum Gehen anschickte, da hatte er sich scheinbar besonnen (oder wenigstens so getan!) und mit harmloser Miene gefragt, ob der Herr Doktor vielleicht eine Waffe besitze.
„Ja", hatte er sofort geantwortet in der klaren Erkenntnis, daß König jederzeit die Existenz eines registrierten Waffenscheins feststellen könne, „ich besitze ein Jagdgewehr. Der Onkel meiner Frau unterhält im Sauerland ein Jagdrevier. Dorthin lädt er im Herbst seine Freunde und höhergestellten Mitarbeiter gewöhnlich ein." Ob er dieses Gewehr sehen dürfe? Er hatte dem Oberinspektor die Waffe gebracht. – Daraus geschossen? – Nun ja, er habe schon hin und wieder im Laufe der letzten Zeit einige Schüsse auf eine Scheibe abgegeben, um bis zum Oktober nicht ganz aus der Übung zu kommen.
„Würden Sie mir gestatten, diese Büchse mitzunehmen?" hatte König gefragt, und Lohse hatte im Ton seiner Stimme keinen Verdacht, sondern eher Bedauern gehört. „Sie erhalten Sie selbstverständlich so rasch wie möglich retour!" Was war ihm in dieser Situation anderes übriggeblieben, als der Bitte zu entsprechen! Daraufhin war Oberinspektor König gegangen, wobei er sich abermals für Lohses Entgegenkommen bedankte und äußerste Diskretion versprach.
Dr. Lohse fand in die Gegenwart zurück, trat an die Bar und schenkte sich ein. Er gab sich jetzt durchaus keiner

Täuschung hin: Er zählte für die Polizei zum Kreis der Dringend-Verdächtigen! Nicht umsonst wollten sie die mörderische Kugel mit einem Geschoß aus seinem Gewehr vergleichen. Alibi –? Er besaß keines! Ihn hatte ja niemand da draußen in der öden Sand- und Heidelandschaft bei Blitz und Donner an seinem defekten Fahrzeug werken sehen. Der geplatzte Reifen war kein Beweis, den konnte er schon seit Tagen oder gar Wochen in diesem Zustand mit sich führen und gestern durch nassen Sand gerollt haben – „Konstruktion eines Alibis" nannte man so etwas.
Aber ein Motiv – o ja, das hatte er! Wie nämlich, wenn Isabella wiedergekommen wäre, um ihn wegen des Kindes unter Druck zu setzen?! Er hatte viel zu verlieren: seine Frau, seine hohe und gutbezahlte Position, seinen Anteil an Grundbesitz und an Aktien, sein Bankkonto! Wie sollte er der Polizei beweisen, daß er tatsächlich im Begriff gestanden hatte, auf das meiste davon freiwillig zu verzichten? Es gab keine konkreten Beweise dafür.
Lohse setzte das bauchige Glas an die Lippen, das scharfe Getränk lief, brannte über seine Zunge zur Kehle hinab. Das belebte! Schlaf würde er ohnehin kaum finden. Er setzte den Schwenker zur Seite, ging zum Fenster und öffnete lufthungrig beide Flügel weit und sah dann regungslos in die Hochsommernacht hinaus. Der Mond stand rund und weit oben am Himmel – an einem Himmel, der so durchsichtig wirkte wie eine Kristallkuppel. Drunten, aus der Stadt jenseits des schwarzen Buschsaumes am Eisenbahneinschnitt, wo der Nachtwind im Laubwerk flüsterte, blinzelten

nur noch einzelne Lichter wie müde Augen herüber. Jenseits jedoch, nach Nordosten zu, wölbten sich die Höhen des Teutoburger Waldes in dem fast taghellen Mondlicht so unwirklich nah, daß es dem einsamen Manne scheinen wollte, als könne er sie erreichen, wenn er nur seinen Arm ausstreckte.
„Dieses Leben", dachte er auf einmal, „dieses Leben – ist es eigentlich wert, gelebt zu werden?" Eine uferlose Leere machte sich in seinem Innern breit.

16

Bildet die Prozession mit dem vergoldeten Schrein des hl. Stadtpatrons den Höhepunkt des kirchlichen Teils im Paderborner Liborifest, so gilt fraglos der weit über die Grenzen Westfalens hinaus bekannte „Europazug" als der des weltlichen.
In den frühen Nachmittagstunden, gewöhnlich ab 14 Uhr, bewegt sich dann eine riesige Schlange aus Menschen, Tieren und Fahrzeugen aller Art vom Maspernplatz her zu den Klängen zahlreicher Kapellen und Fanfarenzüge, die in regelmäßigen Abständen der Kolonne eingegliedert sind, rund um den alten Stadtkern. Unter den Musikkapellen ernten gewöhnlich den meisten Beifall die nur aus weiblichen Mitgliedern bestehenden Korps in ihren scharlachroten oder himmelblauen Uniformen. Ihnen marschiert jeweils ein besonders stattliches, hochgewachsenes Mädchen als Tambourmajor voran, die Beine in weißen Stiefeln zum Takte der Marschmusik stramm schwingend.

Die Masse der Zuschauer drängt sich Kopf an Kopf bereits seit den Mittagsstunden auf den Bürgersteigen beiderseits der Straßen oder hält in den Häusern entlang des Marschweges die Fenster besetzt. Besonders waghalsige Schuljungen klettern gar auf emporragende Kanten oder Mauern – wie vor der Marktkirche – oder auf den Rand des Brunnens vor dem Alten Rathaus, um dadurch bequemer über die Vorstehenden hinwegsehen zu können, womit sie sich freilich von der Teilnahme an der beinahe allgemeinen Rauferei und Balgerei ausschließen, die prompt einsetzt, wenn von einem der vorüberfahrenden Wagen herab Bonbons, Luftballone, Orangen oder kleine, bunte Bälle in die Menge geworfen werden. Viele Firmen, die ein Gefährt mit ihrer Reklame im Festzug mitfahren lassen, suchen so die Aufmerksamkeit auf sich zu lenken. Es ist auf diese Weise auch ein Querschnitt durch die Industrie und Wirtschaft der Paderstadt, der hier im Verein mit Trachtengruppen, Sportvereinen und Laienspielscharen vorgeführt wird – ohne daß jedoch letztlich ein Reklamerummel US-amerikanischer Prägung daraus würde.

Einer Gruppe durchweg hübscher, dunkeläugiger Mädchen aus dem südlichen Frankreich, die zu einer Melodie aus hellen, schnellen Tönen mit ryhthmischen Tanzbewegungen vorüberschwingt, folgt ein dunkelgelber LKW der hiesigen Brauerei, von dessen Ladefläche herab Männer mit braunen Lederschürzen Flaschen mit Freibier verteilen; darauf naht eine Schar Schweizer, die, in einer Tracht aus der Renaissance mit federgeschmücktem Barett und geschlitzter Pumphose, ihre Künste im Schwingen von Fahnen an kurzem Stock vorführen; dann rollt ein Mähdrescher vorbei, dessen rotierende, mit Messern besetzte Walze fast die ganze Breite der Straße einnimmt und dessen Fahrer ungefähr in Höhe der Erste-Etage-Fenster thront. Hinter dem surrenden Ungetüm schreitet eine Trachtengruppe aus dem Hochschwarzwald: die Frauen mit breitbändigen, schwarzen Schleifen hinten an ihren hellen Kappen, in bestickten Blusen mit weißem, kostbarem Spitzenbesatz und knöchellangen, weiten Faltenröcken; die Männer in weißen Fräcken, weinroten Westen und dunkelfarbigen Kniebundhosen. Danach zieht eine bullige Zugmaschine der Bundesbahn mit kreisendem Warnlicht auf dem Führerhausdach einen frischlackierten Eisenbahnwaggon auf einem vielachsigen Culemeyer vorüber. Schließlich kommt ein mittelalterlich ausstaffierter Musikzug aus Belgien in blau-gelb oder rot-weiß gestreiftem Wams mit hohen, spitz zulaufenden Mützen, dem sich ein Trupp gepanzerter Reiter anschließt, auf den Helmen farbige Federbüsche oder goldfarbenen Zierat, in der Rechten die Turnierlanze, die stampfenden, schweren Pferde mit Decken in den Wappenfarben des Ritters behängt. So geht es weiter – nahezu zwei Stunden lang! In einem scheinbar nie versiegen wollenden Strom ziehen pausenlos schreitende, reitende oder fahrende Gruppen an den Zuschauern vorüber: Das ganze freie Europa hat an diesem einen Nachmittag seine Vertreter in die Stadt zwischen Pader, Lippe und Alme entsandt. Und diese ganze, dem Auge im einzelnen schon kaum mehr registrierbare Fülle an Farben und Formen wird untermalt und gleichzeitig ergänzt durch eine Hochflut an Tönen: dem Schrillen der Flöten, dem

Schmettern der Hörner und Trompeten, dem Rasseln der Trommeln, dem Klirren der Schlagbecken, dem Dröhnen der Pauken.

Eberhard, der ungefähr in der Mitte des Zuges seinem Sportclub die Vereinsfahne vorantrug (er sah recht schmuck aus in seiner weißen Kluft mit dem mehrfarbigen Emblem auf der linken Brustseite), suchte während des Marsches über den Kamp und durch die Westernstraße unablässig mit den Augen die staunenden, jubelnden, beifall-klatschenden Menschenmauern links und rechts ab, in der verzweifelten Hoffnung, irgendwo das Gesicht der Spanierin zu entdecken. Aber bis zu dem Zeitpunkt, an dem der Festzug auf der Friedrichspromenade stoppte, da die ziemlich an der Tete marschierenden „Majorettes" aus Le Mans am Neuhäuser Tor eine Nummer ihres Tanzprogramms vorführten, bis dahin hatte er noch keine Spur von Isabella entdeckt. Er fühlte sich aufgewühlt, unruhig und ständig zwischen den Extremen Glück und Elend hin und her schwankend. Die Vorgänge des gestrigen Abends erschienen ihm jetzt, im hellen Tageslicht, immer eigenartiger, immer schwerer erklärlich – beinahe unwirklich. Erst ein Wiedersehen mit der schönen Südländerin müßte ihn, so glaubte er fest, von dem peinigenden Gefühl erlösen, lediglich einen äußerst intensiven Traum durchlebt zu haben. Daß er sie aber bisher nirgends hatte finden können, erhöhte noch in beträchtlichem Maße seine Unruhe.

So fuhr der Bursche denn auch heftig zusammen, als mitten in seine ruhelos jagenden Gedanken hinein plötzlich eine Stimme dicht an seinem Ohr sagte: „Na,

wie geht sich's denn so mit einer Ausländerin?" Sich erschrocken umwendend, blickte er in das von Eifersucht gezeichnete Gesicht Birgits, die als Mitglied einer Laienspielschar heute ein prächtiges, mit allerlei Flitterwerk besticktes Brokatkleid trug. Der steife Kragen mit der goldfarbenen Borte reichte dem Mädchen fast über den Hinterkopf empor.
Die Biggi hatte den gegenwärtigen Halt benutzt, um von ihrer Gruppe aus den Zug entlang bis zu Eberhard vorzudringen. Da er ihr jetzt nicht sofort antwortete, fuhr sie fort: „Wir haben euch gestern auf der Kirmes beobachtet, dich und deine schwarzhaarige Hexe! Darum bist du vorher so schnell von uns abgehauen – pah!"
Das sollte verächtlich klingen, aber das mühsam unterdrückte Zittern in der Stimme strafte sie Lügen.
Als Eberhard darauf nur wortlos die Schultern zuckte, fauchte sie in kindlich übersteigertem Zorn: „Paß auf, daß es dir nicht eines Tages ebenso geht wie der Ausländerin in der Michaelsgasse!" – „In der Michaelsgasse?" wiederholte er verständnislos, „was war denn da mit einer Ausländerin?" Die Biggi sah ihn überrascht an: „Liest du denn keine Zeitung? Dort ist doch so eine Schwarzhaarige umgebracht worden."
Ehe aber der plötzlich verwirrte Bursche sich zu sammeln vermochte, um sie Näheres zu fragen, setzte unmittelbar vor ihnen die Kapelle unter dröhnendem Paukenschlag und schmetternden Schlagzeugdeckeln mit dem „Bayerischen Defiliermarsch" ein, und der Festzug bewegte sich weiter. Das Mädchen stieß einen Schreckensruf aus, raffte ihr langes Barockgewand auf und rannte zu ihrer Gruppe davon.

Eberhard wurde durch die offengebliebenen Worte der Biggi jäh von einer ihm völlig unerklärbaren Aufregung befallen, daß er, statt weiterzugehen, nur der Davoneilenden nachstarrte. „He! – träum nicht! Geh endlich weiter", fuhren ihn mit unterdrückter Stimme seine Hintermänner an, die beinahe in ihn hineingelaufen wären. Verdutzt riß sich der junge Mann zusammen, stemmte die Fahnenstange empor und suchte nach dem Takte des Marsches Tritt zu fassen – während sich jedoch sein Gedächtnis mühte, die Rede Birgits zu wiederholen.

17

In den Nachmittagsstunden wurde Echtermeyer von der Kriminalpolizei wieder freigegeben. Oberinspektor König, der ihm persönlich die Entlassung bekanntgab, begründete sie damit, daß Fräulein Schmolick sein – Echtermeyers – Alibi bestätigt habe und daß es der Polizei in der Zwischenzeit nicht gelungen sei, irgendwelche neue Verdachtsmomente gegen ihn zu finden. Demzufolge sehe man sich gezwungen, den von Echtermeyer angegebenen Inhalt des Briefes an Fräulein Santoz als wahr anzunehmen.

Außerdem habe er sich erlaubt – setzte König hinzu –, einen Blick in Echtermeyers Wohnung zu werfen, ohne allerdings dessen vorherige Genehmigung einzuholen. Für dieses Vorgehen entschuldige er sich noch nachträglich – aber es sei ja auch keine systematische Durchsuchung erfolgt, sondern nur ein flüchtiger Rundblick.

Die Eigenmächtigkeit habe übrigens dem Ziele gedient, nach einer eventuell vorhandenen Schußwaffe zu suchen: Damit sollte der Verdacht einer Täterschaft von ihm – Echtermeyer – genommen werden. Nun, man habe keine Waffe gefunden, somit bestehe keine weitere Veranlassung, ihn noch weiter hierzubehalten. „Verlassen Sie aber bitte in den nächsten Tagen die Stadt nicht", sagte der Oberinspektor schließlich, „unter Umständen benötigen wir Ihre Aussage nochmals!" Und wenn er sich wegen des eigenmächtigen Eindringens in seine Wohnräume beschweren wolle, so sei das sein gutes Recht.

Echtermeyer winkte mit einer überlegenen Geste ab, dann ging er mit einer Mischung aus Spott und besorgter Hast – nicht ohne dem Oberinspektor beim Abgang einen ironischen Kotau gemacht zu haben.

In allen Straßen und Gassen zwischen der Kiesau und dem Liboriberg herrschte zu dieser Stunde ein fürchterliches Gedränge. Der „Europazug" hatte nämlich mittlerweile die Mühlenstraße passiert und war zum Maspernplatz hin eingeschwenkt, wo er sich dann beim Eintreffen der einzelnen Gruppen nach und nach aufzulösen begann. Man konnte jetzt von fern her noch die Marschmusik der letzten Kapellen am Zugende hören, vor allem das konstante, dumpfe Bumbum der Pauken, während der Klang der Blechinstrumente in unregelmäßigen Intervallen an- und abschwoll, je nachdem, ob irgendwelche Häuserblöcke den Schall zurückwarfen, oder ob Lücken in den Straßenzeilen die Schallwellen ungehindert durchließen.

Das Gros der Schaulustigen, das sich ursprünglich vom

Neuhäuser Tor bis zur Heyersmauer dicht an dicht den Weg des Umzuges entlanggedrängt hatte, schob und drängelte sich nun, randvoll angefüllt mit einem beinahe animalischen Heißhunger nach Sensation und Kuriosität, quer durch die Innenstadt am Dom vorbei zum Rummelplatz auf den Liboriberg hinauf. Das Gewirr der Stimmen und das Schleifen der Füße über das grobe Pflaster verschmolz zu einem ununterbrochenen Brausen und Rauschen, das wie in Wellen über den Menschenstrom hin und her schwappte und von den Wänden der Gassenschluchten zurückbrandete.
Es kostete Echtermeyer nicht geringe Mühe, sich durch die Flut aus Leibern hindurchzuarbeiten, als er vom Gerichtsgebäude aus auf den Marktplatz einbog, um seinen Weg in Richtung „Bernies Bierhütte" zu nehmen. Er ging dabei durch den Schildern und dann die große Treppe an der neuen Stadtverwaltung hinab, denn abgesehen von dem Gedränge, das sich gegenwärtig durch die Michaelsgasse wälzte, hielt ihn ein dunkles, banges Gefühl davon ab, diese enge Straße zu betreten. Er warf nur von oben her, von der nördlichen Seite des Marktplatzes, im Vorübergehen einen scheuen Blick auf die Mündung der Gasse. Dort unten ist's – dachte er –, dort, an der kleinen Parkbrücke ...
Echtermeyer war viel zu gewitzt im Umgang mit der Polizei, um zu glauben, man habe jeglichen Verdacht gegen ihn fallengelassen. Vielmehr war er sich darüber klar, daß er seine momentane Freiheit einzig dem Mangel an Beweisen verdankte. Aus diesem Grunde rechnete er mit seiner Überwachung und achtete sofort, sobald sich die schwere Tür der Staatsanwaltschaft

hinter ihm geschlossen hatte, auf einen möglichen Beschatter. Und tatsächlich bemerkte er wenig später einen jüngeren Mann in farbigem Polohemd und grauen Flanellhosen, der ihm durch das Gewühl auf dem Marktplatz wie durch den Schildern hartnäckig auf den Fersen blieb, um dann ebenfalls – freilich in gewissem Abstand – hinter ihm her die Anlagen am Paderquellgebiet zu durchqueren!

Echtermeyer wußte nun zweierlei: einmal, der Polizei war es bis jetzt noch nicht gelungen, den wirklichen Täter zu fassen! Zum anderen: fand man nur den geringsten Beweis, der gegen ihn sprach, dann würde es für ihn kein Entrinnen geben! Besonders dieser widerliche kleine Fettwanst, der es ja sogleich beim ersten Verhör auf ihn abgesehen hatte, dem würde es ein helles Vergnügen bereiten, ihn – Echtermeyer – „in die Mangel zu nehmen"!

Er zerbiß wütend einen Fluch zwischen den Zähnen und warf einen Blick über die Schulter zurück. Hier, im lichten Parkgelände, hielten sich jetzt nur wenige ältere Spaziergänger auf; was jünger war, steckte auf dem Liboriberg. Er hatte sich nicht getäuscht: Dahinten folgte ihm der Bursche hartnäckig! In diesem Augenblick festigte sich in ihm der Entschluß, so bald wie nur irgend möglich das Weite zu suchen. Er mußte weg, unbedingt, noch in der kommenden Nacht!

Voraussetzung war zunächst, daß er diesen dämlichen Schnüffler da hinter sich abhängte. Hier, auf offener Straße, boten sich kaum Chancen dazu – er mußte ihn in eine Falle locken: er mußte ihm die Möglichkeit zu einer ständigen Überwachung nehmen!

So betrat Echtermeyer heute absichtlich das Lokal der roten Bernie durch den Vordereingang, statt, wie üblich, seinen Weg durch den rückwärtigen Lieferanteneingang in die Privaträume hinauf zu wählen. Drinnen, im Schankraum, empfingen ihn seine Bekannten mit lautem Hallo, als er sich durch das wieder brechend-volle Lokal zur Theke durchdrängte. Am Tresen empfing ihn die Bernie mit einem so gefühlvollen „Dauerbrenner", daß die Menge vor Begeisterung pfiff. „Eine Runde!" schrie Echtermeyer, als er wieder Atem bekam, „eine Runde für das ganze Lokal!" Tosender Beifall antwortete.

Als die Gläser gefüllt waren, hob er das seine. „Ein Hoch auf unsere Bernie!" rief er – da gewahrte er, wie der jüngere Mann in dem bunten Polohemd durch die Vordertür hereinkam, und da stach ihn der Hafer! Er schrie: „Und ein Hoch auf unsere tüchtige Polizei dazu!" Die Anwesenden brüllten ihr „Hoch!", obwohl den allermeisten der Sinn seines Toastes unverständlich blieb. Nur die Bernie warf ihm einen besorgten Blick zu.

18

Eberhard geriet ziemlich in Schweiß, als er den Weg vom Maspernplatz bis zur Siedlung größtenteils im Dauerlauf zurücklegte. Noch vor der Auflösung seiner Gruppe hatte er seinem Hintermann die Fahne aufgenötigt und dabei etwas von „Hitze" und „Übelsein" gemurmelt. Dann war er losgetrabt.

Die teilweise seltsamen Vorgänge am gestrigen Abend

auf dem Kirmesplatz und die rätselhaften Andeutungen der Birgit vorhin während des Haltes – das alles erzeugte zusammen mit der unerklärlichen Unruhe, die mit der Ankunft der Südländerin über ihn gekommen war, in ihm ein wachsendes Gefühl heraufziehender Bedrohung, so daß es ihn nicht länger beim Festzug hielt, obwohl er sich ursprünglich mit einigen Clubkameraden in dem „Alten Cherusker" auf ein „Helles" verabredet hatte. Aber wie bisher stets, so vermochte er auch gegenwärtig nicht zu erkennen, welcher Art diese bedrückende Ahnung nun wirklich sei.

Als er jetzt eilig, sich den tropfenden Schweiß von der Stirn wischend, in die niedrige Wohnstube mit den vielen Geranien- und Petunientöpfen auf den Fensterbänken kam, fand er da die Kutschera bei seiner Mutter. Beide Frauen wirkten wie aufgescheucht, sie unterbrachen bei seinem Erscheinen schlagartig ihr Gespräch und fuhren erschrocken zu ihm herum. Die Kutschera steckte in ihrem meergrünen Sonntagskleid und trug dazu ihren inzwischen sechs Jahre alten Hut mit dem Strohlbumen-Bukett. „Junge, hast du uns erschreckt!" sagte seine Mutter vorwurfsvoll mit ihrer überraschend tiefen Stimme. „Ich dachte schon, es sei die Kriminalpolizei!" fiel die Kutschera ein. „Die Kriminalpolizei?" fragte Eberhard verblüfft; er fühlte gleichzeitig, wie sein Herz jäh laut und unregelmäßig zu pochen begann. „Warum die Kriminalpolizei?" Seine Mutter wollte antworten, aber die Kutschera war schneller: „Ja, stell dir vor: Diese aus Spanien ist verschwunden!" – „Verschwunden?!" Das war alles, was der zutiefst erschrockene Bursche im Moment herausbrachte.

„Ich bin heut' schon ganz zeitig zu meiner Cousine in die Stadt gefahren", fing die Kutschera weitläufig zu plappern an, „die hat nämlich eine alte Bekannte auf dem Kamp wohnen. Von dort aus können wir jedes Jahr den Europazug bequem sehen. Schade, Eberhard, daß deine Mutter heute partout nicht mitkommen wollte! Wir haben übrigens auch dich mit deiner Fahne gesehen –!" „Jaja", unterbrach er sie ungeduldig, „was hat denn das alles mit Isabella zu tun?" – „Eberhard!" mahnte seine Mutter – aber die Kutschera riß das Wort schon wieder an sich: „Was das damit zu tun hat? Die hat meine Abwesenheit schamlos ausgenutzt: Als ich vorhin nach Hause kam, da war sie weg. Einfach so mir nichts, dir nichts weg! Und mit ihr das Gepäck, das sie vorgestern mitgebracht hat. Viel ist das ja nicht gewesen, aber sie hat ja auch noch die Dinge mitgenommen, die sie im letzten Dezember hiergelassen hatte. Alles weg!" rief sie empört, „und das, ohne mir eine einzige Zeile zu hinterlassen! Sogar meine Tageszeitung von heut' ist verschwunden!" Die Frau sprach höchst erbittert. Besonders ärgerte sie sich, daß ihr Dr. Lohse strikt untersagt hatte, ihn jemals anzurufen, darum konnte sie ihm jetzt natürlich auch keine Mitteilung von dem seit drei Tagen Vorgefallenen machen!

Eberhard suchte sich zu sammeln. „Vielleicht", sagte er mit einiger Mühe, bestrebt, das, was er sagte, selbst zu glauben, „vielleicht kommt sie bald wieder." Die Kutschera stieß nur einen verächtlichen Schnaufer aus, während seine Mutter antwortete: „Das ist kaum anzunehmen. Ich habe nämlich so einiges beobachtet – rein zufällig!" beteuerte sie. „Heut' morgen ging ich zur

Edeka, vor – so gegen neun. Dabei komme ich ja an der Telefonzelle vorbei. Und da sah ich zu meinem Erstaunen die Spanierin dort drinnen stehen und telefonieren. Sie war ungemein aufgeregt dabei – und sie sah so weiß aus wie frischgefallener Schnee! Ich bin ganz erschrocken! Und sie hat mich auch gar nicht bemerkt, obwohl ich doch ganz nahe an ihr vorbeikam und ihr noch freundlich zunickte! Sie hielt die Zeitung in der Hand, von der sie etwas ablas und ins Telefon sagte..." –
„Das war meine Zeitung!" fiel die Kutschera erbost ein, „ich hatte sie heut morgen nur hereingeholt und dann ungelesen auf dem Tischchen im Flur liegengelassen, weil ich doch so in Eile war. Von dort hat sie sie einfach weggenommen!"
„Etwas später", berichtete seine Mutter weiter, „na, ungefähr eine halbe Stunde – ich war noch nicht lange vom Einkauf zurück –, da sah ich dann (sie verschwieg, daß sie tatsächlich sofort nach ihrem Heimkommen durch einen Gardinenspalt zum Kutscheraschen Haus hinübergeluchst hatte!), wie drüben ein Auto – so ein älterer, rotbrauner VW – hielt, ein Mann ausstieg und ins Haus ging." – „Ein Mann?" fuhr Eberhard auf. „Was war das für ein Mann?" – „Ach, auch so ein südländischer Typ. Ein schon älterer Mensch mit angegrauten Haaren!" – „Den Kerl habe ich noch nie gesehen!" stellte die Kutschera erbost fest. „Mit diesem Manne", schloß Eberhards Mutter, „kam nach ein paar Minuten die Isabella heraus. Er trug ihren Koffer und eine pralle Plastiktüte; sie hatte ihre Tasche bei sich. Sie stiegen beide ins Auto, und weg waren sie!"
Eberhard mußte mehrmals heftig schlucken, ihm schien

plötzlich ein Kloß im Halse zu stecken: Sie war verschwunden! Er hatte das gefürchtet, schon seit ihrem Auftauchen! „Das Auto", brachte er mühsam heraus, „hast du sein Nummernschild gelesen?" – „Nein doch!" seine Mutter war leicht verärgert, „wie oft soll ich dir noch sagen, daß ich ohne Brille nicht gut sehe!" Das Auto sei rotbraun gewesen, eben ein VW, sagte sie, mit einem Dach zum Zurückklappen und neuen Schutzblechen vorn, die seien nämlich viel heller gewesen. Mehr könne sie beim besten Willen nicht sagen.

„Was mir nur auffiel", setzte sie aber dann doch hinzu, „die Spanierin muß vorher geweint haben, denn sie hatte ganz rotumrandete Augen, und sie hielt sich dann im Auto auch sofort wieder ihr Taschentuch vors Gesicht." – „Hat der Mann, der sie abholte, ihr vielleicht etwas angetan?" „Der nicht, der sprach nur ganz besorgt auf sie ein. Und als sie dann beide im Wagen saßen, da sah ich, wie er ihr vor dem Losfahren fürsorglich die Schulter streichelte."

In Eberhards Kopf wirbelten die Gedanken wild durcheinander. Erst unter Aufbietung aller Kräfte gelang es ihm, sich zur Ruhe zu zwingen. „Was hat denn dieses überraschende Fortgehen mit der Polizei zu tun?" fragte er. „Sie hat doch nur die Sachen mitgenommen, die ihr gehörten." – „Die Zeitung!" rief die Kutschera, wobei sie seiner Mutter die „Westfälischen Nachrichten" aus der Hand nahm. „Hier!" sie tippte mit ihrem Zeigefinger auf eine Notiz, als wollte sie diese durchbohren.

Eberhard las: „Wie die Redaktion erst jetzt erfährt, wurde bereits am Montag in den Abendstunden eine junge Frau bewußtlos in der Michaelsgasse aufgefun-

den. Sie verstarb trotz sofort eingeleiteter Hilfsmaßnahmen im Vinzenz-Krankenhaus. Wie hier festgestellt wurde, verursachte ihren Tod eine Schußverletzung im Rücken. Wie wir aus zuverlässiger Quelle erfahren haben, handelt es sich bei dem Opfer um eine etwa 20- bis 23jährige Südländerin. Leider hat die Polizei bisher noch keinen greifbaren Erfolg bei der Fahndung nach dem Täter erzielt." Es folgten einige weniger bedeutsame Bemerkungen, die Eberhard nur überflog. Er fand allerdings keine Erwähnung des Namens der Ermordeten. Der Artikel schloß mit der in diesen Fällen üblichen Aufforderung: „Die Bevölkerung wird gebeten, etwaige Beobachtungen zu melden. Hinweise nimmt die Kriminalpolizei Paderborn und jede andere polizeiliche Dienststelle entgegen."
Er ließ verwirrt das Blatt sinken. Dies – fuhr es ihm durch den Sinn –, dies muß die Biggi gemeint haben! Laut aber sagt er: „Hier steht, ein Mord ist vorgestern abend in der Altstadt geschehen. Ich kann nicht verstehen, warum ihr Isabella damit in irgendeine Verbindung bringt!" – „Warum ist sie dann so plötzlich weggelaufen?" rief die Kutschera. Seine Mutter fügte jedoch sachlicher hinzu: „Sie hat beim Telefonieren diesen Artikel über den Mord vorgelesen. Schau! Hier daneben ist das große Foto, auf dem unser Oberbürgermeister gerade das erste gezapfte Glas am Bierbrunnen zuprostend hebt. Das Bild konnte ich deutlich erkennen, weil ich ganz nahe an der Telefonzelle vorbeiging. Was die Isabella aber in den Hörer sagte, das konnte ich leider nicht verstehen, denn sie redete Spanisch. Das aber sehr laut und aufgeregt!" wiederholte sie.

Ehe Eberhard das Argument seiner Mutter überdenken konnte, trompetete die Kutschera los: „Ich habe ja gleich das Gefühl gehabt, daß mit der was nicht stimmt! Auch der Peterle wollte nicht zu ihr hingehen. So ein Tier hat ein feines Gespür – das glauben viele nicht! Und jetzt sage ich: Wer weiß, warum die hergekommen ist! Und darum müssen wir auch die Polizei benachrichtigen . . .!" – „Ach, Unsinn!" brauste Eberhard auf, dessen Nerven auf einmal das Geplapper nicht länger ertrugen. Als seine Mutter streng verweisend „Eberhard!" rief, riß er sich zusammen und murmelte: „Entschuldigung!" – Darauf fragte es ruhiger: „Was sollte Isabella denn im Schilde führen?"
Aber während er dies aussprach, fiel ihm schlagartig die schwere Schußwaffe ein, die das Mädchen in der Handtasche ständig bei sich trug. Wortlos wandte er sich ab, ging hinaus und stieg völlig verwirrt mit hängendem Kopf in sein Zimmer hinauf. Auf den Ruf seiner Mutter, sie habe sein Essen, Schinkennudeln, im Backrohr bereitgestellt, reagierte er nicht.

19

Einige Stunden waren vergangen. Um Echtermeyer und die rote Bernie scharte sich eine Gruppe Kerle, die sich etwas darauf einbildeten, von der Bernie „Stammgast" genannt und geduzt zu werden. Auch einige Weiber mit grünbemalten Augendeckeln und heiseren Stimmen waren dazwischen. Man soff, grölte bekannte Schlager aus der Musikbox mit oder erzählte gemeine Zoten.

Dann brüllte der ganze Haufen jedesmal hemmungslos aus vollem Halse über das, was die Pointe sein sollte.
Kriminalassistent Franke, der junge Mann im bunten Polohemd, der sich im Hintergrund an seinem Bierglas festhielt, befand sich hier in keiner beneidenswerten Lage. Ihn beschlich das dumme Gefühl, der großkotzige Bursche da vorn in seiner Affenjacke habe Verdacht geschöpft – darum wagte er sich nicht näher an die Theke heran. Er vermochte von seinem Standort aus den Schankraum wenigstens einigermaßen zu überblicken. Vor allem die Tür zur Straße hatte er tadellos unter Kontrolle, hingegen vermochte er über die Köpfe der Vornstehenden hinweg nur den oberen Teil der Tür mit den beiden Nullen zu sehen. Dadurch blieb ihm verborgen, wer durch diese bewußte Tür ein und aus ging.
Um sich Gewißheit zu verschaffen, daß Echtermeyer noch in dem Haufen am Tresen steckte, arbeitete sich der junge Beamte mehrmals durch die lärmende, trinkende und schwitzende Bande zu der Tür hindurch. Echtermeyer schien keinmal Notiz von ihm zu nehmen; er genoß es vielmehr, im Mittelpunkt zu stehen und großpratschige Reden zu führen. Nur ein rotgesichtiger Bursche rief Franke etwas von einer „Sextanerblase" nach.
Als der Kriminalbeamte sich jedoch zum vierten Male zu der Tür mit den beiden Nullen durchgezwängt hatte – draußen gingen mittlerweile die Straßenlampen an –, gewahrte er zu seinem Schrecken nirgends die auffallende Klubjacke mit dem fliederfarbenen Binder. Hastig drängte er die Umstehenden beiseite, stieß die Tür auf und stürmte in den scharfriechenden, mit weißen

Fliesen ausgekachelten Raum. Aber auch hier entdeckte er keine Spur Echtermeyers! Dafür fiel Franke auf, daß nun eine zweite Tür rechter Hand, die bisher fest verschlossen gewesen war, einen Spaltbreit offenstand. Er riß sie vollends auf und stand gleich darauf in einem schwach erhellten Flur, von dem es nach der einen Seite in den Schankraum, nach der anderen, neben der Treppe zum Obergeschoß, durch den Hinterausgang ins Freie ging.

Eine Verwünschung ausstoßend, stürzte der junge Beamte durch die Hintertür: Vor ihm lag – zwischen drei Hauswänden eingekeilt – eine enge, dunkle Gasse, die mit ihrem offenen Ende wenige Meter weiter in die hell beleuchtete Straße einmündete. Auf der Straße zog eben eine gemischte Schar vorüber, die mit schon derb angeschwipsten Stimmen das Lied vom „treuen Husaren" mehr jaulten als sangen. Am blinden Ende des Gäßchens stand eine Reihe von drei oder vier Mülleimern, neben denen sich ein Pärchen eng umschlungen knutschte, ohne die geringste Notiz von dem herausstürzenden Franke zu nehmen. Das Mädchen flüsterte mit hoher, erregter Stimme: „Nicht, Bert! – nicht hier!" Von vorn, aus dem Lokal, plärrte die Musikbox einen ohrenzerreißenden Song. Von Echtermeyer aber war nichts zu sehen! Franke fluchte.

Das Paar dort neben den Mülleimern – überlegte er –, das war augenscheinlich viel zu sehr mit sich beschäftigt. Neben denen konnte jetzt das Haus einstürzen – die würden das kaum bemerken!

Die zu fragen, ob hier vor kurzem einer durch die Tür herausgekommen sei, war also absolut zwecklos. An-

dererseits brauchte Echtermeyer nicht unbedingt durch die Hintertür weggelaufen sein, er konnte ebensogut nach oben, in die Wohnung der Bernie, verschwunden sein. Dort durfte er als kleiner Kriminalassistent natürlich nicht selbständig eindringen!
Frankie rannte los, zur nächsten Telefonzelle an der Ecke, um den Oberinspektor zu informieren.

20

Bald nachdem Echtermeyer entlassen worden war, betrat ein korpulenter Mann in einem großkarierten Sportsakko und einem giftgrünen Hemd den Flügel des Gebäudekomplexes zwischen dem Markt und der „Grube", in dem die Kriminalpolizei untergebracht ist. Der an der Pforte diensttuende Beamte wies diesen Mann nach einigem Befragen an Oberinspektor König.
„Kallweit!" stellte sich der Mann mit einer Verbeugung, die etwas linkisch wirkte, dem Oberinspektor vor, „Ernst Kallweit!" Er legte dabei ein Betragen an den Tag, wie es gewöhnlich von Leuten niederen Standes gezeigt wird, die nur höchst ungern mit einer Behörde wie der Polizei zu tun haben. Er sei Schausteller, sagte der Mann und ließ sich unter einer abermaligen Verbeugung auf der vordersten Kante des Stuhles nieder, den König ihm anbot – ihm gehöre die Schießbude auf dem Liboriberg.
Der Oberinspektor, der gerade damit beschäftigt gewesen war, die Berichte aller bisher von seinen Assistenten gemachten Recherchen durchzugehen, betrachtete auf-

merksam den Mann, der heftig schwitzte und nach Schweiß, Haarpomade und nach einem starken Herrenparfüm roch. Besonders fiel ihm der Bart auf, den der Mann in der Manier Kaiser Wilhelms II. steif gewichst und in die Höhe gezwirbelt trug. „Was kann ich für Sie tun, Herr Kallweit?"
Also – sagte Kallweit und zog eine zusammengefaltete Zeitung aus der Innentasche seiner karierten Jacke –, er sei gekommen, weil es die Katja für richtiger gehalten habe. „Die Katja, das ist meine Tochter", setzte er erklärend hinzu, indes seine bisher unsichere Stimme von Stolz erfüllt wurde, „ein Prachtmädel! Die schmeißt den ganzen Laden, seit meine Frau, dieses Luder, weglief – auf die Katja, da fliegen die Kerle nur so!" Ja, und die Katja habe auch den Artikel in der Zeitung gelesen. „Welchen Artikel?" – „Den von dem Mord in der Michaelsgasse meine ich." Ja – fragte König interessiert –, ob er, Kallweit, etwas dazu aussagen wolle? „Nein! nein! Gott bewahre!" Der Mann zeigte sich entsetzt; er schwitzte jetzt noch heftiger.
„Es ist nur wegen der Schußwaffe", erklärte er hastig, „ich meine: Die Polizei untersucht doch jetzt alle Schußwaffen" – und wer etwas wisse, der müsse es doch auch melden. Das sei richtig – entgegnete König –, ob er denn . . .? Je nun – sagte der Mann, sich abermals die Stirn wischend –, er wisse wirklich nicht, ob das von Bedeutung sei, aber die Katja, die habe gemeint, er solle unbedingt zur Kripo gehen. „Wie ich schon gesagt habe", Kallweit sprach mit sichtlichem Unbehagen, „gehört mir eine Schießbude. Da habe ich mehrere Luftbüchsen zum Schießen auf Luftballons. Vor einiger

Zeit, da hatte ich auch noch ein Gewehr, eines vom schweren Kaliber. Es war eine richtige Knarre, schon alt, im Kriege hergestellt –." „Etwa ein Karabiner 98 K?" unterbrach ihn König scharf. Kallweit zuckte zusammen. „Ja – richtig!" sagte er dann womöglich noch unsicherer, „ich hatte ihn von meinem Vorgänger zusammen mit dem übrigen Inventar des Wagens übernommen. Der hatte ihn vielleicht irgendwo aus dem Krieg mitgebracht. Für den Schießstand taugte er jedenfalls nicht, denn er hat ja einen viel zu starken Durchschlag." „Wo ist das Gewehr jetzt?" unterbrach ihn der Oberinspektor. „Ich – ich habe es nicht mehr", gestand Kallweit und blickte zu Boden. „Und wer –?" „Ja, das ist so", erklärte der Schausteller mit plötzlichem Eifer, „ich kenne hier einen jungen Mann, der ist zwar kein Fachmann, aber enorm geschickt! Der kommt immer zu mir an den Stand, wenn in Paderborn Rummel ist, und dann repariert er mir die Büchsen, wenn was dran ist. Und das tut er für nichts – stellen Sie sich vor: in unserer Zeit für reinweg nichts! Er hat nur so ein großes Interesse am Technischen."

Und diesem jungen Manne habe er –? „Ja, so ist's!" Kallweit nickte lebhaft – dem habe er das Gewehr geschenkt, voriges Jahr, zu „Klein-Libori" im Herbst. „Er hatte seine helle Freude an dem alten Ding, das bei mir ja nur unnütz herumlag. Und ich konnte auch das Gewehr ohne viel Trara weggeben, denn es war nirgends registriert."

„Kennen Sie den Namen dieses jungen Mannes?" fragte König und mußte sich bemühen, die in ihm aufflakkernde Hoffnung unter die Kontrolle seines geschulten

Kriminalisten-Verstandes zu bringen. „Schreiber", sagte Kallweit – der heiße Gerhard Schreiber und wohne unten in der Altstadt, nicht weit vom Park an der „Dielenpader". Dort sei ja auch das Nonnenkloster. „Da unten gehört ihm zusammen mit seiner Mutter ein kleiner Schuhladen und eine Schusterwerkstatt. Aber", der dicke Mann begann unvermittelt heftig zu gestikulieren, er hatte sich dabei halb von seinem Stuhl erhoben und stand dadurch mit eingeknickten Knien und nach rückwärts herausgestrecktem Gesäß, „ich will nichts gesagt haben, Herr Oberinspektor! Bitte, ich habe nichts gegen den armen Kerl gesagt! Der hat an seinem verkrüppeltem Aussehen schon genug zu tragen. Ich habe schließlich die Sache von dem Gewehr nur gemeldet, weil mir die Katja keine Ruhe ließ!" Er habe sogar erst daran gedacht, den Schreiber selber herzuschicken, aber der habe sich seit drei Tagen überhaupt nicht mehr auf dem Rummelplatz sehen lassen, darum habe eben er – Kallweit – kommen müssen.
Oberinspektor König geleitete den eifrig redenden Mann zur Tür. „Verlassen Sie sich darauf, Herr Kallweit", versicherte er und drückte ihm die Hand, „wir werden die Angelegenheit so diskret wie möglich behandeln. Und für Ihre Ehrlichkeit danken wir Ihnen!"
Kallweit ging mit einem unendlich tiefen, befreienden Aufatmen, sich im Davongehen nochmals umwendend und versichernd, er sei wirklich deshalb gekommen, weil es die Katja so gewollt habe. Er ging dann so eilig den Flur hinab, daß es fast den Eindruck weckte, als habe er insgeheim befürchtet, im Zimmer des Oberinspektors festgehalten zu werden.

Aber die letzten Worte des dicken Mannes drangen schon nicht mehr an das Ohr Königs. Er war nämlich in ungewohnter Eile zu seinem mit Papieren und Akten bedeckten Schreibtisch zurückgegangen, wo er unter den Schriftstücken nach einem ganz bestimmten zu suchen begann. Es war plötzlich etwas in ihm erwacht – etwas von einem Jäger. Es rührte und rumorte da im Hintergrund seines Gedächtnisses, ohne daß zunächst der vage Schatten Gestalt annehmen wollte.

König hielt in seinem Tun inne und dachte scharf nach: Der Mann hatte irgend etwas innerhalb seiner Aussage erwähnt, was er – König – bereits vordem gehört hatte, freilich in einem anderen Zusammenhang! Handelte es sich um die Waffe? Nein, er hatte noch mit niemandem über das Kaliber sprechen können, das Ergebnis der ballistischen Abteilung lag ja erst seit einer knappen halben Stunde auf seinem Schreibtisch. Vielleicht der Name –? Und da erkannte König, was ihm in dem Redeschwall des Schaustellers bekannt vorgekommen war: der Name „Schreiber"!

Hastig suchte er das inzwischen getippte und vom Domvikar unterschriebene Aussageprotokoll hervor. Er hatte bisher keine Zeit gefunden, dieses Schriftstück intensiv durchzugehen – jetzt holte er das Versäumte nach. Und richtig: da war die in erstaunlich klarer Form gemachte Schilderung von dem Vorgang an der Klosterpforte, das plötzliche Auftauchen und ebenso rasche Verschwinden dieser Frau Schreiber und ihr eigenartiges Verhalten!

König ließ das Blatt sinken, Seltsam! Was hatte die Frau im Gewitterregen dort zu suchen gehabt, da jedermann sich unterstellte? – nur wenige Schritte vom Tatort entfernt und (was noch wichtiger war!) nur wenige Minuten nach der Tatzeit? Könnte sie unter diesen Umständen nicht eventuell etwas gehört oder beobachtet haben, was mit dem Verbrechen im Zusammenhang stand? Wie lange hatte sie sich überhaupt in der dunklen Gasse aufgehalten, etwa bereits vor der Tat? König nahm den Telefonhörer auf und beorderte Wittmann zu sich.

„Sagen Sie", fragte er dann den jungen Beamten, „wohnten Sie nicht früher am Rande des Ükern?" – „Ich bin in der Meinwerk-Straße geboren und von da aus zur Schule gegangen", erwiderte Wittmann einigermaßen überrascht. Dann sei er doch quasi Nachbar einer gewissen Familie Schreiber gewesen, stellte König fest, ob er den Gerhard Schreiber persönlich kenne? „Aber sicher", sagte der junge Mann, „meine Eltern ließen jahrelang die Schuhe bei den Schreibers besohlen. Und mit dem Gerhard bin ich vor allem während der Schulzeit öfters zusammen gewesen. Wir gingen allerdings nicht in dieselbe Klasse, er war ungefähr ein Jahr älter als ich."

Was dieser Gerhard Schreiber für ein Mensch sei, wollte König weiter wissen. Wittmann überlegte sorgfältig, bevor er antwortete. „Ich nehme an, man muß bei ihm immer berücksichtigen, daß er ziemlich arg verwachsen ist", sagte er dann vorsichtig, „als Junge war er gewöhnlich still und verschlossen. Er sprach sehr wenig, obwohl ich ihn als ungewöhnlich intelligent bezeichnen möchte. Nur manchmal, wenn er sich für etwas begeisterte, dann konnte er rein aus dem Häuschen geraten!

Er verlor in so einem Falle plötzlich alle seine Hemmungen und stürzte sich fast beängstigend Hals über Kopf auf das Objekt seines Interesses, mit einer derartigen Konzentration, als gäbe es nur ihn und dieses Etwas auf der Welt! Aber sagen Sie: Warum fragen Sie ausgerechnet nach diesem armen Kerl?"

Später!, winkte König ab, im Moment interessiere ihn, warum er – Wittmann – lediglich von der Schulzeit gesprochen habe und nicht auch von den Jugendjahren.

„Da gibt's nichts weiter zu erzählen", erwiderte der junge Assistent, verbesserte sich aber gleich darauf, „das heißt: nur wenig." Er rutschte unbehaglich auf seinem Stuhl hin und her.

„Anfangs", sagte er schließlich, als König nicht nachgab, „als wir so fünfzehn, sechzehn waren, da traf sich der Schreiber noch mit unserer Clique – aber man merkte, ihm lag die Art der meisten von uns nicht: das ungehobelte Benehmen, die prahlerischen Flachsereien, die unflätigen Witze! Er war zu diesem Zeitpunkt schon reifer als wir anderen, weit reifer. Nun ja, wir kannten ihn allesamt recht gut, und die meisten von uns mochten ihn auch."

„Später hielt er sich dann von euch fern. Warum? – Gab's Krach?" fragte der Oberinspektor, der zu Wittmanns Erstaunen sein ungewöhnliches Interesse an seinem Jugendkameraden beibehielt. „Es war eine Schlägerei", sagte Wittmann zögernd, „keine Rauferei, wie sie unter Bengeln schon vorkommt, sondern etwas anderes." Da sein Vorgesetzter ihn aufforderte, zu berichten, erzählte er schließlich: „Uns hatte sich damals ein Kerl zugesellt – Kowalsky hieß er. Er war ungefähr in unserem Alter, aber jedem von uns an Länge und Körperkraft weit überlegen. Dieser Kowalsky machte sich eben wegen seiner Stärke bei jeder sich nur bietenden Gelegenheit einen Sport daraus, einen aus unserer Horde durch den Kakao zu ziehen. Da er wohl riesige Fäuste, aber ziemlich wenig Hirn besaß, fielen seine Hänseleien dementsprechend roh und niederträchtig aus.

An einem Samstagnachmittag aber suchte sich dieser brutale Kerl ausgerechnet den Schreiber als Zielscheibe seiner Gemeinheiten aus – was er übrigens bis dahin noch nie gemacht hatte. Wir sprachen gerade von Mädchen, und einige Burschen brüsteten sich mächtig mit ihren Eroberungen. Da drehte sich auf einmal ganz ohne äußeren Anlaß der Kowalsky zum Gerhard um, der nur still dabeigestanden hatte. Der Kowalsky fragte ihn, wieviel ‚Weiber' er denn schon ‚hochgenommen' hatte, er erzähle ja nie etwas davon – dabei verriet sein hinterhältiges Grinsen, wie er es eigentlich meine. Keiner von uns lachte über diese Bosheit, was den Kowalsky wahrscheinlich reizte. Er sagte, wenn der Schreiber bis jetzt kein Glück gehabt habe, dann solle er es doch mal damit probieren, die Weibsleute auf seinem Buckel reiten zu lassen! Dazu bog und krümmte sich der gemeine Hund, als leide er selber an dieser Verwachsung.

Der Gerhard war zuerst, als der Kowalsky mit ihm sprach, blutrot geworden, bei der letzten Gemeinheit jedoch wurde er weiß wie Kalk! Und als sein Quälgeist ihn dann gar noch mit seinem Leiden verhöhnte, da stieß er einen Laut aus, wie ich ihn vordem noch niemals gehört hatte: halb Schluchzen – halb Kreischen

wie ein Tier! Und ehe wir richtig wußten, was geschah, da saß er mit einem Satz seinem ungeschlachten Peiniger an der Kehle und riß ihn zu Boden!
Glauben Sie mir: Wären wir anderen nicht endlich aus unserer Erstarrung aufgewacht und zugesprungen, um die beiden auseinanderzureißen, der Schreiber hätte den Kowalsky erwürgt – trotz dessen Bärenkräften! Er hielt Kowalskys Hals derart eisern umkrallt, daß der bereits blaurot im Gesicht anlief und mit Armen und Beinen nur noch hilflos zappelte. Auch danach mußten wir noch zu viert den Schreiber festhalten, damit er dem anderen nicht mehr ans Leder konnte. Es war scheußlich!"
Wittmann schüttelte sich, als könne er dadurch die Erinnerung abschütteln. Dann fügte er noch hinzu: „Wir haben von da ab alle Mann diesen Kowalsky geschnitten, trotzdem hielt sich der Schreiber Gerhard konsequent von uns fern – von jedem."
Oberinspektor König nickte, er hatte offensichtlich diesen Schluß erwartet. „Wissen Sie etwas davon", fragte er, „daß der Schreiber gern an Schußwaffen herumbastelt?" – „An Gewehren oder so?" antwortete Wittmann mit einer Gegenfrage. Er dachte nach, schließlich sagte er: „Ich kann das nicht bejahen – aber ich kann es mir schon vorstellen." Der Schreiber habe nämlich bereits in der Schule ein fabelhaftes Talent für alles Technische besessen.
Er frage – erläuterte König –, weil eben der Besitzer der Schießbude vom Kirmesplatz bei ihm gewesen sei. Er wiederholte dann seinem Assistenten das, was ihm zuvor der Kallweit mitgeteilt hatte. Wittmann sah teils ungläubig, teils beunruhigt drein – beinahe verstört wurde

aber sein Gesichtsausdruck, als König sagte: „Ich erhielt vorhin das Ergebnis der Obduktion und das der ballistischen Untersuchung. Die tödliche Kugel stammt aus einem alten Karabinermodell vom Kaliber 7,9 mm. Und eben ein solches Gewehr hat im letzten Herbst dieser Kallweit dem Schreiber geschenkt!" – „Mir geben nunmehr drei Fragen zu denken", sagte König. Er hatte einen Bleistift genommen und klopfte mit dessen stumpfem Ende auf die dunkelgrüne Schreibtischunterlage: „Erstens: Was will der Schreiber mit dem Gewehr, das nirgends behördlich gemeldet ist? – Zweitens: Was hat seine Mutter ausgerechnet zur Tatzeit am Tatort zu suchen? – Drittens: Wie gut haben die Schreibers – Mutter und Sohn – die Santoz gekannt? – Sehen Sie selbst!" Er war während seiner letzten Worte aufgestanden und zu der großflächigen Straßenkarte an der fensterlosen Zimmerrückwand hinübergegangen.

„Hier!" – der Oberinspektor wies mit der Spitze des Bleistiftes auf eine Stelle der Innenstadt – „das ist das neue Eckhaus an der Hathumarstraße, in dem die Santoz wohnte. Und hier, nur zwei kurze Gassen weiter, betreiben die Schreibers ihr Geschäft. Fällt Ihnen auch auf: Wenn die Spanierin zum Massenbach-Verlag wollte, dann führte ihr nächster Weg gezwungenermaßen hier entlang!" König fuhr demonstrierend mit seinem Stift die bezeichnete Strecke auf der Karte ab, „– das heißt: am Hause Schreiber vorüber!"

„Worauf wollen Sie hinaus?" fragte Wittmann mit unsicherer Stimme. „Vorläufig auf nichts Konkretes!" winkte König ab; als er das verwirrte Gesicht seines Assistenten bemerkte, sagte er streng: „Ziehen Sie jetzt keine voreiligen Schlüsse! Ich möchte nur ganz gern je eine erschöpfende Antwort auf meine drei Fragen. Wir sollten daher..."

21

In diesem Augenblick wurde kurz angeklopft, dann öffnete sich die Tür weit, und Kriminalhauptsekretär Dulowsky wälzte seine 120 Kilo herein. „Jetzt habe ich ihn gleich!" verkündete er unter einem Schnaufen, das lebhaft an das eines Walrosses erinnerte, wenn das Tier dem Wasser entsteigt: der Herr Hauptsekretär war eben allzu eifrig die Treppe heraufgelaufen! Oberinspektor König und sein Assistent sahen absolut verständnislos drein. „Wen haben Sie gleich?" fragte schließlich König, als der schnaufende Dicke sich nicht zum Weitersprechen bequemte.
„Den Mörder natürlich!" stieß Dulowsky triumphierend aus. Oberinspektor und Assistent wechselten einen bedeutungsvollen Blick, dann fragte König: „Wie meinen Sie das?" Statt einer Erklärung forderte Dulowsky: „Wir müssen sofort den Echtermeyer rauslassen." – „Echtermeyer ist bereits entlassen." „Was?!" schrie Dulowsky, und es schien einen Moment, als wollte der Dicke mit beiden Beinsäulen in die Höhe springen. „Der ist schon weg? Dann muß sofort jemand hinterher! Schnell – sonst haut der ab!" Auch das sei bereits geregelt: Assistent Franke beschatte den Echtermeyer! Dulowsky fand keine Worte mehr, sondern starrte nur wütend seinen Vorgesetzten an.

„Wir kommen natürlich nicht weiter", sagte König, jetzt selbst leicht verärgert, und machte eine Geste zum Besucherstuhl, „wenn wir Katz und Maus spielen. Was bedeuten Ihre Fragen nach Echtermeyer?" Der dicke Hauptsekretär bemühte sich, seinen Ärger hinabzuwürgen, bevor er erklärte: „Ich habe lange über die Frage nachgedacht, was es zu bedeuten habe, daß weder Echtermeyer noch Dr. Lohse vorgestern während der Tatzeit gesehen wurden. Es besteht doch wohl kein Zweifel, daß diese Kaschemmenwirtin lügt!" Dulowsky beugte sich über den Tisch vor: „Echtermeyer und Lohse konnten gar nicht gesehen werden, weil sie nämlich zu der fraglichen Zeit im Park steckten, um den Mord auszuführen!"
König und Wittmann starrten ihn zunächst so völlig überrumpelt an, daß sie kein Wort dagegen fanden. Dulowsky hingegen geriet jetzt mehr und mehr in Fahrt. „Überlegen Sie doch mal!" röhrte er mit seiner fettigen Stimme los, „der Lohse hatte ein Verhältnis mit der Santoz – das hat er ja Ihnen gegenüber notgedrungen zugeben müssen. Lohse hatte aber gleichzeitig ungeheuer viel zu verlieren, wenn die Spanierin erst das Kind zur Welt brachte und ihm dann damit angerückt kam! Wer verliert schon gern seinen lukrativen Job als Vertreter des Firmenchefs? – und damit auch die Aussicht auf das spätere Erbe? Dazu stand noch auf dem Spiel: die Villa, das Bankkonto, der Mercedes und was weiß ich noch! Für ein paar schöne Stunden opfert keiner alles! Ich glaube nämlich kaum, daß seine Frau oder der alte Massenbach zu dieser Affäre geschwiegen hätten. Und darum – verstehen Sie!" (er hob theatra-

lisch seinen Zeigefinger), „darum mußte der Herr Doktor diesen lästigen Beweis seines Seitensprunges loswerden – und zwar ein für allemal!" Er lehnte sich zurück und schloß wie beiläufig: „Zu diesem Zweck hat er den Halunken, den Echtermeyer, gekauft!"
„– den Echtermeyer gekauft?!" echoten König und Wittmann wie aus einem Munde. „Ja, gekauft!" triumphierte Dulowsky, „ich habe mir die Mühe gemacht und Erkundigungen über Lohses Bankverhältnisse eingeholt. Und siehe da: Der Herr Doktor hat nachweislich während der letzten acht Monate bedeutende Beträge von seinem Konto abgehoben!" – „Natürlich", erwiderte König, „er unterstützte damit Fräulein Santoz. Sind besagte Summen nicht auf ein anderes Konto überwiesen worden?" – „Keine von den hohen Abhebungen." – „Vermutlich wollte Dr. Lohse nicht die Bank auf Fräulein Santoz aufmerksam machen", sagte der Oberinspektor mit einem Schulterzucken, „deshalb wählte er einen anderen Weg für den Transfer." Der Dicke winkte überlegen ab: „Vielleicht hat er ihr das eine oder andere zukommen lassen – schon damit sie vorläufig den Mund hielt. Aber den Großteil des Geldes, den hat er für den Echtermeyer zurückgelegt. Und damit das nicht auffiel, hob er das Geld nach und nach ab."
Oberinspektor König schüttelte den Kopf. „Das ist doch nichts weiter als eine Behauptung", sagte er, „und dazu noch eine reichlich phantastische. Aber verraten Sie uns: Warum versuchen Sie eigentlich so unermüdlich, den Echtermeyer zum Täter zu stempeln?" – „Weil wir doch den Beweis in den Händen halten, daß er es war,

der die Spanierin herlockte!" Dulowsky sah König an, als zweifle er an dessen Zurechnungsfähigkeit. „Der Lohse wollte sich die Hände nicht mit einem Mord beschmutzen – vielleicht brachte er's auch nicht fertig, selber auf seine ehemalige Geliebte zu schießen. Jedenfalls heuerte er den Echtermeyer an, der Geld brauchte, weil er aus der Haft kam. Der eine lieferte die Waffe und das Geld – der andere schoß!"
„Wenn Sie mit der Waffe das Jagdgewehr Lohses meinen", erwiderte König, ohne einen spöttischen Unterton ganz zu verbergen, „so muß ich Sie bitter enttäuschen." Er habe vor kurzem das Ergebnis der ballistischen Untersuchung bekommen. Danach sei die aus dem Körper der Toten operativ entfernte Kugel einwandfrei nicht aus dem Gewehr abgefeuert worden, das ihm am gestrigen Abend Dr. Lohse ausgehändigt habe. Er hielt bei diesen Worten Dulowsky das Blatt mit dem Bericht entgegen.
Die Kinnlade des Dicken klappte herab, und er starrte eine Weile perplex auf die Nachricht. Aber dann fing er sich wieder. Er sagte wegwerfend, indem er den Bogen zurückgab: „Was besagt das schon? Gar nichts! Der besitzt doch Geld genug, um sich eine zweite Schußwaffe zu besorgen – auch so einen alten Karabiner. Nein, ich bleibe bei dem, was ich eben sagte! – Darum habe ich mich ja zu den Lohses hinfahren lassen." – „Wie, Sie waren bei Lohse?" fragte König, sichtlich unangenehm überrascht. „Jawohl!" trumpfte Dulowsky auf, „aber nicht etwa bei dem Herrn Doktor, um mir etwas vorlügen zu lassen. Darauf fällt so ein alter Hase wie ich nicht mehr herein." (König fühlte den auf ihn

bezogenen Seitenhieb!) „Ich habe mir statt dessen die Dienstspritze geschnappt!"
König warf dem bisher wortlos mit verschränkten Armen am Fenster lehnenden Wittmann abermals einen sprechenden Blick zu, bevor er fragte: „Und weiter?" – Tja, erwiderte Dulowsky, der Zweck seines Besuches sei es gewesen, Lohse „eine Falle" zu stellen. „Ich habe nämlich", erklärte er nach einer Kunstpause, „diesem Mädchen gegenüber durchblicken lassen, wir seien den Machenschaften des Herrn Doktor auf die Spur gekommen und verfügten auch über den Beweis, daß aus dem Gewehr auf die Santoz geschossen worden sei!" „Was haben Sie –?" Der Oberinspektor war förmlich aufgefahren, während sich Wittmann vorbeugte, als habe er nicht recht gehört. Dulowsky aber genoß die schockierende Wirkung. „Ich sagte doch schon", röhrte er selbstgefällig, „daß das nur eine Falle ist. Ich wette nämlich, die Dienstspritze hinterbringt alles, was ich ihr gesagt habe, brühwarm dem sauberen Herrn Lohse. Dem wird es daraufhin ziemlich mulmig werden – und er wird sich bemühen, so bald wie möglich seinen Komplizen, den Echtermeyer, zu treffen. Wir brauchen also nur den Echtermeyer scharf zu beobachten, dann schnappen wir die beiden zusammen!"
Oberinspektor König musterte mit finster zusammengezogenen Brauen sein Gegenüber einige Momente, bevor er langsam und betont sagte: „Ich hoffe, Sie sind sich darüber klar, daß Sie im Begriff stehen, sich gewaltig zu blamieren. Daß Ihre sogenannte Falle ein einziger Bluff ist, das merkt doch ein Mann wie Dr. Lohse augenblicklich, zumal aus seinem Gewehr tatsächlich nicht

geschossen wurde! Auch Ihre Theorie von einer Komplizenschaft zwischen ihm und Echtermeyer –." – „Er wird jedenfalls aufgeschreckt und deshalb unüberlegt handeln", beharrte Dulowsky halsstarrig. König seufzte hörbar: „Dr. Lohse wird Ihnen vermutlich etwas husten! Lassen Sie sich doch endlich sagen: Sie verfügen über keinen einzigen stichhaltigen Beweis für Ihre Idee!"
Der Dicke stand gekränkt auf. „Wenn wir nichts weiter tun, als auf stichhaltige Beweise zu warten", stieß er vor Ärger schnaufend hervor, „dann lösen wir den Fall am St.-Nimmerleins-Tag!" Er watschelte zur Tür, dabei sagte er noch: „Gerade die kompliziertesten Kriminalfälle sind durch unkonventionelle Methoden gelöst worden, und nicht durch Warten auf stichhaltige Beweise!" In der bereits geöffneten Tür wandte er sich noch einmal um. Seine kleinen Augen mit den entzündeten Lidern hinter den Fettwülsten hatten jetzt einen bösartigen Ausdruck angenommen. „Ich werde auf alle Fälle mein Vorhaben dem Herrn Kriminalrat vortragen. Und ich erwarte, bei ihm mehr Verständnis zu finden –." – „Hinaus!" rief König zornig. Fluchtartig verließ der Dicke das Zimmer.
„Sherlock Holmes der Zweite", spottete Wittmann, kaum daß sich die Tür geschlossen hatte. „Viel eher sollten Sie von Falstaff sprechen", bemerkte König mit ungewohntem Sarkasmus. Sein Assistent grinste, dann meinte er: „Ich möchte nur wissen, was Dr. Lohse sagt – vorausgesetzt, das Hausmädchen hat den Quatsch weitergegeben." – „Das frage ich mich auch", sagte Oberinspektor König mit ärgerlich gerunzelter Stirn. Plötzlich stand er entschlossen auf: „Ich glaube, ich sollte

besser Dr. Lohse sofort aufsuchen, damit keine unnötigen Komplikationen auftreten." Er könne dabei gleich das Gewehr zurückgeben.

„Sie aber", wandte er sich an den jungen Beamten, „bleiben vorläufig hier in meinem Zimmer! Es könnte sein, Franke gibt eine Meldung über den Echtermeyer durch. Unseren Besuch bei den Schreibers müssen wir dadurch aufschieben – aber nur vorübergehend!"

22

Echtermeyer überquerte im Laufschritt die Mühlenstraße, wozu er eine Stelle wählte, die gleich weit zwischen zwei Straßenlampen lag, bog darauf aber erst in die schmale Gasse ein, in der seine derzeitige Behausung lag, nachdem er sorgfältig die Straße hinter sich beobachtet hatte. Niemand kam hinter ihm her! Es war ihm also tatsächlich gelungen, diesen Schnüffler abzuhängen, frohlockte es in ihm, einfach großartig war ihm das geglückt! Sein gegenwärtiger Triumph ließ auch sofort wieder das alte, leichtsinnige Gefühl des Überlegenseins in ihm aufkommen, durch den genossenen Alkohol noch zusätzlich gesteigert, und verwischte so die Spuren des gestrigen mißglückten Fluchtversuchs und der darauffolgenden Untersuchungshaft. Er fühlte sich beinahe versucht, vergnügt vor sich hinzupfeifen. Noch etwa fünfzehn Minuten – gerade Zeit genug, einige Sachen einzupacken –, dann würde der Filzeck Schorsch mit seinem Wagen am Gierstor auf ihn warten, um ihn nach Kassel zu fahren. Die Bernie hatte das so arrangiert, das kluge Kind! Der Schorsch müsse darauf sofort nach Paderborn zurückkommen – hatte sie geraten –, während er sich den ersten Schnellzug in Richtung Frankfurt schnappen solle! Dann mochte die Polente versuchen, rauszukriegen, wo er abgeblieben war! In seiner Brieftasche steckten noch die tausend „Möpse" – was konnte da überhaupt schiefgehen?! Vor allen Dingen – er pfiff bei dem Gedanken unhörbar durch die Zähne – mußte er das „Material" mit sich nehmen, den Schlüssel zu seiner „goldenen Zukunft"!

Vor dem alten geduckten Fachwerkhaus in der jetzt stillen, winkligen Altstadtgasse mit dem Kopfsteinpflaster verhielt Echtermeyer und spähte aufmerksam nach allen Seiten. Aber weit und breit war keine Menschenseele zu sehen, nur aus einigen wenigen Fenstern kam Licht. Von fern her, aus der Innenstadt, vernahm man mit Lärm und Johlen vermengte Musik. Jetzt, in der Stunde zwischen Abend und Nacht, in der das lichte Grau in den Winkeln und Ecken in einen dunklen Graphitton überging, zog sich der Trubel stärker auf die Zentren des Vergnügens zurück, in die Kneipen, Tanzlokale und Diskotheken, so daß die Straßen und Gassen der Altstadt wie der Randbezirke gewöhnlich verlassen lagen.

Echtermeyer schloß leise die grüngestrichene Holztür mit dem weißen Muster in Rhombenform auf und öffnete sie so behutsam wie möglich: Seine Wirtsleute brauchten von seiner Anwesenheit nichts zu bemerken. Er lehnte dann die Tür hinter sich auch nur an, nachdem er in den dunklen Hausflur geschlüpft war: er würde ja in wenigen Minuten wieder verschwinden.

So achtsam Echtermeyer die Gasse auch entlanggespäht hatte – es war ihm doch der Schatten entgangen, der sich wenig später aus der Schwärze eines Hauseinganges schräg gegenüber löste und lautlos hinter ihm durch die nur angelehnte Tür ins Haus glitt!

Droben, in seiner in der oberen Etage des nur zweistöckigen Hauses gelegenen Wohnung, streckte Echtermeyer schon die Hand zum Lichtschalter aus, als er sich besann. Der Lichtschein aus seinem Fenster würde seine Anwesenheit verraten, obwohl er nicht glaubte, daß dieser Schnüffler drüben in Bernies Schenke so rasch sein Verschwinden bemerkt habe. Auf alle Fälle erschien es ihm sicherer, sich mit dem fahlen Schein zu begnügen, der von einer nahen Straßenlaterne hereinfiel.

Er sah sich zunächst flüchtig in beiden Räumen um: dem engen, niedrigen Wohnzimmer und dem angrenzenden, um nichts größeren Schlafzimmer. Beide waren mit alten Möbeln aus Großmutters Zeiten vollgestopft. Er vermochte jedoch keine Spur einer Durchsuchung zu entdecken. Die Burschen von der Kripo hatten sich demnach bemüht, alles am rechten Platz zu lassen! Auch die altmodische Kommode mit der geäderten Marmorplatte stand im Schlafzimmer noch so wie vordem. Echtermeyer atmete auf: Gott sei Dank – sie hatten das Versteck nicht gefunden!

Hastig nahm der junge Mann einen mittelgroßen Koffer aus imitiertem Leder von dem hohen Kleiderschrank herab – oben wurde das wuchtige Möbel von einem halbrunden Aufsatz mit den eingeschnitzten Formen einer Phantasieblume geziert –, öffnete das Behältnis

und warf einige Wäschestücke, zwei Oberhemden und mehrere Sockenpaare hinein. Dann holte er noch einen Anzug von einem dunklen Violett aus dem Schrank.
Und nun kam das Wichtigste! Echtermeyer rückte nur zentimeterweise, um so wenig wie möglich Geräusche zu verursachen, die gewichtige Wäschekommode von der Wand ab, klappte sein Taschenmesser auf und begann, sich dabei auf ein Knie niederlassend, hinten in der Ecke dicht über der Fußleiste die Tapete von der Wand zu lösen. Gleich darauf faßte er mit Zeige- und Mittelfinger seiner Linken in die eben geschlitzte Öffnung und zog einen flachen Briefumschlag heraus. Unverhohlener Triumph leuchtete aus seinen Augen, als er sich wieder aufrichtete und den Inhalt des Kuverts überprüfte: zwei Negative und zwei entwickelte Fotos! Sein „Material"! – sein Blankoscheck für eine sorgenfreie, rosige Zukunft!
In diesem Augenblick war es ihm – er hatte es mehr gefühlt als gehört! –, als habe sich etwas hinter ihm bewegt. Erschrocken fuhr er herum, prallte aber gleich darauf in panischem Entsetzen zurück! Er wollte etwas sagen, rufen – aber seine Stimme versagte! Er starrte nur mit weit aufgerissenen Augen auf die schlanke Gestalt im hellblauen Reisekostüm, die, gleichsam aus dem nächtlichen Schwarz aufgetaucht, im Rahmen der Tür stand. Auch sie sprach nicht, schien ihn nur mit ihren Augen zu durchbohren. Dem Manne begannen plötzlich wie im Fieberschauer die Zähne wild aufeinanderzuschlagen, das Grauen drohte ihn zu übermannen: All die Sagen und Gruselgeschichten, die er in seinen Kinderjahren über Wiedergänger und ähnlichen Spuk

gehört hatte, fielen ihm jetzt schlagartig ein. „Was – was willst du von mir?" stieß er stammelnd hervor. „Ich habe dich doch nicht umgebracht! Ich schwör's: Ich war es nicht!"
Sie kam lautlos einen Schritt ins Zimmer. „Wer ist der Mörder?" fragte sie. Beim Klang ihrer Stimme zuckte Echtermeyer heftig zusammen. Ein anfänglich ungläubiger, dann staunender Ausdruck malte sich auf seine Züge, seine Verkrampfung löste sich unvermittelt, und er atmete tief auf. „Wer sind Sie?" antwortete er mit einer Gegenfrage, wobei er sich vorbeugte und seine Augen zusammenkniff, um sie im unsicheren Strahl der Straßenlampe besser betrachten zu können. Er machte Miene, auf sie zuzutreten.
„Halt! Stehenbleiben!" gebot da die Spanierin scharf und hob mit einer blitzschnellen Bewegung ihre Rechte, die sie bisher hinter ihrem Rücken verborgen hatte, und Echtermeyer blickte in die drohende, schwarze Mündung eines großkalibrigen Revolvers! Und der harte Glanz in ihren Augen warnte ihn überdeutlich, daß sie bei der geringsten falschen Bewegung seinerseits nicht zögern würde, abzudrücken. Er erstarrte augenblicklich zur Salzsäule, kalter Angstschweiß trat auf seine Stirn, er wagte kaum zu atmen: Er war allein, hilflos diesem Weib und seiner fürchterlichen Waffe ausgeliefert!
„Ich frage nochmals", wiederholte die Spanierin, „wer ist der Mörder?" Ihre Stimme klang nicht laut, aber so hart, daß es ihm eisig die Haut am Rücken zusammenzog. „Ich weiß das wirklich nicht!" rief er verzweifelt, „glauben Sie mir doch!" – „Lüge!" fuhr sie ihn an, „Sie haben den Brief geschrieben!" – „Jaja, das gebe ich zu",

Echtermeyer wand sich, „aber ich – ich habe es doch gar nicht so gemeint, wie es im Brief stand – bestimmt nicht!" Er hob langsam eine Hand, um sich den Angstschweiß von der Stirn zu wischen, der ihm jetzt ätzend in die Augen lief, dabei sagte er: „Vorgestern abend, da war ich oben an der Michaelsgasse versteckt, weil ich sehen wollte, ob Isabella wirklich kommt – da habe ich mitangesehen, wie jemand auf sie geschossen hat. Der Mörder steckte im Park, schräg gegenüber dem Kloster. Wer das gewesen ist, konnte ich nicht erkennen, denn ich bin sofort weggelaufen. So war das – glauben Sie mir!" bat er, seine Stimme klang heiser. Er setzte noch hinzu: „Ich könnte wirklich keiner Fliege was zuleide tun."

Sie betrachtete ihn voller Verachtung. Irgend etwas – vielleicht seine in nahezu irrsinniger Angst gemachte Schilderung oder der Ausdruck seiner flackernden Augen – schien sie von der Wahrheit seiner Worte zu überzeugen. Sie fragte kurz: „Wo sind die Fotos?" „Die – die Fotos –?" stammelte Echtermeyer. Er glich jetzt mehr denn je einem Tier in der Falle. Seine Augen huschten gehetzt umher, als suchten sie einen letzten, verzweifelten Ausweg. „Keine falsche Bewegung!" warnte ihn die Spanierin, die seine Gedanken erriet, „und nun zum letzten Male: Wo sind die Bilder mit den Negativen?"

Teils mochte es die Wirkung der auf ihn gerichteten tödlichen Waffe sein, teils die unbeugsame Härte in der Stimme der Südländerin, was Echtermeyer jetzt veranlaßte, den kurz vordem hinter der Tapete hervorgezogenen Umschlag ihr hinzureichen. Sie glitt auf ihren

Gummisohlen geschmeidig auf ihn zu, nahm mit einer raschen Bewegung ihrer Linken das Kuvert an sich und stand im nächsten Augenblick schon wieder in sicherer Entfernung. Während sie die Waffe nach wie vor auf ihn gerichtet hielt – der Strahl der Straßenlaterne ließ das Metall matt blinken –, warf die Spanierin einen Blick in den Umschlag, indem sie ihn mit zwei Fingern auseinanderbog.

Echtermeyer war der Raserei nahe: Da taucht dieses Satansweib auf, hält ihm eine Pistole unter die Nase und zwingt ihn dadurch, sein kostbarstes Pfand für die Zukunft herauszugeben! Aber ganz unvermittelt meinte er, eine Möglichkeit zu seiner Rettung entdeckt zu haben: Schräg seitlich von seinem Standpunkt, nur zwei bis zweieinhalb Meter entfernt, stand sein Bett. Wenn es ihn gelang, unbemerkt näher daranzukommen, dann konnte er einfach alles auf eine Karte setzen, das Kopfkissen packen und nach ihr schleudern! Wenn er sie auch nicht traf, so würde sie dennoch rein instinktiv dem Wurfgeschoß auszuweichen suchen und dadurch für einige Sekunden ihn wenigstens aus dem Visier verlieren! Das müßte genügen – überlegte er weiter –, um sich mit einem Hechtsprung auf sie zu werfen und ihr das gefährliche Spielzeug aus der Hand zu schlagen. Und wehe ihr dann –!

In Echtermeyers Augen glomm es auf, als er behutsam einen Fuß zur Seite schob. So! – Nur noch wenige Zentimeter näher, und er könnte es wagen! In diesem Moment gebot die Spanierin mit scharfer Stimme: „Halt! Keine Bewegung!" Echtermeyer fuhr erschrocken zusammen und zog seinen Fuß zurück. Der

Teufel hole dieses Frauenzimmer! – fluchte er in ohnmächtigem Grimm in sich hinein, wagte jedoch nicht, auch nur ein Glied zu rühren.
Das Mädchen schob den Umschlag in eine Tasche ihrer Kostümjacke; dabei sah es ihn erneut durchdringend an: „Sind das wirklich alle Beweise?" Er mußte sich erst zweimal heftig räuspern, bevor er zu antworten vermochte: „Ja – alle, die ich hatte." Sie schien einige Sekunden lang bis auf den Grund seiner Seele dringen zu wollen, so tief bohrte sie ihren Blick in den seinen. Endlich – Echtermeyer schien es eine Ewigkeit – schien sie von der Wahrheit seiner Worte überzeugt.
„Ich will es glauben", sagte sie, wobei ihre Augen durch den schwach erhellten Raum zu gleiten begannen, doch kehrte ihr Blick stets blitzschnell immer wieder zu dem kreidebleichen Mann zurück. Offensichtlich suchte sie etwas Bestimmtes. Und plötzlich leuchteten ihre Augen auf, und der Anflug eines spottgetränkten Lächelns spielte um ihre Mundwinkel, erlosch aber beinahe sofort wieder. „Gehen Sie zu dem Schrank dort!" befahl sie und wies flüchtig auf den großen, stabilen Kleiderschrank aus massivem Holz, dessen einer Türflügel noch offenstand. „Aber vorsichtig! Versuchen Sie nichts Dummes!"
Echtermeyer kaute unschlüssig auf seiner Unterlippe. Sie wollte ihren Rückzug sichern – erkannte er –, wenn er sie aber jetzt entkommen ließ, büßte er alle Chancen ein, ihr die Fotos wieder abzunehmen! Doch da hob die Südländerin ihre Schußwaffe etwas höher und wiederholte schneidend: „Los, gehen Sie! Aber langsam!"
Er wich rückwärtsschreitend und seinen Blick wie hyp-

notisiert auf den Revolver gerichtet bis zu dem hohen, altertümlichen Möbelstück zurück. Auf seinem Antlitz stritten dabei Angst und hilfloser Zorn miteinander.
„Öffnen Sie auch die andere Tür!" befahl die Spanierin weiter, als er mit dem Rücken an den Schrank stieß. Danach, als er, ihrer Weisung gehorchend, den zweiten Flügel der Doppeltür aufgemacht hatte, deutete sie auf das Schrankinnere: „Steigen Sie da hinein!"
„Was? Ich – ich soll –?" stammelte der Mann in einem Gemisch aus Schrecken und Wut. „Adelante!" (= vorwärts!) unterbrach sie ein Gezeter, und Echtermeyer sah, wie sich ihr Zeigegefinger langsam stärker um den Abzug der Waffe krümmte. Er schwitzte erbärmlich. Dieser Revolver! Dieser verfluchte Revolver! Es hatte keinen Sinn, Widerstand zu leisten – das Weibsstück drückte womöglich kaltblütig ab, wer konnte so einer aus dem Süden trauen! Echtermeyer gab auf und kletterte mit knirschenden Zähnen in den Schrank. Er mußte sich etwas bücken dabei, sonst ging es nicht schwer, denn außer einem abgetragenen Anzug und einer Einzelhose enthielt das Schrankinnere nur einige leerhängende Kleiderbügel.
Ehe er sich jedoch dann mit nur leicht vorgebeugtem Kopf zur Türöffnung umwenden konnte, wurden hinter ihm beide Türflügel zugeschlagen und sofort der Schlüssel im Schloß herumgedreht. Gleich darauf hörte er, wie draußen etwas Schweres halb gezogen, halb geschoben wurde, bis es hart vor die Schranktür stieß. Da wußte er, sie hatte die gewichtige Kommode vor die Schranktür gezerrt: Er saß gefangen!

23

„Ja, der Herr Doktor ist anwesend", sagte das Hausmädchen Erna, als sie Oberinspektor König auf dessen Läuten hin die Haustür öffnete, „wenn Sie bitte einen Moment warten wollen!"
Sie sah ihn dabei mit ziemlich ängstlichem Blick von schräg unten an, da sie in der Zwischenzeit tatsächlich alles, was ihr am Nachmittag dieser kleine, dicke Polizeibeamte gesagt hatte, nicht nur Dr. Lohse, sondern auch Frau Lohse hinterbracht hatte. Nun wußte sie nicht recht, ob sie das eigentlich durfte! Aber den Herrn Doktor betraf es ja direkt! – und seine Frau war den ganzen Tag oben in ihrem Zimmer geblieben und hatte so bleich mit verweinten Augen dagesessen und nur immer zum Fenster hinausgestarrt, ohne einen Bissen von dem anzurühren, was sie – die Erna – ihr auf einem Tablett zum Frühstück und zum Mittag hinaufgebracht hatte. Nun ja, da hatte sie einfach nicht schweigen können! Vielleicht wollte dieser ältere Polizist in Zivil, der schon gestern dagewesen war und der jetzt mit dem Gewehr in einem leinernen Futteral vor ihr stand, sie für ihre Schwatzhaftigkeit zur Rechenschaft ziehen? Der aber sagte nur, während er in die Diele hereinkam: „Vielen Dank! Ich warte."
Dem Mädchen fiel ein Stein vom Herzen. Mit einem erleichterten Aufatmen wollte sie sich gerade gegen das Arbeitszimmer Dr. Lohses entfernen, als völlig unerwartet Frau Lohse in großer Eile die läuferbespannte Treppe herabkam, wobei sie sich sichtlich bemühte, so leise wie möglich aufzutreten. „Warten Sie,

Erna!" gebot sie mit unterdrückter Stimme. „Ich werde meinen Mann nachher selbst holen!" Sie wandte sich an den Oberinspektor, einen scheuen Blick auf das Gewehr in seiner Hand werfend: „Sie kommen von der Polizei, nicht wahr?" Und bevor König, der mit einer kleinen Verbeugung seinen Namen nannte, etwas hinzusetzen konnte, fuhr sie noch immer in gedämpftem Tonfalle fort: „Ich muß Sie dringend sprechen – sofort! –, noch ehe Sie meinen Mann erreicht haben!"
Damit hatte sie auch schon eine Tür geöffnet und den überraschten Oberinspektor in einen Salon genötigt. Die Tür schloß sie sogleich nach dem Eintreten wieder fest. Die Erna blieb zunächst mit vor Staunen offenem Mund in der Diele zurück, denn sie vermochte sich beim besten Willen nicht zu erklären, was das eben bedeuten sollte; dann ging sie kopfschüttelnd wieder in die Küche.
„Sie ermitteln gegen meinen Mann", sagte drinnen Frau Lohse hastig, „ich bin informiert! Mein Mann hat mir zwar kein Wort davon erzählt, wohl um mich nicht zu beunruhigen, aber Ihr Beamter, ein Hauptsekretär Dulowsky, verriet es heut nachmittag unserem Mädchen." Sie sah bleich und elend aus, auf ihren Wangen hatten Tränen Spuren hinterlassen, und ihre Augenlider lagen geschwollen auf den geröteten Augen, in denen jetzt ein fiebriger Glanz stand. Ihre Finger zitterten, während sie ein feuchtes Taschentuch erregt knetete; ihr Atem ging stoßweise. Dennoch lag in ihrer gesamten Haltung ein Zug von unnachgiebiger Entschlossenheit!
Frau Lohse sprach schnell und drängend weiter, offen-

sichtlich, um dem Oberinspektor keine Gelegenheit zur Unterbrechung zu geben: „Wie ich hörte, steht er unter dem dringenden Verdacht, seine Geliebte erschossen – oder zumindest das veranlaßt zu haben." „Das ist –," setzte König an, aber sie unterbrach ihn: „Man habe inzwischen die nötigen Beweisen gefunden, sagte Ihr Kollege. Sie irren jedoch, Herr Oberinspektor!" – „Bitte, lassen Sie mich –." – „Nein, mein Mann kann jeden Moment kommen, darum muß ich zuvor reden: Sie irren – mein Mann hat nämlich nicht die Mordtat veranlaßt, sondern ich – ich habe das getan!"
König war in diesem Augenblick absolut unfähig, ein Wort zu erwidern. Aber während er noch verwirrt und betroffen nach einer klärenden Antwort suchte, stieß Frau Lohse mit sich fast überstürzenden Worten hervor: „Ich habe diesem Echtermeyer das Geld gezahlt, von dem der Beamte sprach – und ich gab ihm auch das Gewehr!" – „Aber dieses Gewehr –", suchte sie König erneut zu unterbrechen, der sich jetzt wiedergefunden hatte, sie jedoch schien ihn nicht zu hören, uneindämmbar sprudelte sie ihre Selbstanklage hervor: „Ich wußte schon lange, daß mein Mann intim mit der Santoz verkehrte. Darum habe ich den Echtermeyer zu der Tat angestiftet. Als mein Mann auf einer Geschäftsreise war, holte ich sein Gewehr und –!" – „Elisabeth!" Frau Lohse wie Oberinspektor König fuhren herum: Im Rahmen der Tür stand mit schreckgeweiteten Augen und leichenblaß Dr. Lohse.
Einige Sekunden verharrten die drei Menschen wie versteinert – außerstande, sich von der Wucht dieser Situation zu befreien. Dann stieß die Frau einen er-

stickten Schluchzer aus und sank wie eine Marionette, deren Fäden durchgeschnitten waren, auf einen Sessel nieder. Dieser Vorgang schien beiden Männern die Bewegungsfähigkeit wiederzugeben. „Elisabeth!" rief Dr. Lohse noch einmal und wollte auf sie zustürzen, aber König ergriff ihn am Oberarm und hielt ihn zurück. „Frau Lohse", sagte er mit ruhiger Stimme, „Sie behaupten, dieses Gewehr hier – die Jagdbüchse Ihres Gatten – dem Mörder zur Tat ausgehändigt zu haben?"
Dr. Lohse wollte etwas sagen, aber König bedeutete ihm durch eine energische Handbewegung zu schweigen. Frau Lohse nickte nur wortlos, während sie den Kopf gesenkt hielt und auf die zitternden Hände in ihrem Schoße niederblickte. Als König jetzt weitersprach, klang seine Stimme auf einmal ungewöhnlich behutsam: „Frau Lohse, wie die Untersuchung unserer Spezialabteilung einwandfrei ergab, ist die tödliche Kugel niemals aus diesem Gewehr abgefeuert worden. Es handelt sich um ein völlig anderes Kaliber."
Ihr Kopf ruckte hoch, ihre Augen weiteten sich – dann stammelte sie: „Nicht – aus – diesem – Gewehr?"
– „Nein", erwiderte König, und er müsse für den groben Fehler seines Hauptsekretärs vielmals um Entschuldigung bitten. „Herr Dulowsky ahnte wohl kaum, welche Folgen sein unüberlegtes Vorgehen heraufbeschwören könnte." Der Oberinspektor wirkte betreten.
Dr. Lohse näherte sich seiner Frau. „Warum", fragte er, „warum hast du das von dir gesagt?" Sie sah ihn nur an, antwortete jedoch nicht. An ihrer Stelle antwortete König: „Ihre Gattin glaubte Sie ernsthaft gefährdet, Herr Doktor Lohse. Darum suchte sie die Aufmerksam-

keit der Polizei von Ihnen weg auf sich zu lenken." Lohse blickte ihr in die Augen, und er fühlte, wie ganz unvermittelt etwas, das lange dunkel und mächtig zwischen ihnen gestanden und seine Sicht getrübt hatte, plötzlich zu verblassen begann und dann mehr und mehr zusammenschrumpfte, so daß er seine Frau deutlicher zu erkennen vermochte. Er beugte sich zu ihr hinab und ergriff ihre Hände. „Aber Elisabeth", sagte er nur.

24

Oberinspektor König wollte noch etwas hinzufügen, dann legte er jedoch das Gewehr vorsichtig auf den Couchtisch, wandte sich ab und ging still hinaus, die Tür ganz sachte hinter sich schließend. Das Paar drinnen bemerkte nichts davon, sie hörten auch nicht, wie der Motor des Polizeiwagens ansprang und der Kriminalbeamte davonfuhr. Nur das Hausmädchen Erna luchste angestrengt durch die Scheibengardinen des Küchenfensters und biß sich beim Anblick des allein davonfahrenden Oberinspektors vor Verwirrung in den Daumen. Sie hatte nämlich nach den vielsagenden Andeutungen des dicken Polizisten vom Nachmittag erwartet, man werde jetzt Dr. Lohse verhaftet abführen! „Hast du wirklich geglaubt, ich hätte Isabella getötet?" fragte Lohse. Seine Frau zuckte verwirrt die Schultern, darauf sagte sie unsicher: „Seit gestern – seit du mir dein zeitweiliges Doppelleben enthülltest, vermochte ich nicht mehr klar zu denken. Es war plötzlich gerade so, als sähe ich mich wie alles um mich her in einem

Spiegel, der aber in tausend Stücke gesplittert war: Jeder einzelne Splitter warf das Bild in anderer Weise verändert zurück! Daher schien es mir, als sei alles nicht mehr das, was es vorher gewesen war: ich selbst – aber auch du – die bisher so vertraute Welt rings um mich! Ja, ich wußte schließlich nicht, was im Grunde überhaupt noch wahr sei – mir erschien alles fragwürdig, verzerrt, unaufrichtig! Aber gleichzeitig – und das war das Beängstigende, Widersprüchliche! – mußte ich alles für möglich halten. Als mir daher Erna berichtete, die Polizei halte zwingende Beweise gegen dich in der Hand – dein Komplott mit Onkel Ewalds früherem Chauffeur, diesem Echtermeyer – dein Gewehr als Tatwaffe, das verschwundene Geld und noch anderes mehr, was mir im einzelnen gar nicht richtig ins Bewußtsein drang –, da habe ich nicht über die dir zur Last gelegte Mordtat nachgedacht, sondern auch sie erschien mir in meiner kreatürlichen Verwirrung möglich!"

„Und dennoch wolltest du den Verdacht auf dich nehmen?" – „Weil ich inmitten meiner Verworrenheit nur das ganz unvermittelt wußte: Ich wollte dich nicht verlieren – unter keinen Umständen! –, was du auch getan haben mochtest! Und so faßte ich vorhin, als ich den Kriminalbeamten läuten hörte, den Entschluß, die Schuld auf mich zu nehmen." Sie verstummte, sah ihn aber noch immer unverwandt an. In diesem Augenblick beugte er sich herab und preßte in einer altväterlich anmutenden, aber vielleicht gerade deshalb um so echter wirkenden Weise seine Lippen auf ihre Hände. „Glaubst du", fragte er dann leise, „es gäbe für uns einen Neubeginn?" Über ihre leidgezeichneten Züge glitt

etwas wie ein lichter Schein. „Ja, Richard", sagte sie schlicht, „das glaube ich. Gewähre mir nur noch Zeit – dränge mich nicht!" Frau Lohse hatte die Haltung wiedergefunden, die er stets an ihr bewundert hatte – allerdings lag nun über ihr etwas wie ein Hauch von wissendem Reifsein.
„Du sprachst gestern davon", fuhr sie fort, „du wollest dein und Isabellas Kind zu dir nehmen. Hole dieses Kind, Richard – hole es hierher, zu uns!" – „Elisabeth, ist das wahr?!" rief er, halb ungläubig, halb freudig erschrocken. „Wie tief stünde ich damit in deiner Schuld!" – „Nein", widersprach sie, und ihren Worten fehlte jedes unechte Pathos, so daß er erkannte, sie sprach nur das aus, was sie wirklich empfand, „nein – ich würde damit lediglich einen Teil der meinigen abtragen."
Ganz unerwartet wußte Lohse in diesem Augenblick die Antwort auf die Frage, die er sich in der vergangenen Nacht selbst gestellt hatte. „Ja", dachte er, „ja, dieses Leben ist trotz allem wert, gelebt zu werden!" Sie aber sagte leise – und in ihren Worten schwangen das Bewußtsein naturgebundener Bestimmung und zugleich ein Zug schmerzlichen Verzichtes mit: „Das Kind – ich werde mich bemühen, ihm die Mutter zu ersetzen."

25

Eberhard holte aus seiner dickbauchigen Aktentasche alle Kladden, Ordner und Bücher, dann begann er, etwas Wäsche, zwei Handtücher und zuletzt ein Oberhemd hineinzustopfen.

Vordem, am Nachmittag, war er lange ruhelos oben in seinem Mansardenzimmer auf und ab gegangen: von der Tür zum Fenster – vom Fenster zur Tür!
Ihn hatte die quälende Vorstellung befallen, wenn es ihm nicht gelänge, Isabella in Kürze wiederzufinden, würde sie sich ins Nichts auflösen, einfach nicht mehr existieren!
Seine Gedanken waren zunächst wie aufgescheuchte Vögel um die Frage geflattert, was das Mädchen mit der Ermordeten aus der Michaelsgasse zu tun haben könnte. Er wußte dabei (weil er es ja glauben wollte!): Die Kutschera irrte sich, Isabella war keine Betrügerin oder noch Schlimmeres! Und der schwere Revolver in ihrer Handtasche –? Er zweifelte nicht, daß sie selbst ihm die Erklärung dafür gegeben habe. Aber völlig unerwartet, mitten im Wirbel seines Gedankenkarussells vermeinte er, die Stimme seines Mathematiklehrers Dr. Kindler zu hören! „Zerlegt ein Problem in seine Bestandteile", riet der, wenn eine Aufgabe von der Oberprima nicht verstanden wurde, „zerlegt es, dann werden die Zusammenhänge klarer!" Wandte nun er – Eberhard – diese Methode auf sein gegenwärtiges Problem an, so mußte er fragen: Isabella hatte heute morgen telefoniert – warum? Nach der Beobachtung seiner Mutter las sie am Telefon die Notiz über den Mord vor. Hierzu eine Antwort zu finden, war vorläufig nicht möglich. Aber wem hatte sie das vorgelesen? Seine Mutter hatte behauptet, das Mädchen habe dabei Spanisch gesprochen – folglich handelte es sich bei ihrem Gesprächspartner um einen Spanier! Ungefähr eine halbe Stunde später war dann ja auch tatsächlich dieser ältere Mann von

südländischem Aussehen aufgetaucht, um sie abzuholen. Eberhard hatte hier gestutzt: Dieser Mann war nur eine halbe Stunde nach dem Telefongespräch hierhergekommen. Das konnte doch nur bedeuten, er hatte mit seinem Auto keinen längeren Weg zurücklegen müssen! Das Auto! Ein schon älterer VW sollte das gewesen sein – ein Kabriolett von rotbrauner Farbe mit erneuerten, weil helleren Kotflügeln vorn. Spanier – knappe Zeit – rotbraunes VW-Kabriolett! – Seine Gedanken hatten begonnen, um diese drei Pole zu kreisen: Spanier – knappe Zeit – rotbraunes VW-Kabriolett!
Und da gab es etwas in seiner Erinnerung, das dann langsam, aber unaufhaltsam aus dem Nebel des Halb-Vergessenseins heraufgekommen war und allmählich feste Gestalt annahm: Anderthalb Jahre war es her, da hatten sie in der Vorweihnachtszeit im DJK-Sportverband gebastelt und auch gesammelt, um den Gastarbeiterkindern zu Weihnachten die Produkte ihres Fleißes in die Schule zu bringen. Und dort, in der Schule, hatte sie der Schulleiter empfangen, ein bereits älterer Spanier, der nachher – nach der kleinen Feier – für zwei erkrankte Kinder die Geschenke in seinen Wagen, ein älteres, rotbraunes VW-Kabriolett, gepackt hatte. Dieses Fahrzeug hatte vorn heller gestrichene Kotflügel gehabt!
Eberhard war aufgefahren, als sei er elektrisiert: Wenn er alles in Relation zueinander setzte, mußte er die Spur entdeckt haben, die zu Isabellas jetzigem Aufenthaltsort führte! Er – Eberhard – mußte sofort zum Hausmeister der Schule für Ausländerkinder gehen; der konnte ihm dann die Adresse des spanischen Schulleiters mit dem

rotbraunen VW geben – und dort, eben bei jenem Spanier, würde er seine Isabella wiederfinden! Aber mitten in die uferlose Begeisterung seines jugendlichen Überschwanges hinein war der Gedanke geplatzt, das Mädchen sei ja vor etwas oder jemandem geflohen – und es schien nur zu wahrscheinlich, daß ihre Flucht mit dem Verbrechen in der Michaelsgasse zusammenhing!
Ehe er jedoch diesen Gedankengang weiterzuverfolgen vermochte, hatte er von der Straße herauf Motorengeräusche gehört. Als er ans Fenster getreten war, sah er, wie eben ein dunkelgrün gestrichener Wagen mit der Aufschrift „Polizei" drüben vor dem Haus der Kutschera hielt!
Zwei Beamte waren dann ausgestiegen – und da war auch schon die Kutschera mit ihrem lächerlichen Strohblumenhut gelaufen gekommen und hatte begonnen, auf die beiden Uniformierten einzureden. Was sie alles plapperte, das hatte der Bursche droben an seinem Mansardenfenster nicht verstehen können, dazu ratschte sie viel zu schnell – er hatte nur gesehen, daß sie mehrmals bald eifrig auf ihr Haus, bald gegen die Stadt hin zeigte. Die Polizisten hatten einige Fragen gestellt, darauf waren sie zusammen mit der Kutschera ins Haus hinübergegangen. Seine Mutter, die inzwischen dazugekommen war, war der Prozession gefolgt.
Die Polizei suchte wegen dieser blöden Kutschera schon Isabella! – hatte es Eberhard durchzuckt –, und bald würde man im ganzen Bundesgebiet nach ihr fahnden! Er mußte sie warnen – nein, das war zuwenig: Er mußte sie schützen, indem er sie in Sicherheit brachte, ganz gleichgültig, was sie auch getan haben mochte! Selbst-

verständlich würde man besonders an den Westgrenzen nach Frankreich und in die Beneluxstaaten nach ihr Ausschau halten; auch die Flughäfen würden überwacht werden, um ihr Entkommen nach Spanien zu verhindern.

Und da hatte der Bursche blitzartig gewußt, was er tun mußte: Im letzten Winter war er zusammen mit seiner Klasse zum Skilaufen gewesen – drunten in Oberbayern, in der Gegend von Oberammergau. (Er hatte übrigens während zweier Ferienperioden hart arbeiten müssen, um das Geld dafür zusammenzukriegen!) Dort unten hatte er die einsam gelegenen Bauernhöfe auf den Bergen gesehen, weitab von der nächsten Ortschaft. Die meisten Gehöfte boten das ganze Jahr über Zimmer für den Fremdenverkehr an. Wenn es ihm nun gelang, Isabella rasch zu finden und auf einen dieser abgelegenen Höfe zu schaffen, dann würde sie zunächst vor jedweden Recherchen sicher sein. Und von so einem weltvergessenen Winkel aus würde es sicher möglich sein, einen Weg über die sogenannte „grüne Grenze" südwärts zu finden, entweder nach Österreich oder in die Schweiz.

Eberhard ließ das Schloß seiner Aktentasche einschnappen, dann nahm er aus der Schublade seiner Nachtkonsole seine Ersparnisse: 48 Mark und 75 Pfennige in bar – und dazu sein Sparbuch mit einem derzeitigen Guthaben von 136 DM, und schob alles zusammen mit der Brieftasche in seine Windbluse. Da ihm keine andere Möglichkeit zur Verfügung stand, schlug er im großen „Westermann" die Karte der Bundesrepublik auf. Er mußte dazu ans Fenster treten, denn die Dämmerung

reckte bereits aus allen Ecken und Winkeln ihre grauen Fangarme vor. Eberhard erkannte: Der eindeutig kürzeste Weg südwärts führte über Kassel, Fulda und Nürnberg nach Augsburg. Wenn er die ganze Nacht auf der Autobahn fahren würde, mit nur wenigen kurzen Pausen, dann könnte er eventuell bei Tagesanbruch bereits die Donau überqueren. Er besaß zwar wenig Fahrpraxis, aber um Isabellas willen wollte er auch noch härtere Strapazen auf sich nehmen!
Er riß ein Blatt vom Block, um seiner Mutter eine Nachricht zu hinterlassen. Er sei zum Tanz auf den Schützenplatz gegangen – schrieb er –, sein Club wolle ihn als Fahnenträger feiern. Sie solle sich deshalb nicht beunruhigen, wenn er vielleicht sehr spät nach Hause komme. Er werde sich bemühen, sie nicht aufzuwecken, sondern in sein Zimmer hinaufschleichen.
Eberhard legte diese Mitteilung mitten auf den Tisch. Wenn seine Mutter sie las, würde sie höchstwahrscheinlich vor morgen früh keinen Verdacht schöpfen. Sein Gewissen wollte sich bei diesem Gedanken regen, aber er brachte es dadurch zum Schweigen, daß er sich vornahm, so bald wie möglich von dort unten aus seine Mutter anzurufen. Auch den Gedanken an zu erwartende Folgen am Gymnasium schob er beiseite.
Er verließ das Haus durch den Hintereingang, stieg über den Gartenzaun und tauchte in der älterwerdenden Dunkelheit des Waldes unter. Er befand sich in einem eigenartigen, bisher nie erlebten Zustand: Sein Verstand arbeitete exakt, sorgfältig und folgerichtig wie etwa ein vorprogrammierter Computer – allerdings nur eingleisig auf ein gestecktes Ziel hin, ohne nach dessen

Realitätsbezogenheit zu fragen! Sein Gefühl aber schwieg, als sei es einfach nicht vorhanden. So geriet er mehr und mehr in eine Verfassung, die einem äußerst intensiven Traumzustand glich.

Im Lokal an den Fischteichen – dem beliebten Ausflugsziel der Paderborner an sonnigen Festtagen, in dem am heutigen Abend wie jenseits des Waldes in der „Paderhalle" lebhaft „Libori" gefeiert wurde – stand ein ehemaliger Klassenkamerad Eberhards im Lehrverhältnis. Diesem jungen Mann gehörte seit kurzem ein Gebrauchtwagen, ein Opel-Kadett; und um dieses Fahrzeug bat Eberhard mit drängenden Worten. „Es steht für mich so viel auf dem Spiel" (fast hätte er „mehr als mein Leben" hinzugesetzt, wenn ihm das nicht zu theatralisch geklungen hätte), sagte er abschließend zu dem Jungkellner in weißer Jacke mit schwarzer Fliege, den er erst nach langem Suchen im Trubel der ankommenden vergnügungshungrigen Gäste hatte finden können. Sie standen jetzt am Rande des Parkplatzes hinter dem Lokal, vom Gebüsch vor der blendenden Lichtflut aus den Fenstern des Saales wie vor den Scheinwerfern der noch immer anrollenden Kraftwagen verborgen.

Auf den erstaunt fragenden Blick seines Freundes setzte Eberhard hinzu: „Frag mich nicht – ich werde dir alles in drei oder vier Tagen erklären, wenn ich wieder zurück bin!" Sie konnten unbesorgt laut sprechen, denn inzwischen hatte drinnen im Saal das Dudeln eines Saxophons eingesetzt, untermischt vom Scheppern eines Schlagzeugs und von Reden, Rufen und dem Lärm, der die Ankunft einer größeren Gesellschaft begleitet.

Der junge Bursche in der weißen Jacke reichte Eberhard prompt Autoschlüssel und Wagenpapiere. Als er bereits hinter dem Steuer saß, die pralle Aktentasche auf der hinteren Sitzbank verstaut, sagte Eberhard: „Vielen Dank, Günter! Ich revanchiere mich, sobald ich kann! Übrigens – wer auch immer nach mir fragen sollte: Du hast mich seit 14 Tagen nicht gesehen! Und dein Wagen, der ist vorübergehend in der Werkstatt! Kann ich mich darauf verlassen?" – „Geht in Ordnung!" sagte der andere wie selbstverständlich, ganz so, wie sie es früher immer gemacht hatten, wenn sie in der Klasse ein „heißes Ding" gemeinsam ausheckten.
Eberhard drückte ihm nochmals die Hand. Dann ließ er den Motor an, rangierte rückwärts aus der Parklücke und brauste stadteinwärts davon. Die Lichtfinger seiner Autoscheinwerfer stachen in das Schwarz-Grau über der staubigen Straße.

26

Echtermeyer stieß einen wütenden Fluch aus und hämmerte mit beiden Fäusten gegen die Tür des Schrankes. „Aufmachen!" brüllte er, „machen Sie sofort auf!" Er hielt ein und lauschte: Nichts rührte sich, kein Geräusch drang in sein merkwürdiges Gefängnis.
Er zwang sich zur Ruhe und begann zu überlegen. An Luftmangel würde er selbst nach Stunden nicht leiden, denn oben – zwischen dem einen Türflügel und der Schrankkappe – klaffte ein Schlitz von mehr als einem Zentimeter Breite. Die Luft konnte also einigermaßen

zirkulieren. Das war wenigstens ein Trost in der ganzen Misere!

Dennoch: Er mußte hier raus – unbedingt! Und dazu so rasch wie möglich! Auf keinen Fall durfte er warten, bis irgendwann seine Vermieter hoch kamen und ihn herausließen. Wer weiß, was dann geschah! Selbst wenn er jetzt Lärm schlug, hörten sie ihn nicht sofort, da sie auf der anderen Seite nach hinten hinaus schliefen. Und drüben, am Gierstor, wartete doch der Filzeck Schorsch auf ihn. Bestimmt war der inzwischen ungeduldig geworden.

Andererseits: Steckte etwa dieses Satansweib mit dem Revolver noch draußen und durchsuchte seine Wohnung? Brach er nun sofort aus, bestand die Gefahr, sie knallte ihn ab wie einen Hasen! Echtermeyer schwitzte und fluchte noch stärker. Er faßte den Entschluß, wenigstens noch drei Minuten zu warten, bis er den Versuch wagen wollte, die Schranktür aufzubrechen.

Während er auf das Zifferblatt seiner Armbanduhr mit den phosphoreszierenden Zahlen starrte und das Vorrücken des Minutenzeigers beobachtete, grübelte er nach: Woher war diese Südländerin so plötzlich aufgetaucht, daß es ihr gelang, ihn im ungünstigsten Moment zu überrumpeln? Zweifellos hatte sie vor dem Haus auf ihn gewartet. Und da erinnerte er sich mit einem Fluch: Er selbst hatte den heutigen Abend als Termin für ein Zusammentreffen bestimmt – im Brief an die Santoz nämlich! Auch seine Adresse hatte er angegeben. Wie hatte er das alles nur vergessen können! Andererseits: Die Polizei hatte ihm doch gesagt, die Santoz sei tot. Wie sollte er da mit einer nächtlichen Besucherin rechnen?

Die von ihm selbst gesetzte Frist von drei Minuten war herum. Echtermeyer lehnte seinen Rücken gegen einen Türflügel, legte beide Handflächen gegen die Schrankrückwand und begann, sich aus Leibeskräften abzustemmen. Er hörte, wie das Holz mit einem scharfen Knack splitterte und wie gleich darauf das Schloß mit einem hellen, metallischen Klack heraussprang – aber er spürte zugleich, daß sich die schwere Kommode vor der Tür nur wenig gerührt hatte. Er hielt keuchend inne und besah sich das Ergebnis seiner Anstrengung: Zwischen beiden Flügeln klaffte ein Spalt von zirka zwei bis drei Zentimetern, das Türschloß hing aufgesprengt aus der Falz! Draußen vor dem Schrank stand jedoch diese verdammte Kommode wie ein Bollwerk! Dahinter, im schummerigen Dämmerlicht des Zimmers, rührte sich nichts.

Der Eingesperrte wollte gerade seinen Befreiungsversuch fortsetzen, als er plötzlich verschiedenartige Geräusche vernahm. Erschrocken hielt er inne! Schritte näherten sich rasch, mehrere Stimmen wurden laut, gleich darauf flammte die mit Glasperlenstickerei verzierte Deckenleuchte auf! Jemand rief etwas – das schwere Möbel wurde vom Schrank fortgerückt – fast im selben Augenblick flogen die beiden Türflügel weit auf!

Vor dem zum Gefängnis umfunktionierten Kleiderschrank standen jetzt drei Kriminalbeamte: Oberinspektor König, Assistent Wittmann und der junge Beamte in dem bunten Polohemd! Im Hintergrund, an der Tür zum nun ebenfalls erleuchteten Wohnzimmer, tauchten gerade die Wirtsleute mit verschreckten Gesichtern auf: ein altes, grauhaariges Paar, das sich in

aller Eile irgendwelche Kleidungsstücke über das Nachtgewand geworfen hatte, als es von der Polizei herausgeklopft worden war. Die Südländerin aber war verschwunden!
Diese fünf Personen starrten zunächst in maßloser Verblüffung auf Echtermeyer, der linkisch und verlegen aus seinem Käfig stieg. Bei dem reichlich kuriosen Anblick wich aus den Gesichtern der Beamten das Staunen, um einer sich dann rasch steigernden Erheiterung Platz zu machen, die sich endlich in einem schallenden Gelächter entlud. Die alten Wirtsleute hingegen, die sich mittlerweilen in das arg durcheinandergeratene Zimmer wagten, schlugen die Hände über dem Kopf zusammen und riefen beinahe im Duett: „O Gott! o Gott! Nein, so was! Nein, so ein Malheur!"
„Sagen Sie, Echtermeyer", spöttelte König, der als erster seinen Heiterkeitsausbruch überwunden hatte, „sind Sie extra aus der Kneipe weggelaufen, um sich vor uns in einem Kleiderschrank zu verstecken?" – „Sie haben gut lachen", knurrte Echtermeyer, der sich mit rotem Kopf und verbiesterter Miene mühte, seine verknautschte Eleganz wieder einigermaßen herzurichten. „Aber gehen Sie mal gegen eine Pistole an!"
Das Lachen der beiden jungen Assistenten erstarb. „Was sagen Sie?" fragte König mit gerunzelten Brauen, „wollen Sie behaupten, jemand habe Sie mit einer Schußwaffe bedroht?" Aber gleich darauf besann er sich, daß die zwei alten Leute erschrocken mit weit aufgerissenen Augen zuhörten; er bat sie, unten in ihrer Wohnung auf ihn zu warten; er werde nachher, wenn hier oben alles geklärt sei, zu ihnen hereinkommen.

Kopfschüttelnd und vor sich hinmurmelnd, schlurften die beiden Alten hinaus.

König wandte sich erneut Echtermeyer zu. „Also", wiederholte er, „wie war das mit der Pistole?" Echtermeyer war derart wütend, daß er gegen seine sonstige Gewohnheit ohne Zögern hervorstieß: „Dieses Satansweib, diese Spanierin, hat sie mir unter die Nase gehalten!" König und Wittmann wechselten einen Blick, dann befahl der Oberinspektor: „Erzählen Sie!"

Echtermeyer berichtete, wie er nach Hause gekommen sei (ohne freilich seine Fluchtabsichten zu erwähnen!), wie dann plötzlich diese Südländerin, die er anfangs für die Santoz gehalten habe, bei ihm aufgetaucht sei und wie sie ihn dann vermittels der vorgehaltenen Schußwaffe gezwungen habe, in den Kleiderschrank zu steigen. „Was hätte ich dagegen machen sollen?" schloß er. „Wenn ich mich geweigert hätte, hätte die mich glatt niedergeknallt!" Auf Königs Frage, was diese Unbekannte eigentlich von ihm gewollt habe, zuckte Echtermeyer nur die Schultern: „Ich weiß nicht!"

Die Kriminalbeamten sahen sich zunächst kommentarlos die beiden Räume an, dann forderte der Oberinspektor Echtermeyer auf, sich gründlich umzuschauen, ob etwas fehle. So sorgfältig Echtermeyer auch suchen mochte, er fand alles wie vordem. Er begann nun, die durcheinandergebrachten Dinge im Schlafzimmer wieder an den rechten Ort zurückzustellen, wobei er sich bemühte, den beinahe fertig gepackten Koffer zwischen Wand und Kommode zu schieben. Der Oberinspektor sah diesem Tun eine Weile wortlos zu, dann sagte er: „Wollen Sie nicht endlich Ihr Versteckspiel aufgeben,

Echtermeyer? Was hat diese Spanierin tatsächlich bei Ihnen gewollt?" Der Gefragte verkniff seine Lippen, antwortete aber nicht, sondern hantierte weiter.
König ließ einige Minuten verstreichen, bevor er seine Frage wiederholte, fügte dieses Mal aber noch hinzu: „Ihre Version von dem Überfall erscheint mir allzu sinnlos, um Sie Ihnen abzunehmen, alter Freund. Die Spanierin wollte mit Hilfe der Waffe etwas von Ihnen erzwingen – stimmt's?" Da Echtermeyer weiterhin mit fest aufeinandergepreßten Lippen schwieg, wandte sich König an seine beiden jungen Kollegen, machte mit dem Kopf eine Bewegung zur Tür und sagte: „Laßt uns einen Moment allein, Jungs!" Darauf – die Assistenten standen bereits im Begriff, hinauszugehen – rief er noch Wittmann nach, er solle inzwischen unten bei den Wirtsleuten nachfragen, ob sie am heutigen Abend etwas Verdächtiges gehört oder gesehen hätten.
Oberinspektor König schloß die Tür hinter Wittmann und Franke, drehte sich zu Echtermeyer herum, der jetzt mit verdrossener Miene am Fenster stand und auf die Gasse hinausstarrte, und er sagte ruhig, aber entschieden: „Passen Sie auf! Sie wollen mir doch nicht ernsthaft weismachen, eine Ihnen unbekannte Frau sei nur allein deshalb hereingekommen, um Sie mit vorgehaltener Waffe in den alten Schrank da zu bugsieren. Steht nicht vielmehr das Auftauchen dieser Südländerin in Zusammenhang mit dem Brief, dessen leeres Kuvert wir in der Reisetasche der Santoz fanden?"
Echtermeyer schüttelte nur den Kopf, ohne eine Antwort zu geben. König wollte es allerdings so vorkommen, als wisse der junge Mann vor ihm nicht mehr recht

ein und aus, vermöge sich aber nicht zu einer Erklärung durchzuringen, da dieselbe womöglich einem Geständnis gleichkommen könnte. Aus diesem Grunde versuchte er, ihn immer wieder zum Sprechen zu bewegen: anfänglich mit Güte, dann mit Strenge. Umsonst! Schließlich verlor König die Beherrschung: Er wirbelte Echtermeyer an der Schulter herum, packte die Revers der dandyhaften Klubjacke und schüttelte den Mann kräftig, wobei er ihn zornig anfuhr: „Reden Sie endlich, Sie verdammter Narr! Ein Menschenleben haben Ihre Eskapaden bereits gekostet! Soll noch mehr Unheil entstehen? Los! Was wollte die Frau von Ihnen?"
War es der Zorn des gewöhnlich höflichen Beamten, oder das Gefühl, letztlich keinen Ausweg zu wissen – oder vielleicht gar eine unerwartete Regung, endlich die Wahrheit zu bekennen: Echtermeyers Widerstand brach jäh wie ein Kartenhaus vor dem Windstoß zusammen!
„Im vorigen Sommer, als ich Chauffeur beim Massenbach war, bemerkte ich, daß der Alte ein Auge auf die junge Spanierin, die Santoz, geworfen hatte", begann er, „und an einem Sonntagmorgen, es mag Anfang August gewesen sein, stand ich mit dem Wagen abfahrbereit vor der Villa, so wie es mir der Alte am Vortag befohlen hatte, als er nach einem Telefongespräch herausgelaufen kam und mir zurief, wir müßten die Fahrt verschieben – heute solle ich mir einen schönen Tag machen. Er wirkte dabei derart aufgeregt, wie ich ihn noch nie zuvor gesehen hatte. Er setzte sich dann auch gleich darauf selbst ans Steuer – und weg war er!"
Echtermeyer ging zu seinem Bett hinüber und setzte sich

auf die Kante. Am nächsten Sonntag – berichtete er weiter – sei es ähnlich gewesen: Der Alte sei allein losgefahren, während er wieder Sonderurlaub bekommen habe, obwohl sein vertraglich festgesetzter freier Tag der Dienstag gewesen sei. Jetzt sei er aufmerksam geworden. Und als ihm Massenbach gar gesagt habe, er werde am kommenden Samstag und Sonntag allein wegfahren, da habe er beschlossen, „Detektiv" zu spielen. Er habe übrigens zu dieser Zeit gerade keine Freundin besessen, so daß ihm genügend Zeit zur Verfügung gestanden habe.

„Wie ich aus verschiedenen Beobachtungen schloß, wollte der Alte zum Möhnesee hinausfahren, wo er ein Wochenendhaus inmitten eines ausgedehnten Gartengeländes besitzt. Dieses Anwesen kannte ich gut, da ich vordem Massenbach schon einige Male hatte dahin bringen müssen. An jenem Sonntag lieh ich mir gleich früh einen Wagen aus und fuhr zum Möhnesee. Dort ließ ich das Auto in sicherer Entfernung stehen – ich aber drang in den Garten ein. Ich wußte nämlich eine Stelle, an der es möglich war, durch den Maschendrahtzaun zu kommen. Im Garten gibt es dann genügend Busch- und Strauchwerk, um eine halbe Kompanie darin zu verstecken.

Der alte Massenbach und die Santoz befanden sich auch wirklich dort, wie ich erwartet hatte! Es war übrigens kein Hund auf dem Gelände, daher haben die mich nicht entdeckt, obwohl ich erst mehrere Stunden im Gebüsch steckte und dann auf einen Baum stieg, um in das Schlafzimmer sehen zu können!" sagte er mit einem gewissen naiven Stolz.

„Sie schossen Fotos – nicht wahr?" sagte König ihm auf den Kopf zu. Echtermeyer zögerte, wollte verneinen – dann aber nickte er: „Ich hatte eine Kamera mit Teleobjektiv mitgenommen." – „Wollten Sie Ihren Chef erpressen – oder Fräulein Santoz – oder beide?" – „Nein – das heißt: damals noch nicht", wehrte Echtermeyer ab, „ich habe diese Aufnahmen zuerst nur so gemacht – aus Jux –, ich weiß das selber nicht genau. Ich habe dann auch mit keinem Menschen über die Bilder gesprochen."

Gegen Ende November sei er ja bei Massenbach herausgeflogen, weil er den Safe des Alten habe aufmachen wollen. „Daß ich dabei überrumpelt wurde und deswegen nach Staumühle kam, das geht in Ordnung", sagte er, „ärgern kann mich dabei nur, daß ich nicht besser die Alarmanlage untersucht habe. Was ich dagegen nicht verwinden konnte, war, daß mich der Alte an der Krawatte packte und mir links und rechts ins Gesicht schlug! Dafür sollte er mir büßen!" Er hieb sich mit der Faust zornig aufs Knie. „Massenbach hatte für Sie schließlich einiges getan", sagte König, „desto größer mußte seine Enttäuschung sein, Sie beim Diebstahl zu erwischen."

Echtermeyer zuckte nur die Achseln, ging aber nicht auf die Worte des Oberinspektors ein. „Im Knast, wenn ich nachts wach auf meiner Pritsche lag, dachte ich mir eine Revanche aus: Ich hatte mich zu der Zeit nämlich an die Fotos vom Möhnesee erinnert. Ich beabsichtigte, sobald ich wieder heraus sei, den Alten wegen der Unterdrückung für diese Bilder zahlen zu lassen! Er sollte mich für die Ohrfeige doppelt und dreifach entschädigen!" –

„Wie dachten Sie sich das?" – „Ich hatte mir vorgenommen: Würde er sich weigern, so wollte ich ihm drohen, Anzeige wegen Ausnutzung des Abhängigkeitsverhältnisses zu erstatten und gleichzeitig mein Bildmaterial an die entsprechende Presse zu verkaufen. Das – so sagte ich mir – würde bestimmt reichen, ihn gefügig zu machen. Damit er aber wirklich ohne viel Theater klein beigebe, wollte ich mich nicht etwa selbst an ihn wenden, das schien mir nicht ratsam –, ich wollte statt dessen die Santoz vorschicken. Wenn ich der nur gehörig einheizte, würde die schon seinetwegen Angst kriegen und ihn dazu bewegen, mit der geforderten Summe rüberzukommen."

„Diese Prozedur haben Sie dann ja mit Ihrem Brief an Fräulein Santoz eingeleitet", sagte König bitter. „Was mich jetzt interessiert: Wie vermochten Sie die junge Dame von der Wirkung Ihres Beweismaterials sofort zu überzeugen?" – „Mir waren damals im Garten lediglich zwei Aufnahmen einwandfrei gelungen", erklärte Echtermeyer bereitwillig – es schien, als sei er plötzlich bestrebt, sich alles von der Seele zu reden –, „die anderen waren entweder zu unscharf oder verwackelt, da ich mein Versteck nicht durch eine unvorsichtige Bewegung verraten durfte. Nun, von diesen zwei brauchbaren Negativen stellte ich Abzüge her, und je ein Exemplar legte ich dem Brief bei. Die Wirkung trat auch ganz wie erwartet ein: Die Santoz kam prompt her! Dafür allerdings, daß sie in der Michaelsgasse umgebracht wurde, kann ich wirklich nichts!" stieß er angstvoll hervor, als er den angewiderten Ausdruck im Gesicht Königs gewahrte. „Ich habe Sie niemals für den Täter gehalten", sagte Oberinspektor König, „denn ich bin mit meinem Verdacht den Tatsachen nahegekommen. Und danach war die Spanierin für Ihre Pläne viel zu kostbar."

König dachte über das soeben Gehörte nach, während er mehrere Male in dem schmalen Zimmer auf und ab ging. Schließlich blieb er vor dem Menschen auf der Bettkante stehen: „Und was geschah vorhin?" Echtermeyer schüttelte verwirrt den Kopf. „Genau kann ich das nicht erklären", antwortete er mit unsicherer Stimme, „das meiste davon habe ich vorhin auch richtig erzählt. Was ich dabei nur ausließ, war, daß diese Frau mit ihrem Revolver von mir die bewußten Negative und alle vorhandenen Abzüge forderte. Ich mußte ihr alles geben – ich glaube, die hätte mich sonst wirklich umgelegt!" Nach kurzem Zögern schloß er: „Mehr weiß ich nicht."

„Diese Südländerin", fragte König, „woher kann die gewußt haben, daß Sie ausgerechnet heute abend hier anzutreffen seien?" – „Mir ist etwas ganz Dummes passiert", gestand Echtermeyer verlegen. Dann berichtete er, daß er selbst Ort, Tag und Stunde für ein Treffen mit der Santoz angegeben habe. „Wie aber sollte ich die Santoz heute und hier erwarten, wenn ich doch genau wußte, daß sie vorgestern umgekommen war?"

Von König dazu aufgefordert, wiederholte er den Bericht über die Vorgänge in der Michaelsgasse, wie er ihn der Bernie gemacht hatte. Er schloß: „Darum war ich zuerst so fürchterlich erschrocken, als die Fremde dort in der Tür auftauchte. Ich dachte für einen Moment, die Tote sei wieder lebendig geworden!"

Oberinspektor König kniff ein Auge ungläubig zusammen, als er fragte: „Wollen Sie ernsthaft behaupten, die Ähnlichkeit zwischen Fräulein Santoz und dieser Fremden sei derart ungewöhnlich groß?" – „Geradezu phantastisch!" rief Echtermeyer, „ich habe so etwas noch nie gesehen. Gesicht – Haare – Figur! Sie hat sogar hier unten" – er deutete auf eine Stelle neben seinem rechten Mundwinkel – „so ein kleines Muttermal, genau wie die Santoz! Nur ihre Stimme, die klingt anders – härter!"
König dachte eine kleine Weile nach, leicht gegen das hölzerne Fensterbrett gelehnt; Echtermeyer saß ebenfalls still auf der Bettkante, den Kopf gesenkt, die gefalteten Hände zwischen die Knie geklemmt: Seine Haltung drückte nun Resignation und Kapitulation aus.
„Weiß Fräulein Schmolick von Ihrem Plan, Massenbach zu erpressen?" unterbrach der Oberinspektor das Schweigen. Echtermeyer erwiderte bereits: „Natür-", da besann er sich, schüttelte heftig den Kopf und sagte in entschiedenem Tone: „Nein, sie hat keine Ahnung!"
König betrachtete ihn aufmerksam, dann legte er ihm plötzlich mit einer beinahe väterlich anmutenden Geste die Hand auf die Schulter. „Echtermeyer", sagte er dabei, „nehmen Sie von mir einen gutgemeinten Rat an: Lassen Sie Ihre Finger künftig von allen Sachen, die nicht sauber sind! Sie besitzen einfach nicht das nötige Format zu einem Ganoven. Und danken Sie Gott dafür!"
Der junge Mann wollte auffahren und protestieren – aber dann sank sein Kopf wieder herab, und er gab allen Widerstand auf. In dieser Minute war alles das, was er

gewöhnlich zur Schau trug, das Geckenhafte, Prahlerische eines Talmi-Weltmannes, von ihm abgefallen, und er wirkte unvermittelt jung, schwächlich – irgendwie hilfsbedürftig.

„Was die gegenwärtige Angelegenheit betrifft", sagte der erfahrene König, dem der Wandel von eben nicht entgangen war, „so kann ich nicht umhin, alle Fakten der Staatsanwaltschaft mitzuteilen, denn es handelt sich hier um die Aufklärung eines Mordfalles. Ich werde Sie jedoch in meinem Bericht als geständig und einsichtig bezeichnen – und überhaupt ein Wort für Sie einlegen. Wie die Anklagebehörde dann mit Ihnen verfährt, kann ich leider nicht voraussagen. Aber später, wenn alles Unangenehme hinter Ihnen liegt, da könnte ich Ihnen bei einem Neubeginn helfen."

Echtermeyer hob den Blick, und König vermeinte in seinen Augen einen Hoffnungsschimmer zu erkennen. Daher fuhr er fort: „Ich kenne den Prokuristen einer großen, internationalen Speditionsfirma in Bielefeld persönlich. Dort weiß man einen tüchtigen Kraftfahrzeugmechaniker zu schätzen. Wenn Sie also wollen, dann kommen Sie später zu mir, ich werde mich für Sie verwenden!"

Der Oberinspektor ging zur Tür und rief Assistent Franke herein. „Packen Sie einige Sachen zusammen", wies er Echtermeyer an, „mein Assistent wird Sie begleiten!" Mit dem Anflug eines Lächelns betrachtete er den schlecht verborgenen Koffer hinter der Kommode, dann sagte er nur ein Wort: „Frankfurt!"

27

Mehrmals schellten und klopften wenig später Oberinspektor König und Assistent Wittmann bei den Schreibers zuerst an der Haustür und danach an der Ladentür. Aber das Pochen der beiden war vergeblich: Die Fenster des schmalbrüstigen Hauses mit dem breiten Schaufenster im Parterre blieben finster. König entdeckte nur, daß in dem Wort „Schuhmacherei" auf der Glastür zum Laden das „m" fehlte.

Während die Beamten, die ihr Dienstfahrzeug am Eingang der holprigen Gasse hatten stehenlassen, sich noch bemühten, ein Lebenszeichen hinter dem Glas zu erspähen, öffnete sich ein Fenster im gegenüberliegenden Hause, und eine Frauenstimme rief ihnen in schönster Grafschafter Mundart zu: „Wenn Sie zua Schreibern mächta – do is käna dahäme!"

König überquerte die Gasse und fragte die ältere Frau nach einem lichen Guten Abend: „Verzeihen Sie, aber sahen Sie zufällig, ob Frau Schreiber oder ihr Sohn weggingen?" – „Jo freilich!" Die Stimme aus dem Fenster nahm an Wichtigkeit zu. „Als ech vorhin mit mem Hunde vum Kasseler Tor die Promenode rundakom, do trof ech zuärscht den Gerhard. Der kom aus'm Pürting ond lief dann quär eber die Promenode uf die Gosse zum Friedhof zua. A Schteckla drunter, beim Gierstor, do trof ech sie, die ole Schreibern. Die wor schrecklich ofgerecht ond boch ei die Driburga Schtroße nei. Sie lief woll weda hinda'm Junga har!"

Jetzt erkannte die Frau den ebenfalls herangekommenen Wittmann: „Och, Sie seien's!" – und zu König:

„Do komma Sie vo der Polizei?" Sie beugte sich weit aus dem Fenster hinaus und flüsterte halblaut in geheimnisvollem Tonfall: „Wann Sie mech frecha: Die Schreibers spenna olle zwee! Seit drei Tocha is olle Omde Krach dreba. Dann läft erscht der Junga weg – ond dann die Ale hindahar. Ond das jedesmol neba zom Ostfriedhof!"
Oberinspektor König – der übrigens diesen stark mundartlich gefärbten Ausführungen mühelos hatte folgen können, lebten doch seit Kriegsende und der Vertreibung zahlreiche Schlesier im östlichen Westfalen – bedankte sich für die Auskunft, zog den verdutzten Wittmann mit sich einige Schritte beiseite und sagte: „Wir sollten uns diese eigenartige Verfolgung näher ansehen. Kommen Sie, wir nehmen den Wagen!"

28

Leise flackerten die Flämmchen im Lufthauch der Atemzüge, daß Schatten wie geheimnisvolle Wesen über die steinernen Wände huschten, knisterten – das heiße Wachs tropfte zähflüssig an den hohen, schlanken Schäften der Kerzen hernieder. Man hatte die weißen Wachsstöcke zu einer Pyramide vor dem Fuße des Kreuzes aufgebaut und in silberne Halter gestellt, in deren spiegelnder Oberfläche die vielen einzelnen Flammen zu einer einzigen, sanft wabernden Glut verschmolzen. Vor der Lichterpyramide lag inmitten einer Fülle an Blumen und frischem Grün, so daß die untere Sarghälfte vollständig darin verborgen blieb, die stille Frau aus der Michaelsgasse aufgebahrt.

An der Tür der Kapelle stand der Angestellte des Beerdigungsinstitutes und richtete voll Staunen seine Augen bald auf die reglose Gestalt im blütenweißen Gewande, die dort vor dem Kruzifix lag, bald auf die schlanke junge Südländerin im hellblauen Reisekostüm, die sich nun an der Bahre wie über ihr Spiegelbild zu beugen schien. Vorhin, als er gerade im Begriff gestanden hatte, die Kapelle nach dem Weggang des Verlegers Massenbach abzuschließen, da war dieses Ausländerpaar plötzlich an ihn herangetreten mit der Bitte, die Aufgebahrte noch sehen zu dürfen. Sie hatten dabei ihr Anliegen so dringend – ja fast flehend vorgetragen, daß er nicht hatte umhinkönnen, ihnen einen knappen Besuch zu gestatten.

Ganz behutsam, voll Zärtlichkeit – als wolle sie eine Schlafende nicht durch ihre Liebkosung wecken – strich jetzt die Südländerin der stillen Frau über Stirn und Wangen. Immer wieder und wieder! Der Mann sah, daß sie sich krampfhaft mühte, ihren Schmerz zu bändigen, aber dann fielen doch zwei Tränen auf die gefalteten Hände der Toten hinab, die über dem Strauß dunkelroter, schwer und süß duftender Rosen ruhten, die Massenbach vorhin gebracht hatte.

Der schon ältere Südländer, der die junge Frau herbegleitet hatte und der bisher stumm am Fußende des offenen Sarges verharrte, stieß plötzlich einen gepreßten Seufzer aus. Der Laut schwebte zitternd durch den kleinen steinernen Raum zu der gewölbten Decke hinauf und verfing sich oben im Schnittpunkt der Gewölberippen. Doch jäh schien sich der Mann des wartenden Angestellten an der Tür wie des vordem gegebenen Versprechens – sofort wieder zu gehen – bewußt zu werden. Er bückte sich, nahm einen kleinen Damenkoffer auf und trat einen Schritt vor, um dem Mädchen in deutscher Sprache zuzuflüstern: „Wir müssen gehen – bitte! In zwanzig Minuten fährt der Zug!"

Die Südländerin gab keine Antwort, nahm nur ihre Hand von der Wange der Aufgebahrten, zögerte kurz – dann trat sie entschlossen zu der flackernden Kerzenpyramide. Sie zog dabei einen flachen Umschlag aus einer Tasche ihrer Kostümjacke, und ehe der Angestellte an der Tür recht begriff, was da geschah, hatte sie das Kuvert an eines der Flämmchen gehalten, wo es sogleich Feuer fing! Sie ließ das hellauflodernde Papier auf den gußeisernen Ständer fallen, der die silbernen Kerzenfüße trug.

Der Angestellte der Beerdigungsfirma wollte zuerst rein instinktiv zuspringen – allein die hochaufgerichtete Frauengestalt, die ihren Blick unverwandt, gleichsam beschwörend, auf das lodernde, knisternde Etwas gerichtet hielt (die Flamme nahm merkwürdigerweise einige Sekunden lang grünliche Färbung an!), ließ ihn unwillkürlich stocken. Der ganze Vorgang erinnerte ihn, ohne daß er es hätte begründen können, an eine Opferhandlung. Und ihm wollte sich – ebenfalls völlig ungewollt – der irreale Eindruck aufdrängen, es seien dort vor der Lichterpyramide nicht zwei verschiedene Wesen, sondern die Lebende und die Tote seien für eine winzige Zeitspanne zu einer unauflöslichen Einheit ineinander übergegangen.

Danach, als die Flamme in sich zusammengesunken

war und nur noch ein winziges Häufchen Asche übrigblieb, von dem ein eigenartig scharfer Geruch ausging, der sich mit dem Duft der Blumen nicht vermischte, wandte sich die Spanierin ab. Sie trat nochmals zur Bahre, beugte sich zu der stillen Frau hinab, und es schien, als bewege sie jetzt ihre Lippen, gerade so, als würde sie zu der Toten sprechen, ihr etwas mitteilen, aber der Angestellte vermochte nichts zu hören, daher glaubte er schließlich, er habe sich geirrt. Er sah aber, daß sie das Zeichen des erlösenden Kreuzes auf die bleiche Stirn zeichnete, dann richtete sie sich auf und kam zur Tür. Sie wirkte jetzt gefaßt, beinahe heiter – ganz so, als habe sie eben eine unausweichliche Mission vollendet. Der Angestellte öffnete statt eines Tadelns vor ihr fast wie ehrfürchtig die Tür. Sie sagte „Danke!", als sie an ihm vorüberging.

In dem Augenblick, als die Spanierin aus der nun von im Luftzug unruhig flackernden und zuckenden Kerzenlicht unsicher erhellten Kapelle in die Dunkelheit hinaustrat, ereignete sich etwas Schreckliches! Eine Stimme, heller als die eines Mannes, aber tiefer als die eines Knaben, begann urplötzlich in nur geringer Entfernung hoch und schrill zu schreien: „Nein! nein! nein!" – nichts weiter, nur dieses eine Wort wurde ständig wiederholt: „Nein! nein! nein!"

Den drei Menschen vor der Kapellentür – beide Männer waren sogleich bei den ersten Schreien hinausgedrängt – liefen eisige Schauer über den Rücken. Vollkommen schreckgelähmt starrten sie entsetzt in das Dunkel des weitläufigen Friedhofs. Sie vermochten jedoch unter dem dichten, hallenartigen Laubdach der Baumreihen nicht zu erkennen, wer da in scheinbar irrem Zickzacklauf durch die Gassen der Grabzeilen davonraste. Nur die schrillen, durchdringenden Schreie gellten nervenaufpeitschend immer wieder, wobei sie sich allerdings entfernten: „Nein! nein! nein!" Dadurch aber, daß der Schreiende in irrer Hast hin und her sprang, weckte es bei den drei Menschen den Eindruck, die Schreie hallten von allen Seiten!

Aber dann vermeinten die drei vor der Kapelle drüben an dem kaum mannsbreiten Durchlaß in der hochwuchernden Begrenzungshecke, wo ein Fußsteig zur Straße hinausführte, für einen flüchtigen Moment eine schattenhafte, geduckte Gestalt wahrzunehmen. Sie glich mehr einem Schemen, dessen Konturen die Augen nicht zu erfassen vermochten. Und fast in derselben Sekunde hörten sie von jenseits der Heckenwand Bremsen aufkreischen, eine Autohupe durchdringend losheulen, und ein Schrei aus menschlicher Kehle voll panischer Todesangst fetzte herüber – und gleich darauf ein dumpf hallender Schlag!

29

„Da ist was passiert!" sagte Assistent Wittmann, als das Polizeiauto um die Ecke bog. Der junge Beamte trat auf die Bremse und lehnte sich über das Lenkrad nach vorn, um besser sehen zu können. Die beiden Kriminalbeamten erkannten jetzt, daß sich in geringer Entfernung mehrere Menschen auf der Fahrbahn befanden, dicht dahinter stand ein Personenwagen schräg über der

Straße, mit seinem Kühler schon halb auf dem Bürgersteig. Der eine Scheinwerfer dieses Fahrzeugs brannte normal, während der andere, rechtsseitige, infolge des zertrümmerten Kotflügels aufwärts gerichtet war und ständig an und aus flackerte.

Oberinspektor König und sein Assistent stiegen aus und näherten sich der Menschengruppe, die um etwas am Boden Liegendes einen Kreis bildete und den beiden hinzukommenden Beamten in Zivil kaum Beachtung schenkte. Nur unterdrückte Bemerkungen, die diese Menschen untereinander mit merkwürdig gedämpften Stimmen austauschten, waren zu hören. Lediglich ein Mann mit vor Schreck grünlichem Gesicht lief aufgeregt umher und rief unentwegt mit hoher, erregter Stimme wie ein abspulendes Tonband aus: „Er ist mir direkt vor den Wagen gerannt! Ich kann nichts dafür! Glaubt mir, er ist mir hineingerannt!" – bis jemand der Umstehenden sagte: „Beruhige dich, Willem! Wir haben schon angerufen, der Unfallwagen kommt gleich!"

König schob sich durch den Kreis der Zuschauer – es waren durchweg gutgekleidete Personen aus den PKWs, die in einer Reihe jenseits der Unfallstelle hielten, und aus einem privaten Autobus. „Die wollen noch zum Tanz in die Paderhalle", ging es dem Oberinspektor durch den Kopf. Als er am Mittelpunkt des improvisierten Zirkels anlangte, bot sich ihm ein entsetzliches, aber zugleich auch rührendes Bild. Ein Mensch lag dort auf der Straße, nahe der Bordsteinkante, vielleicht knappe zwei Meter von dem beschädigten Auto entfernt. Es handelte sich um einen noch jungen, jedoch ziemlich stark verwachsenen Mann, dessen un-

verhältnismäßig magere Glieder nun, da er ja von dem Wagen beiseite geschleudert worden war, eine unnatürliche, verrenkte Lage innehatten. Er blutete aus mehreren Schürfwunden; seine Kleidung war zerfetzt und beschmutzt. Der Mann lag bewußtlos, stöhnte nach jedem röchelnden Atemzug; ein dünner Blutstrom floß ihm stoßweise aus dem Mundwinkel.
Neben dem Verletzten kniete eine weibliche Gestalt in einem hellblauen Reisekostüm. Sie hatte den Kopf des Verunglückten vorsichtig zur Seite gedreht, damit das aus seinem Munde hervorpulsende Blut nicht etwa in den Hals zurückfloß und den Bewußtlosen erstickte. Zusätzlich säuberte sie mit einem Taschentuch den abwärtsgekehrten Mundwinkel des Verletzten von dem fließenden Blutrinnsal. Die Frau gab sich mit einer solchen Intensität ihrem Samariterdienst hin, daß sie ihre ungewöhnliche Umgebung, die Umstehenden – überhaupt alles um sie her vergessen zu haben schien.
Wittmann, der sich hinter dem Oberinspektor durchgedrängt hatte und ihm jetzt über die Schulter sah, sog entsetzt den Atem ein, daß es einen pfeifenden Laut gab. Dann flüsterte er seinem Vorgesetzten ins Ohr: „Der Gerhard Schreiber!"
Was König jedoch zunächst stutzen und sich gleich darauf zu der knienden Frau vorbeugen ließ, um sie im fahlen Lichte der nächsten Straßenlampe besser sehen zu können, war nicht so sehr ihr barmherziges Tun, sondern ihr für ihn unverwechselbarer Anblick: diese auffallend schönen Züge mit einer gewissen Nuance Exotik – diese von der schmalen Nasenwurzel in beinahe überstarkem Schwunge nach oben gebogenen

Brauen – diese langen, dichten Wimpern – diese Fülle schwarzen, gelockten Haares! Das alles hatte er schon einmal gesehen, aber da lag die Frau still und stumm auf einem Operationstisch in der Unfallstation! Diese hier, die sich so rührend um den verunglückten Menschen bemühte, das mußte die sein, von der Echtermeyer gesprochen hatte!

In diesem Moment regte sich der Verletzte: Sein röchelndes Luftholen wurde unregelmäßiger, er stöhnte laut auf, dann warf er seinen Kopf herum – und plötzlich schlug er die Augen auf! König sah, wie der Mann voller Entsetzen zusammenzuckte und gleich darauf den Versuch machte, sich trotz seiner zerschmetterten Gliedmaßen aufzurichten. Seine Augen hielt er grauenerfüllt weit aufgerissen auf das Frauenantlitz über sich gerichtet. Er mühte sich keuchend, etwas zu rufen, aber seine Worte erstickten mit einem Gurgeln in dem jäh heftiger rinnenden Blute.

„Nicht sprechen", sagte die Südländerin sanft, während sie behutsam den aus seinem Munde hervorquellenden blutigen Schaum abwischte. Ein ungläubiges Staunen breitete sich auf dem Gesicht des qualvoll keuchenden Mannes aus, das schließlich, als die Spanierin nochmals sagte: „Nicht sprechen – es wird alles gut!" in ein beseligtes Leuchten überging, wie es der voll Staunen beobachtende König bisher noch nie auf einem menschlichen Antlitz gefunden hatte. Und der Strahl eines endlosen Glücklichseins brach aus den Augen des armen Menschen, der da zerschmettert in der sich allmählich vergrößernden Blutlache am Straßenrand lag. Seine blutverschmierten Lippen bewegten sich, und

König meinte, etwas wie den Namen „Isabella" gehört zu haben. Auch als der Mann gleich danach unter schmerzerfülltem Stöhnen erneut in Ohnmacht fiel, blieb auf seinen verzerrten Zügen der Widerschein des eben erlebten Glückes zurück!

Der Oberinspektor war derart stark von dem Vorgang fasziniert, der sich da unmittelbar vor seinen Augen ereignete, daß er sich, wie unter einem Banne stehend, mit der Südländerin und dem Verletzten allein wähnte und das sich jetzt rasch nähernde Sirenengeheul gar nicht wahrnahm. Erst als mehrere Fahrzeuge mit zuckendem Blaulicht ganz nahe hielten, als die Umstehenden von uniformierten Polizeibeamten zur Seite geschoben wurden, während zwei Sanitäter mit einer Bahre herbeiliefen, gefolgt vom Notarzt mit seiner dickbauchigen Tasche, da erwachte König aus seinem beinahe traumhaften Schauen. Oberinspektor König bemerkte noch, daß sich der Arzt zu dem Verunglückten hinabbeugte, ihn flüchtig untersuchte und gleich darauf den Sanitätern eine Anweisung zurief; er gewahrte auch, daß der grünbleiche Fahrer des beschädigten PKWs lauthals auf den Führer der Funkstreife einzureden begann – im Grunde jedoch sah er das alles nur so nebenher, denn seine Aufmerksamkeit konzentrierte sich auf die Spanierin. Sie hatte sich beim Erscheinen des Arztes sofort erhoben und trat zur Seite. König näherte sich ihr. „Verzeihen Sie, bitte", sprach er sie mit halblauter Stimme an und zog, da sie vor ihm zurückwich, seinen Dienstausweis hervor: „Ich komme von der Kriminalpolizei." – „Kriminalpolizei", wiederholte sie, und Erschrecken zuckte in ihren großen

schönen Augen auf. „Bitte, beunruhigen Sie sich nicht", beschwichtigte sie aber der Oberinspektor freundlich, „ich möchte Ihnen nur einige wenige Fragen stellen. – Gehen wir am besten dort hinüber!" setzte er hinzu und führte sie einige Meter von dem Zuschauerkreis weg. Niemand beachtete das, denn soeben wurde der laut stöhnende, aber bewußtlose Verletzte auf die Tragbahre gehoben. Ein Uniformierter war so umsichtig gewesen, sich oberhalb an der Kurve, wo die Straße unter dem Eisenbahndamm herauskommt, mit seiner rotleuchtenden Kelle aufzustellen, um herankommende Fahrzeuge durch Winkzeichen rechtzeitig anzuhalten.
„Wer sind Sie wirklich?" fragte der Oberinspektor die Südländerin, als sie sich abseits an der Hecke allein gegenüberstanden. Die Spanierin hatte sich mittlerweile gefangen, sie blickte ihn fest und sicher an, als sie ohne Zögern antwortete: „Ich bin Anna Santoz." König nickte begreifend, hakte aber doch nach, um sicherzugehen: „Und Isabella...?" – „Isabella war meine Zwillingsschwester."
Ehe König jedoch eine weitere Frage zu stellen vermochte, gellte über ihnen aus jenem schmalen Durchlaß in der Friedhofshecke ein irrer Schrei, der alle am Unfallort entsetzt zusammenfahren ließ. Eine dunkelgekleidete Frauengestalt, die ein großes Umschlagtuch um Kopf und Schultern geschlungen trug, stand auf der obersten Stufe des hölzernen Treppchens und stierte mit hervorquellenden Augen auf die beinahe taghell erleuchtete Szene herab, wo die Sanitäter gerade die Bahre mit dem bis zum Halse zugedeckten Verunglückten zu dem Rettungswagen trugen. Eine ihrer dürren Hände

hielt die Frau vor den weit aufgerissenen Mund gepreßt, als wolle sie einen zweiten Schrei in die Kehle zurückdrängen.

Während noch alles unter der Wirkung des gräßlichen Lautes erschauerte, kam die Frau die Stufen herab – wohl, um zu dem Verletzten hinüberzulaufen. Aber ganz unvermittelt stockte sie, streckte ihren Kopf mit den kurzsichtigen Augen spähend zur Seite hin, wo König mit der Spanierin stand – und fuhr gleich darauf so heftig zurück, als habe sie einen harten Stoß erhalten! „Da! Sie will ihn holen!" kreischte sie mit schriller, durchdringender Stimme auf. Eine Hand hielt sie schützend vor ihr angstverzerrtes Gesicht, die andere streckte sie abwehrend mit gespreizten Fingern gegen die Südländerin aus. „Sie will meinen Jungen zu sich ins Grab holen! Helft mir! Sie will ihn holen!"

Ein Raunen lief durch die Menge, dann schob sie sich, zusammengedrängt wie eine Lawine, näher, mit offenen Mündern und Augen, aus denen Sensationsgier, Schauder und eine noch unausgesprochene Drohung glitzerten. Aus der heranrückenden Meute löste sich ein älterer Mann, eilte hastig heran und legte, indem er sich neben die Südländerin stellte, schützend seinen Arm um sie. König erkannte in ihm den Lehrer Alvarez. Zwei uniformierte Polizisten, die dabei waren, das Blut auf der Straße mit Sand zu löschen, wurden aufmerksam und kamen mit schnellen Schritten herbei.

Die Frau aber kreischte wieder: „Laßt nicht zu, daß sie ihn holt! Sie will seine Seele! Laßt's nicht zu!" Ein langer Mensch in der Menge, ein Kerl mit unordentlicher Mähne, wucherndem Bartgestrüpp und schlapper Hal-

tung, rief: „Die Ausländerin hat den armen Kerl vor das Auto gestoßen!" Drohendes Murren folgte.
Jetzt aber trat Oberinspektor König energisch vor. „Halten Sie den Mund!" wies er den albernen Schreier zurecht, dann rief er: „Wittmann!" Noch ehe sich der Assistent zu ihm durchgedrängt hatte, erkannten die beiden Uniformierten den Oberinspektor und hoben die Hand grüßend zum Mützenschirm.
Die Menge verhielt, unsicher geworden. „Bringen Sie diese Frau zum Unfallwagen!" ordnete König an, auf die Schreibern weisend, „der Doktor soll sich um sie kümmern!"
Dann wandte sich König wieder an die Leute und sagte mit lauter Stimme: „Hier ist niemand gestoßen worden! Wer von Ihnen etwas über den Unfall aussagen kann, der melde sich bitte dort drüben am Wagen der Verkehrspolizei! Die übrigen Herrschaften muß ich ersuchen, sich zu ihren Fahrzeugen zu begeben! Die Straße wird so schnell wie möglich freigegeben werden!"
Seine strenge Bestimmtheit wirkte: Die Menschen zogen sich zurück, lösten sich in einzelne, kleine Gruppen auf; selbst der lange Schreier wagte nicht mehr laut zu werden, der Bann war gebrochen!
Oberinspektor König nahm den Arm der noch immer erschrocken und verwirrt dreinschauenden Spanierin und zog sie mit sanfter Gewalt mit sich: „Kommen Sie, Fräulein Santoz! Dort hinten steht unser Wagen, da sind wir vor weiteren Belästigungen sicher!" Er führte sie im Bogen rasch an der Unfallstelle vorüber, wo gerade die wirr lamentierende Schreibern von den zwei Polizisten und einem der Sanitäter in das Auto teils gehoben,

teils geschoben wurde. Alvarez und Wittmann folgten dem Oberinspektor und Anna.

Am Dienstauto der Kriminalpolizei, unter dem senkrecht von oben fallenden Licht einer unmittelbar danebenstehenden Straßenlampe, betrachtete König erneut die Südländerin voller Interesse. „Sie ähneln, ohne Übertreibung, Ihrer Schwester täuschend!" gestand er, und Staunen schwang in seiner Stimme mit. „Echtermeyer hat nicht übertrieben." Weil er bemerkte, daß sie bei der Nennung des Namens sichtlich erschrak, beschwichtigte er sie sofort: „Seien Sie unbesorgt – vor Echtermeyer sind Sie sicher."

Dann aber wechselte er das Thema: „Haben Sie den Unfall eben unmittelbar miterlebt?" – „Nein, nicht direkt", antwortete Anna, und da sie sich wie hilfesuchend nach Alvarez umblickte, beeilte sich dieser, die genauen Umstände des Herganges zu berichten. König nickte nur, als habe man seine Vermutung bestätigt, dann erkundigte er sich: „Warum sind Sie hergekommen, Fräulein Santoz?" Obwohl sie ihn weiterhin ansah, wollte es dem Oberinspektor dennoch scheinen, als sei bei seiner Frage etwas wie ein Visier oder eine Maske vor ihre Züge geglitten, ohne daß er dies eigentlich zu begründen vermochte. „Ich wollte meine Schwester heimholen", sagte sie. König richtete seinen Blick fragend auf Alvarez, der jetzt mehrfach nickte, ohne dabei zu sprechen.

„Worum ich Sie dringend bitten muß", sagte König, „ist: Verlassen Sie vorerst die Stadt nicht! Ich werde Sie noch zu verschiedenen Punkten, die mit dem Erscheinen Ihrer Schwester zusammenhängen, hören müssen." Er

werde ihr morgen höchstwahrscheinlich – fügte er mit einem Blick auf den gerade abfahrenden Rettungswagen hinzu – als eine Art Gegengabe einige Tatsachen berichten können. „Ich glaube nämlich", meinte er, „wir wissen dann die vollständige Lösung des Falles."
Sie werde bei Herrn Alvarez wohnen, antwortete Anna, und nach kurzem Zögern öffnete sie ihre Handtasche, zog ihren Reisepaß hervor und reichte ihn dem Kriminalbeamten: „Bitte, damit Sie sehen, daß ich wirklich bleibe!" Sie lächelte fein zu ihren Worten. König aber winkte sofort ab: Er wisse ja, wo sie zu finden sei, das sei für ihn genug. Wenn Herr Alvarez nichts dagegen habe, dürfe er die Señorita morgen gegen zehn Uhr aufsuchen. „Gegenwärtig muß ich mich um den Verletzten kümmern." Alvarez stimmte zu, wollte etwas sagen, schwieg dann aber doch. König wandte sich an seinen Assistenten, der bisher wortlos dabeigestanden und mit unverhohlener Bewunderung die schöne Südländerin betrachtet hatte: „Wenden Sie unseren Wagen! Ich komme sofort!" Kaum aber hatte sich der junge Beamte entfernt, da sagte König leise mit drängender Stimme zu Anna: „Geben Sie mir Ihren Revolver – schnell!" Alvarez machte eine erschrockene Bewegung, als wollte er dazwischentreten, aber das Mädchen sagte ruhig und entschieden: „Es mejor así!" – und dann nochmals in deutscher Sprache: „Es ist besser so!" Damit reichte sie ihm die Waffe hin.
König schob den Revolver unter seinem Rock in den Gürtel: „Es hat nie eine Schußwaffe in Ihrer Hand gegeben, wer Sie auch fragt!" warnte er dabei; darauf verabschiedete er sich von ihnen, und in seiner Stimme

klang ein leiser Ton von instinktiver Zuneigung mit, als er Anna auf Wiedersehen sagte. Als König schon die Wagentür geöffnet hatte, um einzusteigen, sagte plötzlich die Südländerin: „Bitte, nur noch einen Moment!" König wandte sich ihr wieder zu. „Der Mann, der vorhin unter das Auto kam", fragte sie unsicher, und man sah, wie sie ein Schauder befiel, „der hat Isabella gekannt, nicht wahr?" Ja – erwiderte König – der habe sie gekannt. So auch diese Frau, die später dazugekommen sei. Wie gut, darüber habe er – König – eine bestimmte Theorie. „Geben Sie mir bis morgen Zeit", bat er, „dann kann ich Ihnen alle Zusammenhänge erklären." Damit stieg er in den Wagen, seinen Assistenten anweisend, den kürzesten Weg über das Gierstor zum Vinzenz-Krankenhaus einzuschlagen. Von weither, aus der Innenstadt, hörte man noch verwischt den Klang des Martinshornes.

Die bisher jenseits der Unfallstelle zwangsläufig haltende Kolonne aus PKWs und dem Autobus brauste gerade jetzt, nachdem die Polizei alle Spuren des Unglücks gesichert und das querstehende Unfallauto an den Straßenrand geschoben hatte, in Richtung auf die Driburger Straße vorüber. Es roch penetrant nach Auspuffgasen und aufgewirbeltem Straßenstaub.

Kaum hatte Wittmann geschickt das Fahrzeug der Kriminalpolizei in die Wagenreihe eingefädelt, als sich Alvarez heftig Anna zuwandte. Sie aber schnitt jedweden Vorwurf ab durch ein nochmaliges entschiedenes: „Es mejor así!"

Sie gingen die Straße hinab zum Haupteingang des Ostfriedhofes, wo sein Wagen stand, eben jenes ältere

rotbraune VW-Kabriolett mit den helleren vorderen Kotflügeln. „Wir haben nichts Böses getan", sagte Anna nach einer Weile, „sollte es dennoch etwas zu verantworten geben, so werde ich es tun – ich ganz allein!" „Nein", widersprach der Mann, der in der Linken das Köfferchen trug, indes er mit seiner Rechten das Mädchen führte, „du weißt, weder meine Frau noch ich werden dich in einer Notlage allein lassen – wie wir auch deiner Schwester geholfen hätten, wäre sie zu uns gekommen!" Und nach kurzem Zaudern setzte er hinzu: „Wir nehmen dich selbstverständlich bei uns auf, wenn du nicht mehr nach Hause möchtest. Wir werden das tun, auch auf die Gefahr hin, daß wir uns dadurch den Zorn deines Vaters zuziehen, der mir in meinem Amte schaden könnte..." – „Ich werde so bald wie möglich gehen", unterbrach ihn Anna, drückte aber mit einem warmen, dankbaren Lächeln seinen Arm.
Sie befanden sich mittlerweile allein auf der abgelegenen, nur mäßig erhellten Straße; nur noch ganz vereinzelt wurden sie von einem Auto überholt, aber dessen Insassen hatten es dann sehr eilig, zu den licht- und lärmüberspülten Tanzstätten am Schützenplatz oder an den Fischteichen hinauszukommen. Der Himmel war von einer hohen Wolkendecke überzogen, durch die, wie durch einen breitmaschigen Vorhang, hier und da ein vereinzelter Stern blinkte. Von dort, wo das Paar herkam, vernahm man das metallische scharfe Rollen von Rädern, und oben auf dem schwarzen Wall des Eisenbahndammes glitt eine lange Kette leuchtender Fenster vorüber wie Perlen auf einer Schnur: Annas D-Zug nach Düsseldorf!

Anna und Alvarez sprachen nicht mehr miteinander, bis sie das Auto erreichten. Das Mädchen sah nun plötzlich sehr jung, zart und verletzbar aus, mit müde verschleiertem, abwesendem Blick. Es schien tief in seine Gedanken verfangen. Als dann Alvarez den Wagen starten wollte, wiederholte Anna mit gesenktem Kopf: „Ja, ich fahre zurück, sobald es die Polizei erlaubt." Bedrückt fuhr sie fort: „Mir ist es, als müßte ich vor Vater verantworten, daß ich meine Schwester in ihrer Hilflosigkeit so wenig behütet habe." Unvermittelt hob sie ihren Blick und sah den Mann an ihrer Seite bittend an: „Glaubst du, wir können es wagen, noch zu dieser Stunde den Padre aufzusuchen, der Isabella fand?"

30

Auf der Unfallstation des Vinzenz-Krankenhauses wollte man das Leben des an den inneren Organen schwerverletzten Gerhard Schreiber durch eine Sofortoperation retten. Allein bereits wenige Minuten nach seiner Einlieferung erlag der junge Mann seinen Verletzungen, noch ehe der Eingriff vorgenommen werden konnte.

„Ich habe schon eine ganze Anzahl Menschen sterben sehen", sagte etwas später Oberarzt Dr. Saum zu den beiden Kriminalbeamten, die im Wartezimmer auf das Ergebnis der medizinischen Aktion harrten, „aber keiner von allen ist so eigenartig gestorben wie dieser Bursche eben." Er habe nämlich – berichtete der Arzt mit einem gewissen Staunen – noch einmal das Bewußt-

sein wiedererlangt, kurz vor dem Exitus. „Aus seinen Augen leuchtete eine unbeschreibliche Freude – ein Glück, wie ich es bisher nie gesehen habe!"
Der Arzt schüttelte den Kopf: „Ich weiß nicht genau, aber mir wollte es scheinen, als habe er noch etwas gesagt, einen Mädchennamen." – „Isabella!" ergänzte König. Dr. Saum sah ihn überrascht an. „Richtig, das war er! Dieses Glück wich auch nicht mehr aus seinen Zügen, Sie können es sogar jetzt noch finden." König hörte nicht mehr, was der Arzt noch weiter sagte, er sah vielmehr vor seinen Augen wieder den Verletzten in seinem Blute liegen, davor die Spanierin kniend – und dann wiederholte sich in Sekundenschnelle der Vorgang, den er draußen vor dem Ostfriedhof beobachtet hatte.
Aber gleich danach fand der Oberinspektor in die Gegenwart zurück, straffte sich und fragte, wie es Frau Schreiber jetzt ergehe – vor allem, ob man ihr den Tod ihres Sohnes berichtet habe. Ja – antwortete Dr. Saum –, man habe es für besser gehalten, ihr die Wahrheit zu sagen, selbstverständlich so behutsam wie möglich. Aber die ohnehin höchst erregte Frau sei darüber in eine solche Raserei verfallen, daß man ihr eine Injektion mit einem stark wirkenden Beruhigungsmittel habe geben müssen. „Davon ist sie schon nach verhältnismäßig knapper Zeit ruhig geworden. Eigenartig ist nur, daß sie jetzt jemanden von der Polizei verlangt, weil sie unbedingt etwas weggeben müsse!"
„Wir sind bereit", erwiderte König und stand auf – ob denn die Frau voll vernehmungsfähig sei? Er habe keine Bedenken, antwortete Dr. Saum, sie könne ohne weiteres sofort in Begleitung der Beamten das Krankenhaus

verlassen. Er werde ihr allerdings für alle Fälle ein bewährtes Medikament mitgeben; morgen könne sie ja ihren Hausarzt konsultieren.

Weder im Krankenhaus noch auf der Fahrt zu ihrem Hause sprach die Schreibern eine Silbe. Steif und stumm saß sie hinten im Auto neben Oberinspektor König, als sei sie in ihrem Schmerz versteinert. Ihre rotrandigen, tränenleeren Augen erinnerten mit ihrem glanzlosen Blick irgendwie an zwei stumpfe Kiesel. Das weite, fransenbesetzte Umschlagtuch hatte sie wieder fest um Kopf und Schultern geschlungen.

Vor ihrem Hause angelangt, stieg die Schreibern aus und ging, ohne ein einziges Wort zu sagen, den Kriminalbeamten voran in die Wohnstube. Hier bedeutete sie ihnen durch ein Zeichen, zu warten, während sie sich selbst durch eine zweite Tür entfernte.

König und Wittmann sahen sich interessiert in dem niedrigen, peinlich sauber gehaltenen Raum mit den längst unmodern gewordenen Möbeln um. Besonders fiel ihnen eine Art separate Ecke auf, wo ein Regal stand, das mit einem geblümten Vorhang versehen war von derselben Sorte wie die Übergardinen vor den Fenstern.

Daneben stand ein gewöhnlicher Wohnzimmertisch, auf dem aber eine dunkelgrüne Schreibunterlage lag mit einer Schatulle für Schreibutensilien und einer grünschirmigen Leselampe links daneben. Auf dem Stuhl vor diesem Tisch lag unordentlich hingeworfen eine Herrenstrickjacke – so, als habe jemand das Kleidungsstück in großer Hast von sich geschleudert. Im Zimmer roch es nach Leder und neuen Schuhen.

Weiter kamen die beiden Beamten in ihrer Beobachtung nicht, denn die Schreibern trat wieder ein: mit einem Gewehr in der Hand! Sie übergab die Waffe dem Oberinspektor und sagte mit einer Stimme, die sich fast wie ein Krächzen anhörte: „Damit hat er sie erschossen!" Es handelte sich um eine Kriegswaffe, einen Karabiner 98 K, vom Kaliber 7,9 mm, der allerdings sorgsam gepflegt und geölt war.

Oberinspektor König nahm die Schußwaffe entgegen, wobei er ein Schaudern kaum unterdrücken konnte, dann fragte er: „Sie geben an, mit diesem Gewehr hat Ihr Sohn Fräulein Santoz getötet?" – „Erschossen hat er sie!" wiederholte die Schreibern verbissen mit einem plötzlich vom Haß wild verzerrten Gesicht, „dieses Luder, dieses ausländische! – die mir meinen Jungen weggenommen hätte!" Da sie abbrach, sagte König ruhig: „Frau Schreiber, wollen Sie nicht Ihr Gewissen erleichtern? Was ist tatsächlich geschehen? Und vor allem: Warum hat Ihr Sohn das getan?"

Die Frau sah ihn einen Moment an, als werde sie sich seiner Gegenwart erst jetzt richtig bewußt, dann setzte sie sich auf das hochlehnige Sofa, dessen moosgrüner Plüsch an mehreren Stellen abgewetzte Stellen aufwies. „Wenn er begraben wird", sagte sie leise, „lass' ich ihm ein Totenamt lesen. Da will ich kommunizieren. Darum werde ich jetzt alles sagen, wie es gewesen ist!"

König zog sich einen Stuhl heran und nahm ihr gegenüber Platz, während sich sein Assistent an den Tisch in der Mitte des Zimmers setzte, eine Ecke der Tischdecke zurückschob und sich bereit machte, in seinem Notizbuch die Aussage mitzustenografieren.

Die Schreibern machte einen fast unwirklichen Eindruck auf die beiden Männer: Sie glich einer großen, alten, verrunzelten Puppe, die man vorher aufgezogen hatte und die deshalb gegenwärtig zu einem mechanischen Leben erwacht war. Selbst ihre vorquellenden Augen hefteten sich unwirklich starr auf einen Punkt. Hin und wieder wurde ihr Körper von einem Schluchzen geschüttelt, das aber jedesmal sofort in der Kehle erstickte. Nur ihre Finger schienen ein Eigenleben zu besitzen: Sie spielten scheinbar völlig unabhängig von ihrem Willen mit einem zusammengeknüllten, tränennassen Taschentuch auf ihrem Schoße. Das große Fransentuch war ihr auf die Schulter herabgerutscht, so daß ihr schmutziggraues Haar wirr vom Kopf abstand.
„Mein Mann brachte aus dem Krieg und der Gefangenschaft in Rußland die Schwindsucht mit", begann sie mit rauher Stimme in monotonem Tonfall. „Er hat auch kaum vier Jahre gemacht, da war er tot. Unser Gerhard – er war unser einziges Kind – bekam seinen Teil schon in meinem Leib: Er kam klein und verkümmert zur Welt. Und als er zur Schule mußte, da hatte ich ihn dauernd daliegen. Er ging nicht gern zur Schule, weil ihn die anderen Kinder viel ärgerten, manchmal sogar gemein quälten, wegen seines Aussehens. Er war ein stiller Junge, aber gut, sehr gutmütig war er!" Ihre Stimme zitterte, und eine Träne stahl sich in die glanzlosen Augen.
Zur Überraschung der Beamten fing sich jedoch die Frau rasch wieder. „Was er aber ganz besonders war", fuhr sie fort, „das war: geschickt! Wirklich, er war unglaublich geschickt! Was er auch immer in die Finger

kriegte, das wurde wie von selber fertig!" Ihre Augen hatten unvermittelt zu leuchten begonnen, und die geduckte Gestalt richtete sich auf. Ströme von Mutterstolz brandeten durch die alte, brüchige Stimme, als sie hinzusetzte: „Er wollte deshalb schon als Kind so gerne Ingenieur werden – und er hätte es mit Leichtigkeit geschafft! Aber unser Geld, das reichte ja damals nicht für so was." Sie sackte in sich zusammen, und der Glanz ihrer Augen erlosch. „Jetzt ist er tot", flüsterte sie, „jetzt ist er plötzlich tot."

Da sie schwieg, die Augen zu Boden gesenkt, ganz sich und ihre Umgebung vergessend, sagte Oberinspektor König leise nach einer Weile: „Frau Schreiber, hat sich Ihr Sohn oft mit Schußwaffen beschäftigt?" – „Mit Flinten, meinen Sie? Ja, immer wenn Libori war und der Kallweit mit seiner Schießbude herkam. Gerhard hat dem dann die Gewehre repariert, und von dem hat er auch das da geschenkt erhalten!" – sie machte eine Geste auf das Gewehr hin. „Gebastelt hat er aber nur am Abend oder an Sonntagen, tagsüber saß er fleißig in der Werkstatt – er war ja Schuster wie sein Vater. Er und ich, wir führten gemeinsam unseren kleinen Laden. Er schusterte, ich verkaufte. Viele Jahre! Wir waren beide glücklich dabei! Bis dann sie gekommen ist, dieses ausländische Miststück, und ihn verhext hat!" Die Augen der Frau funkelten bösartig, etwas Speichel spritzte ihr aus einem Mundwinkel.

Der Oberinspektor sah sie vorwurfsvoll an: „Frau Schreiber – bitte! Fräulein Santoz ist tot." – „Ich hab's nicht gewollt", murmelte sie, ihren Blick senkend, „das nicht! Sie sollte nur weg von hier und uns in Ruhe

lassen." Nach einer kleinen Pause erzählte sie weiter: „Voriges Jahr, im April, da ist sie in unsere Nachbarschaft gezogen – vorn, in die Hathumarstraße. Sie ging dann jeden Tag zweimal an unseren Fenstern vorbei, das erste Mal morgens, so gegen acht, das zweite Mal am Nachmittag, wenn sie aus dem Verlag kam.
Ich habe anfangs nichts gemerkt, bis mir auffiel, daß der Gerhard jeden Tag immer um dieselbe Zeit ganz nervös wurde und sich dort drüben hinter die Gardine stellte. Ich habe dann aufgepaßt und gesehen, daß er diese schwarzhaarige Ausländerin beobachtete, mit ganz großen Augen, und daß er dabei völlig vergaß, daß ich im Zimmer war." Sie schluckte, rang nach Atem, bevor sie weitersprechen konnte: „An Sonntagen, wenn das Wetter schön war, ist sie von zwei Leuten im Auto abgeholt worden, zum Tennis. Pah! Mein Junge, der ist ganz närrisch geworden, immer, wenn er sie so gesehen hat, wie sie mit ihrem kurzen Röckchen herausgekommen ist. Ich habe ihm zwar gesagt, kein anständiges Mädchen läuft so herum und zeigt den Mannsleuten die Beine bis so weit herauf! Aber da hat er zum ersten Mal in seinem Leben nicht auf mich gehört, sondern ist der nachgelaufen, bis zu den Tennisplätzen drüben am Fürstenweg."
Da sie wiederum erregt nach Atem ringend eine Pause machen mußte, fragte der Oberinspektor: „Sagen Sie: Kannte Ihr Sohn bereits irgendein Mädchen vorher näher?" – „Nein!" antwortete die Schreibern mit finsterer Miene fast zornig, „Gerhard sagte immer zu mir: Mutti, sagte er, ich brauche kein Mädchen – ich habe ja dich! Dieses Weiberzeug ist albern, das lacht mich nur

aus. So wie du bist, ist keine!" König und Wittmann wechselten einen bedeutsamen Blick miteinander, und der Oberinspektor erkundigte sich weiter: „Wußte Fräulein Santoz um den ungewöhnlichen Eindruck, den sie auf Ihren Sohn machte?" Die Frau zögerte mit ihrer Antwort; ihre Finger hatten jetzt aufgehört, mit dem Taschentuch zu spielen. „Ich glaube nicht", sagte sie, „mein Gerhard wagte ja nicht, sie anzusprechen. Im Sommer dann – ich meine, es war so gegen Ende Juni – da ist sie an einem Samstagvormittag plötzlich zu uns in den Laden gekommen. Sie brachte ein Paar Sandaletten zur Reparatur, solch hochhackige Dinger mit feinen Riemchen. Mein Gerhard war allein im Laden, ich hatte hier in der Stube zu tun. Durch diese Tür da konnte ich deutlich sehen, wie sie sich gegenüberstanden."
Die Frau richtete sich bei den letzten Worten auf und starrte auf die Tür, als geschähe das, was sie eben schilderte, im selben Augenblick noch einmal. „Er wurde abwechselnd rot und blaß und wieder rot, als sie so unvermutet zu ihm hereinkam und ihn anlächelte und zu ihm sprach. Kein Wort hat er herausgebracht, nur die Lippen bewegt. Mir hat es das Herz im Leibe umgedreht, und ich bin hingegangen – nein, hingerannt, um mit der zu sprechen. Und mein Junge, der hat dabeigestanden und dieses Weibsstück angestrahlt, mit großen, seligen Augen – so wie früher, wenn er als Kind vor dem Weihnachtsbaum stand. Und gleich danach, da hat er sich Boxcalf-Leder besorgt, ganz teueres, weißes. Jeden Abend saß er dann in der Werkstatt, Stunde um Stunde, und hat der ein Paar Pumps gemacht. Handgefertigt, mit Perforations-Verzierung. Er kannte doch

jetzt ihre Schuhgröße genau. Es wurden echte Paradeschuhe!"
Die Schreibern begann heftig an ihrem Taschentuch zu zerren, während sie wiederholte: „Paradeschuhe wurden das! Er verpackte sie nachher in rosa Seidenpapier und schrieb oben auf den Karton: Als Zeichen meiner unendlichen Verehrung – ein unbekannter Verehrer! Ja, das hat er draufgeschrieben und es ihr mit der Post zugeschickt. Am nächsten Sonntag ist er sogar zur Messe in den Dom hinaufgegangen; sonst ging er seit seiner Schulentlassung nie mehr in die Kirche, soviel ich ihn auch bitten mochte. Er sagte, der Herrgott habe ihn ungerecht behandelt, weil er ihm ein zu schweres Kreuz aufgeladen habe.
An diesem Sonntag aber ging er hin, weil er nämlich wußte, daß diese Ausländerin manchmal in die Acht-Uhr-Messe ging. Ich mochte nicht mitgehen, er hat mich auch gar nicht dazu aufgefordert. Als er nachher wiederkam, da war er ganz aus dem Häuschen! Mutti, rief er mir schon von der Tür aus zu, denk dir, sie hat meine Schuhe angehabt! Und nach der Messe bin ich ihr auf dem Kleinen Domplatz begegnet. Da habe ich sie gegrüßt – und stell dir vor: Sie hat mir sofort gedankt und mich dabei angelächelt – mich! Er war so fröhlich, so ausgelassen, wie ich ihn vorher noch nie gesehen hatte!"
Sie verstummte, ein Schluchzen schüttelte ihren ausgemergelten Körper. Dann fuhr sie fort: „Am selben Tag noch ging er in unsere Nachbarschaft zu einem jungen Mann. Der hatte vor kurzem sein Abitur gemacht. Von dem ließ er sich alles sagen, was man zu so einem Abitur wissen muß. Und er kaufte dem auch gleich

einen ganzen Packen Bücher ab. Weitere Bücher holte er sich am nächsten Tag in einer Buchhandlung. Und danach saß er Abend für Abend bis in die späte Nacht hinein und lernte und rechnete und schrieb. Er wollte ja auch das Abitur machen und hinterher studieren. Sehen Sie her!" Sie hatte sich zur Überraschung der Kriminalbeamten jäh erhoben und bewegte sich erstaunlich leichtfüßig durch das Zimmer zu dem Regal in der Ecke, dessen Vorhang sie mit einer beinahe wilden Bewegung beiseite riß.

„Bücher! Bücher! Nichts als Bücher!" stieß sie hervor. Die beiden Beamten, die staunend nähertraten, fanden unter anderem eine Lateingrammatik, Caesars „Bellum Gallicum", ein „English Dictionary" neben Kletts „Einführung in die englische Sprache" und Broschüren mit Short Stories und einer dickleibigen, zweisprachigen Shakespeare-Ausgabe, Anleitungen zum Aufsatzschreiben, zwei Bände „Elemente der Mathematik" und noch weitere Bücher, teils neu, teils gebraucht, aus allen anderen Gymnasialfächern. Schreibhefte und Schnellhefter lagen ordentlich gestapelt daneben.

„Hiermit arbeitete Ihr Sohn?" fragte König voll Staunen, während er einige Bücher flüchtig in die Hand nahm. „Jeden Tag ohne Pause!" erwiderte die Schreibern, dann zog sie den geblümten Vorhang wieder vor. „Wenn er dabei mit etwas nicht klarkam, dann ging er in die Nachbarschaft zu dem jungen Mann und ließ es sich erklären. Meist aber versuchte er, es allein auszuknobeln." Sie ging zu ihrem Sofa zurück, nun wieder langsam und schwerfällig. „Er hat an das Ministerium nach Düsseldorf geschrieben", sagte sie, „und sich alle

Bestimmungen schicken lassen, die man für so ein Abitur beachten muß."
„Sagen Sie, Frau Schreiber", wollte König wissen, „unterzog sich Ihr Sohn diesen ungewöhnlichen Anstrengungen etwa mit Bezug auf Fräulein Santoz?"
„Natürlich, nur wegen der! Er meinte nämlich, wenn er erst studiert habe und Ingenieur geworden sei, dann werde sie nicht mehr auf seine verwachsene Gestalt achten. Pah! – Ganz versessen war er! Verhext! Ich konnte dagegen sagen, was ich wollte, er glaubte mir einfach nicht! Mutti, wies er mich dann jedesmal ab, das verstehst du nicht! Isabella ist ganz anders als alle die anderen Mädchen. – Aber meine Stunde kam!" rief sie aus, offenen Triumph in der Stimme. „Ich konnte ihm nämlich beweisen, daß diese Ausländerin keinen Pfifferling besser war als die anderen Flittchen allesamt!"
König überlief ein Schaudern. „Sie haben also Fräulein Santoz beobachtet?" – „O ja, das habe ich!" Aus der alten Stimme brach jäh ungeahnte Energie hervor. „Ich habe sie Abend für Abend belauert, bis ich endlich den Beweis hatte! Das war so in der zweiten Septemberhälfte. Sie kam von da ab nach dem Dienst entweder gar nicht in ihre Wohnung in der Hathumarstraße zurück, oder sie kam nur auf kurze Zeit und ging dann wieder weg. Ich bin ihr selbstverständlich an einem Abend nachgegangen, als sie ein paar Haltestellen weiter zum Bus ging, um in die Stadtheide hinauszufahren. Und etwas später, da bin ich ihr nachgefahren, und dann habe ich dort draußen gesehen, wie sie in einem der Siedlungshäuser verschwunden ist. Und sie ist auch erst am nächsten Morgen wieder herausgekommen..."

„Wollen Sie damit sagen, Sie hätten eine ganze Nacht im Freien zugebracht, um Fräulein Santoz zu beobachten?" unterbrach der Oberinspektor ungläubig. Assistent Wittmann blickte von seinem Notizbuch auf. „Nicht nur eine!" winkte die Schreibern ab, „viele, denn ich mußte ja herauskriegen, warum sie dort hinging." Als König nach der Adresse fragte, gab ihm die Schreibern das Haus der Kutschera an.
„Unten in dem Haus wohnt nur eine ältere Frau", fuhr die Schreibern fort, „sonst niemand – das hatte ich bald herausgebracht. Ich sagte mir deshalb: Jemand muß zu dieser Spanierin hinkommen. Und eines Nachts, da sah ich tatsächlich, wie ein Mann von der Rückseite an das Haus kam, durch den Wald und dann quer durch den Garten. Am nächsten Morgen, als es gerade dämmerte, da ist er wieder heimlich, still und leise im Wald verschwunden. Und bald ging auch sie und fuhr mit dem Bus in die Stadt zurück."
Oberinspektor König betrachtete die Frau, die alt und verfallen vor ihm saß, mit aufsteigendem Grauen. Welche Strapazen hatte sie auf sich genommen: die gehaßte Südländerin belauert – nächtelang hinter Buschwerk geduckt! Ihn fröstelte plötzlich.
„Haben Sie das alles Ihrem Sohn berichtet?" fragte er mit belegter Stimme. „Natürlich! Sofort! Aber er wollte es mir zunächst nicht glauben. Da habe ich ihn mit hinausgenommen in der nächsten und übernächsten Nacht, und da hat er es dann mit eigenen Augen gesehen!" – „Wie reagierte er darauf?"
Die Schreibern sah auf ihren Schoß hinab und schwieg. Erst als König seine Frage eindringlich wiederholte,

antwortete sie kaum verständlich: „Krank ist er geworden. Viele Wochen. Er hat im Bett gelegen mit Fieber und nur immer wirr geredet. Als er später wieder aufstehen konnte, da hat er alle seine Bücher genommen und dort hinter den Vorhang gesteckt. Er hat auch kein einziges davon nochmals in die Hand genommen."
Sie war verstummt. Im Zimmer lastete die Stille, man hörte nur das gepreßte Atemholen der Schreibern, die weiter auf ihre geballten Hände hinabstarrte. Ohne von einer Übereinstimmung zu wissen, dachte König dieselbe Frage, die am Abend vorher der Verleger Massenbach gegenüber dem Domvikar ausgesprochen hatte: „Schuld – Unschuld, wo liegt die Grenze zwischen ihnen?" Laut aber richtete er an sie die Frage: „Wann kam Ihr Sohn auf die Idee, Fräulein Santoz zu ermorden?"
Sie zuckte die Schultern, sah ihn unsicher an: „Ich weiß das nicht, ich weiß das wirklich nicht! Er hatte mir nämlich verboten, jemals wieder von dieser Ausländerin zu sprechen. Als ich einmal doch davon anfing, wurde er zornig und schrie und tobte, wie ich es noch nie erlebt hatte. Ich dachte, er würde mich schlagen – mich, seine Mutter! Von da ab wagte ich nicht mehr, ein Wort darüber zu sagen."
Sie zauderte einige Sekunden, dann sagte sie: „Ich glaube, nachdem der Arzt ihm erlaubt hatte, das Haus wieder zu verlassen, hat er sich in der Hathumarstraße und draußen in der Siedlung nach ihr erkundigt. Das wird so in der ersten oder zweiten Dezemberwoche gewesen sein. Aber da war die schon verschwunden. Ich habe mich nämlich auch umgehört und dabei erfahren, daß sie dorthin zurückgefahren war, wo sie hergekom-

men ist." Sie machte eine Pause, ehe sie hinzusetzte: „Er hoffte ständig, daß sie eines Tages wiederkommen werde!"

„Hat Ihr Sohn einen Werner Echtermeyer gekannt?" hakte der Oberinspektor schnell nach. „Echtermeyer?" die Frau sah ihn verständnislos an, „– wer soll das sein?" Als der Beamte ihr das Aussehen Echtermeyers beschrieb, schüttelte sie entschieden den Kopf: Der sei nicht bei ihrem Gerhard gewesen, niemals! Auch die Frage nach einer Bekanntschaft mit Dr. Lohse verneinte sie. „Mein Junge besaß so was wie einen sechsten Sinn", sagte sie, wobei ihre Stimme einen raunenden Klang annahm, „er konnte fühlen, wo und wann dieses Weibsstück kommt!"

Als König jedoch darauf bestand, der Gerhard müsse wenigstens einen konkreten Anhaltspunkt gehabt haben, gestand die Scheibern: „Es war doch Libori! Voriges Jahr haben wir gesehen, wie die im Europazug auf einem Pferd mitgeritten ist – in Männerhosen! Mein Junge konnte tagelang nicht aufhören, davon zu schwärmen. Nun, darum hat er halt gedacht, sie müßte jetzt kommen, weil sie dann wieder im Zug reiten würde."

„Und so nahm er das Gewehr, schlich sich hinaus und legte sich in der Parkanlage an der Michaelsgasse auf die Lauer, weil er ganz richtig erwartete, Fräulein Santoz werde in den Ükern zu ihren Verwandten gehen!" rief Oberinspektor König heftig aus. Er hatte sich in seiner Erregung erhoben und war einige Male im Zimmer auf und ab gegangen, bis es ihm gelang, sich wieder zu beruhigen.

„Warum haben Sie", fragte er, vor der Frau auf dem

Plüschsofa stehenbleibend, „nicht versucht, Ihren Sohn zurückzuhalten?" – „Ich habe doch nicht gewußt, daß er das Gewehr mitnahm, wenn er in den letzten Tagen abends ausging", verteidigte sie sich, „– ich habe das Ding überhaupt nur gesehen, als es der Kallweit meinem Jungen letztes Jahr zu Klein-Libori mitbrachte. Danach habe ich's nie mehr zu Gesicht bekommen, mein Gerhard hatte es nämlich hinten im Lager versteckt. Erst am Montagabend bin ich ihm nachgegangen, bei dem Gewitter, weil er schon am Samstag und Sonntag weggegangen war, ohne mir zu sagen, wohin. Das hat er sonst nie gemacht. An der Klosterpforte bin ich dann später dazugekommen, wie sie diese Ausländerin gerade drinnen auf eine Bank legten."

„Nur noch eine Frage, Frau Schreiber, dann soll es für heute genug sein: Warum ging Ihr Sohn an den letzten drei Abenden nach Dunkelwerden regelmäßig zum Ostfriedhof hinaus?" Die Frau begann schwer, fast keuchend, zu atmen. „Er hat's so tief bereut, was er getan hat", sagte sie so leise, daß beide Beamte Mühe hatten, das Gemurmel zu verstehen, „– ich dachte schon, er tut sich selbst was an. Er hat den ganzen Tag nichts weiter getan, als nur dazusitzen und vor sich hin zu stieren, ohne was zu essen oder zu trinken. Meist gab er mir keine Antwort, wenn ich zu ihm sprach. Nur am Abend, wenn es dunkel wurde, da ließ er sich nicht halten, da ist er zum Friedhof gelaufen. Er hat nämlich gemeint, sie müsse dort in der Leichenkapelle aufgebahrt werden. Und er wollte sie doch so gern noch einmal wiedersehen, nur noch ein einziges Mal!"

„Und am heutigen Abend, als er sich der erleuchteten

Kapelle näherte, da trat plötzlich aus der Tür eine Frau auf ihn zu, die täuschend der von ihm ermordeten glich!" vollendete König die Aussage. „Sie selbst, Frau Schreiber, haben sich ja nur wenig später ebenfalls geirrt. Ihr Sohn aber glaubte in seinem Schrecken, der durch sein quälendes Gewissen verdoppelt wurde, er habe die Tote vor sich und floh deshalb in kopflosem Entsetzen. Er geriet dabei vor den Wagen, der unglücklicherweise gerade in diesem Moment um die unübersichtliche Kurve bog." Der Oberinspektor erhob sich. Er unterließ es, angesichts der gebrochenen Frau von einer strafenden Gerechtigkeit zu sprechen.
Die Schreibern aber fragte, ohne ihren Kopf zu heben: „Werde ich jetzt eingesperrt?" – „Nein", erwiderte König, „Ihre Schuld liegt auf einer Ebene, für die unsere irdischen Gesetze nicht zuständig sind. Nur Sie selbst wissen, ob Sie jemals Ihrem Sohn durch ein Wort oder einen Hinweis den Gedanken an die Bluttat suggerierten. Wir werden allerdings nicht umhin können, Sie nochmals aufzusuchen, um Verschiedenes zu klären."
König dachte nach, dann fragte er: „Haben Sie jemanden, der Ihnen in den nächsten Tagen beistehen wird, bei den Beerdigungsangelegenheiten und so?" Ja, sagte die Schreibern, in Lippstadt wohne ihre Schwester. Die habe man vom Krankenhaus aus angerufen; sie werde morgen mit dem Frühzug kommen und alles regeln.
„Ist heute nacht niemand bei Ihnen?" Die Frau antwortete nicht, sah nur starr auf ihre Finger hinab, die begonnen hatten, erneut wie selbständig das Taschentuch zusammenzurollen und wieder glattzuziehen. Eine zweite Niobe, mußte König unwillkürlich denken.

„Ich werde drüben im Kloster Bescheid geben", sagte er, „man wird Ihnen gewiß für diese Nacht eine Schwester herüberschicken. Gute Nacht, Frau Schreiber!" Die beiden Kriminalbeamten gingen.

31

Mit der letzten Stunde dieses Tages neigte sich zugleich der Höhepunkt des großen Festes kirchlich-frommen Jenseitsbewußtseins und weltlich-ausgelassener Diesseitsfreudigkeit dem Ende zu.
Zwar stand für den morgigen Abend noch das imposante Feuerwerk im Paderquellgebiet auf dem Programm, zwar würde morgen noch einmal die schillernde Scheinwelt auf dem Liboriberg zum Leben erwachen, würde bei Einbruch der Dunkelheit vor dem neuen Rathaus bei Fackelschein eine Musikband aus Le Mans der Jugend zum Tanz aufspielen (und die Birgit würde dann keinen Tanz auslassen, um den ersten Liebeskummer ihres Lebens zu vergessen) – aber das alles würde nur noch wie ein Nachhall der prächtigen, freudvollen Tage erscheinen, durchdrungen vom Wissen um das Ende.
Allem Genuß, aller Lustigkeit würde ein Beigeschmack unbewußter Wehmut anhaften; und jedes Vergnügen, wo immer es in der Paderstadt auch stattfinden mochte, würde eigentlich nur noch ein Kehraus der Freude sein. Und übermorgen, wenn die letzten Gäste abgereist waren, wenn auf dem Liboriberg Rummelbuden und Vergnügungsapparate zerlegt und auf Lastwagen verladen wurden – da würden die Kehrmaschinen des

städtischen Reinigungsamtes zusammen mit heruntergerissenen roten, blauen und grünen Papiergirlanden, mit zerfetzten Losnieten, mit leergeschleckten Eiswaffeltüten und mit einem zertretenen Lebkuchenherz in schmutzig-rotem Stanniol-Papier schon hier und da die allerersten welken Blätter auffegen – wohl noch vereinzelt, aber letztlich doch eine unübersehbare Mahnung!
Später – die Baumzeilen auf dem alten Wall rund um die Altstadt und die mächtigen Kastanien in der Allee zum Schützenplatz flammten schon über und über gelb und rot und weinfarben – führte der Verleger Massenbach seinen ernstblickenden, vornehmen Gast aus Spanien über den Ostfriedhof zum Erbbegräbnis der Familie Massenbach. Da begegnete ihnen in einem Seitengang zwischen den Grabreihen eine gebückte, schwarzgekleidete Frauengestalt, die ein weites, fransenbesetztes Umschlagtuch um Kopf und Schultern geschlungen trug.
Die Frau warf den beiden Herren zuerst nur einen stumpfen Blick aus glanzlosen Augen zu. Dann aber erkannte sie den Verleger! Sie zischte etwas, das Massenbach nicht verstand, aber es klang in seinen Ohren wie eine Verwünschung oder ein Fluch! Im nächsten Augenblick hatte sie sich wie ein unheimlicher Schatten aus einer anderen Welt seitwärts hinter eine Hecke aus Lebensbäumen gedrückt! Nur ein paar Zweige schwankten noch leise.

32

„Obwohl Isabella und ich Zwillingsschwestern waren", sagte Anna, „besaßen wir einige stark voneinander abweichende Charakterzüge." Sie saßen zu dritt im Arbeitszimmer des Domvikars um den runden Tisch, und wieder warf die Stehlampe mit dem dunkelgelben Schirm ihr gedämpftes, warmes Licht auf die Sesselgruppe.

Vorhin, als Anna und Alvarez geschellt hatten, unsicher und verlegen sowohl wegen ihres Anliegens wie wegen der späten Stunde, da war ihnen Lückes sofort in seiner gewohnten netten Weise begegnet. Er hatte sie ohne Zögern hereingebeten und, ohne seine Haushälterin deswegen zu wecken, selbst aus Weißwein und Mineralwasser eine Schorle gemixt. Dazu hatte er eine Glasschale mit leichtem, zu dem kühlen Getränk passenden Käsegebäck auf den Tisch gestellt. Danach hatte er dem Wunsch der Spanierin entsprochen und ihr die Vorgänge vom Montagabend ausführlich geschildert – so, wie er sie persönlich an der Pforte des Michaelsklosters erlebt hatte.

Nun stand die Südländerin im Begriff, den Schleier, der noch immer das Handeln ihrer Schwester wie ihr eigenes verhüllte, zu lüften. „Bereits im Internat, das von Ordensschwestern geleitet wurde und in dem wir uns beide von unserem neunten Lebensjahr an befanden, seit dem frühen Tod unserer Mutter, fügte sich Isabella schneller als ich in die Heimordnung, zeigte allerdings auch die Neigung, die Gebote des Hauses nicht so ernst zu nehmen. Sie war impulsiver als ich, dabei freilich auch weit stärker Augenblicksstimmungen und Gefühlswandlungen ausgesetzt. Sie vermochte Freude tiefer auszukosten, litt aber auch heftiger an Widerwärtigem.

Unsere schönsten Stunden erlebten wir während unserer Schulzeit wie auch später im Studium bei unseren Großeltern mütterlicherseits, die ein Landgut nicht weit von Salamanca bewirtschaften. Bei ihnen durften wir nämlich regelmäßig unsere Ferien verbringen. Großvater hatte sich wohl ursprünglich einen Enkelsohn gewünscht, er söhnte sich aber bald mit Isabellas und meiner Existenz aus. Dafür brachte er uns Reiten und Schießen bei und noch allerlei Dinge, die sonst nur Buben treiben!

Nach unserem Examen blieb ich auf Anregung eines Professors hin weiter an der Universität, während Isabella sofort in die Praxis strebte. Damit verband sich bei ihr der Wunsch, wenigstens für eine gewisse Zeitspanne im Ausland zu leben, vor allem hier, in Deutschland, mit dessen Sprache und Literatur sie sich ja intensiv befaßt hatte. Es gelang ihr ja tatsächlich, ihr Vorhaben durchzusetzen – gegen den Willen unseres Vaters." Sie verstummte, nahm gedankenverloren ihr Glas und nippte an dem erfrischenden Getränk.

„Ich mache mir die größten Vorwürfe, daß ich damals als Vermittler fungierte und Isabellas Wünsche förderte", sagte Alvarez, der bisher geschwiegen hatte, mit bedrückter Miene. Anna schüttelte den Kopf: „Du solltest das nicht tun, denn hättest du ihr nicht das Herkommen ermöglicht, so würde sie bestimmt andere Mittel und Wege gefunden haben. Ihr Energievorrat konnte, wenn sie etwas partout wollte, enorm sein!"

„Warum stellte sich Ihr Herr Vater gegen den Aufenthalt Ihrer Schwester in Deutschland?" fragte Domvikar Lückes. Einige Sekunden schien die Spanierin mit sich zu ringen, dann erklärte sie: „Vater ist ein sehr strenger Mann. Er besitzt, nach deutschen Maßstäben, den Rang eines Oberstaatsanwaltes am Hohen Gericht zu Madrid. Seine unumstößliche Maxime lautet, die Ideale seines Berufes müßten sich mit seiner privaten Lebensführung decken. Jede Abweichung, sei sie auch nur geringfügig, wertet er als Vergehen. So glaubte er, Isabella werde in der Fremde leicht altkastilianische Zucht und Ordnung vergessen."

Sie mußte einen plötzlichen Schmerz, der ihr in der Kehle aufstieg, erst krampfhaft unterdrücken, ehe sie fortfahren konnte: „Als Isabella im vergangenen Dezember heimkehrte und Vater gestand, daß sie ein Kind erwarte, dessen Vater ein verheirateter Mann sei, da hat er", Anna mußte zweimal zum Weitersprechen ansetzen, so heftig zitterte ihre Stimme, „da hat er sie von seinem Angesicht verbannt und ihr verboten, jemals wieder die Schwelle seines Hauses zu überschreiten! Er blieb bei seinem Spruch, so inständig wir beide, meine Schwester und ich, ihn auch um Nachsicht anflehen mochten! Ja, mir untersagte er jeden Kontakt mit meiner eigenen Schwester! Hierin jedoch", sagte sie mit fester Stimme, „habe ich ihm den Gehorsam verweigert, zum ersten Mal in meinem Leben! Ich besuchte Isabella, sooft ich nur konnte, als sie bei unseren Großeltern sofortige und liebevolle Aufnahme gefunden hatte."

„Beabsichtigte Ihre Schwester, nach der Niederkunft

wieder nach Paderborn zurückzukehren?" fragte der Domvikar. „Wie ich hörte, hielt ihr der Massenbach-Verlag die Stellung im Betrieb offen." – „Anfänglich glaubte Isabella an eine Rückkehr", erwiderte Anna – sie nahm ein Stückchen des leichten Gebäcks, behielt es aber in der Hand, ohne davon zu kosten, „allerdings nicht hierher, sondern irgendwo nach Süddeutschland. Sie glaubte ja in den ersten Monaten noch fest daran, der Vater ihres Kindes, ein Dr. Lohse (Lückes zuckte überrascht zusammen, dann nickte er vor sich hin) werde sein Wort einlösen, das heißt: Isabella heiraten und mit ihr an einem anderen Ort eine neue Existenz aufbauen. Das hat sie mir wieder und wieder versichert. Als aber die Zeit verging und lediglich vertröstende Briefe von ihm kamen, ohne daß irgend etwas Entscheidendes geschah, da erkannte sie, daß man sie zum zweiten Male betrogen habe. Sie litt fürchterlich unter dieser Erkenntnis", setzte sie beinahe flüsternd hinzu.

„Hatte Ihnen Ihre Schwester alles erzählt, was sich vordem hier zugetragen hatte?" – „Ja, alles! In ihrer grenzenlosen Verzweiflung vertraute sie sich mir rückhaltlos an."

Nach kurzem Nachdenken sagte der Domvikar: „Was mir noch unklar ist: Warum kamen sowohl Sie selbst wie auch Ihre unglückliche Schwester am Montag nach Paderborn – und zwar getrennt?"

„Isabella wußte nichts von meiner Fahrt", erklärte Anna. Dann begann sie zu berichten: „Am vergangenen Samstagmittag erwartete mich zu meiner Überraschung Isabella in der Eingangshalle des Vorlesungsgebäudes. Sogleich, als ich sie dort stehen sah, halb hinter einer

Säule verborgen, ahnte ich, daß etwas nicht in Ordnung sei. Wir gingen in ein kleines, hinter der Universität gelegenes Café, das an der Hinterwand mehrere Nischen für Pärchen besitzt und von der akademischen Jugend gern aufgesucht wird. Dort zeigte mir Isabella einen Brief, den sie von einem gewissen Echtermeyer aus Paderborn erhalten hatte – und einige Fotos. Es war ein gemeiner Brief, in dem jener Echtermeyer – ein ehemaliger Angestellter des Verlages – drohte, den Verleger Massenbach wegen seiner intimen Beziehungen zu meiner Schwester erst vor Gericht zu bringen und dann die Abzüge dieser Fotos der Presse zuzuspielen. Wenn Isabella das verhindern wolle, sollte sie hierherkommen.
Ich hielt das ganze für ein elendes Geschmiere und riet Isabella zunächst, den Erpresser zu ignorieren. Sie war jedoch fürchterlich erregt und weinte, so daß ich alle Mühe aufwenden mußte, sie zu trösten. Als ich ihr sagte, sie solle den Brief der Polizei übergeben, lehnte sie das entschieden ab, weil dadurch doch etwas bekannt werden könnte und so Massenbachs Ruf ruiniert würde. Auch meiner Ansicht, gerade Massenbach verdiene keine Schonung von ihrer Seite, widersprach sie heftig: Sie gestand schließlich, daß sie ihn trotz allem nie vergessen könne."
Beide Männer wagten nicht zu sprechen, als das Mädchen mit abwesendem Blick seine Schilderung unterbrach. Sie schien weit, weit fort zu sein. Erst nach einer Weile kehrte Anna in die Gegenwart zurück und fuhr fort, jetzt aber gequält: „Über das, was ich darauffolgend tat, mache ich mir selbst die schwersten Vorwürfe. Ich beharrte nämlich auf meiner Meinung,

Massenbach verdiene keine Hilfe von meiner Schwester. Ich brachte Isabella nachher wohl noch zum Bahnhof, wo ich ihr versprach, am Montag zu den Großeltern hinauszukommen – mehr tat ich leider nicht. Ich befand mich unglücklicherweise gerade am letzten Wochenende, teils wegen einer feierlichen Universitätsangelegenheit am Abend des Samstages, teils wegen Gästen am nächsten Mittag in unserem Haus, in großer Zeitknappheit.

In den folgenden Stunden vermochte ich, trotz aller Bemühungen, mich nicht mehr mit den schmutzigen Drohungen zu befassen, eine peinigende Unruhe nicht zu unterdrücken. Noch spät am Samstagabend rief ich deshalb Isabella an. Meine Schwester war selbst am Apparat, und sie sagte mir, ich solle mir keine Sorgen um sie machen. Was sie noch weiter redete, weiß ich nicht mehr – aber sie wirkte so eigenartig dabei, so unerklärlich fern, daß ich eigentlich noch stärker beunruhigt war als vor dem Gespräch. Darum ergriff ich am Sonntag nach dem Mittagessen die erste sich mir bietende Gelegenheit, um mit dem Wagen zum Anwesen der Großeltern hinauszufahren. Dort angekommen, hörte ich, Isabella sei bereits am frühen Morgen weggefahren – nach Burgos, zu einer ehemaligen Kommilitonin. Sie wolle vier oder fünf Tage da bleiben, sagte Großmutter.

Merkwürdigerweise dämpfte diese Mitteilung meine Unruhe nicht, im Gegenteil! Als sich mir die Möglichkeit bot, allein Isabellas Zimmer zu betreten, durchsuchte ich sofort eilig den Raum. Und tatsächlich fand ich dabei in einem Buch verborgen das, was ich gesucht hatte: den Brief! Allerdings vermochte ich das dazugehörende Kuvert nirgends zu entdecken. Wieder – wie bereits am Vortag – erbitterte mich beim Lesen die boshafte, freche Manier dieses Schuftes, der meiner Schwester deutlich zeigte, wie sehr sie ihm und seinen erpresserischen Plänen ausgeliefert sei – und das auch künftig bleiben werde. Irgendwann, während ich diese Zeilen überflog, überfiel mich plötzlich die Idee, an Stelle meiner Schwester dem Lumpen gegenüberzutreten. Natürlich wollte ich mich nicht zu seinen Betrügereien mißbrauchen lassen, sondern den Versuch machen, ihm das Handwerk zu legen. So nahm ich kurz entschlossen den Brief an mich, da er die exakten Angaben über Zeitpunkt und Ort des Treffens enthielt."

„Am nächsten Morgen", fuhr sie fort, „erhielt ich mit etwas Glück einen Platz in der nach Paris bestimmten Maschine. Meinem Vater gegenüber erklärte ich es damit, daß ich Forschungsmaterialien aus einem Archiv in Barcelona suche (was übrigens schon vorgekommen war), meinem Professor teilte ich schriftlich mit, daß ich leider für einige Tage das Bett hüten müsse. Von Paris bekam ich prompt Anschluß nach Düsseldorf, und dort bestieg ich am Spätnachmittag den D-Zug nach Paderborn. Wenige Minuten nach 20 Uhr lief dann der Zug hier ein."

„Soweit die Polizei bisher ermitteln konnte", fiel Alvarez aufgeregt ein, „müßte Isabella mit demselben Zug gefahren sein." – Das sei nicht auszuschließen, erklärte Anna, „es herrschte ein arges Gedränge in allen Wagen, sogar in den Gängen saßen und standen Reisende. Die meisten von ihnen stiegen dann hier aus, so daß ich große Mühe hatte, durch das Gewühl aus dem Bahnhof zu gelangen und den richtigen Autobus zu finden." Wahrscheinlich habe es sich hauptsächlich um Festteilnehmer gehandelt, bemerkte der Domvikar. Rein gewohnheitsmäßig wollte er zur Pfeife greifen, besann sich aber und zog seine Hand wieder zurück. Die Spanierin zögerte jetzt offensichtlich, wie es dem Geistlichen vorkam, bevor sie weitersprach: „Da mir aus den sehr ausführlichen Schilderungen Isabellas die Mansardenwohnung draußen in der Stadtheide bekannt war wie alle damit zusammenhängenden Umstände, fuhr ich ohne Säumen dorthin. Ich hatte mir sofort bei meiner Ankunft an einem Kiosk am Bahnhof eine Stadtkarte gekauft, so fand ich mich leichter zurecht. Diese kleine Wohnung bot mir eine sichere Bleibe, denn ich hatte nicht vor, euch", sagte sie zu dem wortlos lauschenden Alvarez gewandt, „mit in diese schmutzige Erpressergeschichte hineinzuziehen."

Da sie nicht weiterberichtete, sagte Lückes: „Sie gaben sich also wegen der dringend benötigten Unterkunft bei der Frau Kutschera als Isabella aus? Taten Sie das auch anderen Personen gegenüber?" Sie sah ihn nicht an, als sie antwortete: „Ich wollte ja von Echtermeyer die Herausgabe der Fotos erzwingen, und das ging am einfachsten in der Rolle Isabellas. Da ich nicht wußte, ob er nicht etwa das Haus der Kutschera beobachte oder beobachten lasse, spielte ich vorsichtshalber meine Rolle überall. Mein Vorhaben mit dem Erpresser", sagte sie mit einem Lächeln, in dem ganz unvermittelt eine Spur jugendlicher Ausgelassenheit mitschwang, „ist mir am heutigen Abend tatsächlich gelungen!"

Rasch wieder ernst werdend, setzte sie ihren Bericht fort: „Was in mir nur die Unruhe der Vortage erneut weckte, war die Nachricht, Isabella sei inzwischen weder in Burgos angekommen noch zu den Großeltern zurückgekehrt. Ich habe nämlich gestern durch Fernvermittlung vom Postamt aus zweimal mit Großvater telefoniert. Er hatte vorher die bewußte Kommilitonin in Burgos angerufen, mehrere Male, aber stets mit demselben negativen Ergebnis: Isabella war und blieb verschollen! Großvater erwog deshalb ernstlich, am heutigen Tag sowohl meinen Vater als auch die spanische Polizei zu verständigen, während ich mich an die deutsche wenden wollte. In mir begann ein Verdacht zur Gewißheit zu werden: Ich wußte plötzlich, daß Isabella auf dem Wege hierher sein mußte!"
„Heute morgen jedoch", sie mußte gegen Tränen ankämpfen, „bekam ich durch einen Zufall die Zeitung der Frau Kutschera in die Hand. Und da las ich von dem Mord an einer jungen Südländerin in der Michaelsgasse. Obwohl in dem Bericht weder ein Name angegeben wurde noch eine Personenbeschreibung erfolgte, wußte ich fast augenblicklich mit unumstößlicher Gewißheit, daß es sich bei der Ermordeten um meine Schwester handele." Ihr Anruf bei der Familie Alvarez habe dann ihre entsetzliche Befürchtung bestätigt.
Der Spanier bestätigte das, fügte darauf aber noch erklärend hinzu: „Uns hatte die Polizei aufgesucht." Seine Frau wie auch er hätten dann Anna dringend geraten, nachdem sie von ihrer Anwesenheit unterrichtet gewesen seien und sie zu sich geholt hätten, noch am heutigen Abend die Rückreise nach Madrid anzutreten!

Als der Domvikar ihn fragend ansah, erklärte er: „Wie die Kriminalbeamten uns versicherten, hatten sie mittlerweile Beweise, daß dieser Echtermeyer den Mord nicht begangen haben könne. Aus diesem Grunde sagte ich mir: Es muß die Tat eines Wahnsinnigen gewesen sein, und das heißt, irgendwo in der Stadt muß noch dieser wahnsinnige Mörder herumlaufen! Da wir nicht das Allergeringste über die Motive zu seiner Tat wissen, fürchteten wir, ob nicht etwa die übergroße Ähnlichkeit Annas mit ihrer Schwester diesen Menschen zu einer neuen Gewalttat veranlassen könne. Daß unser Vorhaben mißlang – ich meine, daß es Anna nicht möglich wurde, wie geplant abzureisen –, lag an dem Unfall."
„Unfall?" fragte der Domvikar, sich erstaunt vorbeugend, „was für einen Unfall meinen Sie?"
Alvarez erzählte dem entsetzt zuhörenden geistlichen Herrn, was sich vor dem Ostfriedhof ereignet hatte. „Die Schreibern –", murmelte Lückes, während er mit einem derart erschrockenen Gesichtsausdruck seinen Blick vor sich auf den Tisch gerichtet hielt, als sähe er dort jäh ein Gespenst. Durch seinen Kopf aber wirbelten die Gedanken: Sie war an der Klosterpforte, gleich nachdem es geschah; sie strich gestern nacht um den Park, als jemand drüben an der kleinen Brücke steckte!
Dann aber fand sich Lückes, trat an seinen Schreibtisch, auf dem das Telefon stand, und wählte die Nummer des Krankenhauses. „Der junge Mann ist tot", sagte er mit großem Ernst, als er sich seinen Besuchern wieder zuwandte, und gedankenvoll setzte er hinzu: „Ich habe ihn gekannt, sogar ziemlich gut, da er während seiner beiden letzten Schuljahre am Religionsunterricht

teilnahm, den ich hielt. Ein seltsam verschlossener Mensch!"

„Er war es!" sagte Anna plötzlich; sie sah keinen der beiden Männer an, sie erschien vielmehr wie entrückt, doch waren ihre Worte deutlich zu verstehen: „Ich weiß nicht, welche Verbindung zwischen meiner Schwester und ihm bestand, sie hat ihn merkwürdigerweise nie erwähnt, aber es gab eine Verbindung – das bestätigte auch der Polizeibeamte." Sie schwieg, darum wiederholte an ihrer Stelle Alvarez, was Oberinspektor König angedeutet hatte.

„Wir kennen noch nicht den Anlaß zu der Bluttat", sagte Anna dann – ihre Stimme bebte nun heftiger als vordem, und ihre schönen großen Augen füllten sich mit Tränen –, „aber ich habe dunkel in meinem Herzen gespürt, daß er der Mörder meiner Schwester gewesen sein müsse, als er in seinem Blut vor mir lag, bei meinem Anblick entsetzlich erschrak und den Namen Isabellas flüsterte. Ich habe es geahnt!" Und nach einer kleinen Weile setzte sie ganz leise die uralte, erlösende Formel hinzu: „Requiescat in pace!" Ihre Stimme erstarb.

In die Stille, die ihren Worten folgte, fielen vom Domturm herab zwölf volle Schläge, allerdings gedämpft durch die geschlossenen Fenster und die vorgezogenen Übergardinen in Braun und Ocker. Alvarez zählte unhörbar mit, dann erhob er sich mit erschrockenem Gesicht und bat Lückes, zu entschuldigen, daß sie ihm so aufdringlich lange zur Last gefallen seien. Bevor jedoch der geistliche Herr die Entschuldigungen abzuwehren vermochte, sagte ganz unerwartet Anna: „Bitte, Padre, gewähren Sie mir noch einige Minuten Gehör – bitte!"

Sie trug ihr Anliegen in so drängendem Tonfall vor, daß Lückes – ihre seelische Not unvermittelt fühlend – sofort einwilligte. Zu Alvarez gewandt, bat Anna: „Laß mich bitte mit dem Padre allein sprechen! Es wird nicht lange dauern."

Dann, nachdem Alvarez ihr gesagt hatte, er werde draußen am Park auf sie warten, und sich höflich von Lückes verabschiedet hatte, sagte Anna zu dem Domvikar: „Ich habe vorhin nicht die volle Wahrheit gesagt, ich habe etwas Wichtiges verschwiegen –." Sie brach ab und sah den geistlichen Herrn mit einer gewissen Scheu an. Der aber sagte ruhig und gütig: „Sie können mir alles anvertrauen, was Ihr Herz bedrückt. Was immer Sie mir auch sagen mögen, es soll alles unter dem Siegel des Beichtgeheimnisses in meiner Brust verschlossen bleiben!" – „Ich danke Ihnen!" sagte sie mit sichtlicher Erleichterung.

Der Domvikar bemerkte, daß die Südländerin jetzt sehr stark erregt war: Ihr Atem ging heftiger, in ihre Augen war ein fiebriger Glanz getreten, und auf ihren vordem blassen Wangen zeichneten sich zwei hektische rote Flecke ab. „Ich kann dem Mörder meiner Schwester nicht fluchen", begann sie, und Lückes hörte aus den Worten ein nervöses Vibrieren, „denn ich kam hierher in der Absicht, Ähnliches zu tun."

„Ich nannte vorhin einen Grund, der mich in diese Stadt führte; ich hatte aber noch einen zweiten. Als ich am Sonntagabend das Haus meiner Großeltern verließ, da hatte ich in einem günstigen Augenblick Großvaters alten Armeerevolver aus der Vitrine genommen..."

„Sie wollten töten?" unterbrach sie Lückes entsetzt.

„Ja!" stieß sie heiß hervor, „ich wollte die Männer zur Verantwortung ziehen, die meine Schwester so gewissenlos belogen und betrogen hatten! Es ging Isabella nicht darum, wegen einiger Nächte geheiratet zu werden. Das wäre läppisch! Es ging ihr darum, daß ihre Liebe, ihr Selbst, auf erbärmliche Weise geschändet worden war! Ich aber kam auch hierher, um jene Verräter zu bestrafen!"
Sie schwieg einige Sekunden nach diesem elementaren Ausbruch – auch der Geistliche vermochte unter der Wucht ihrer Anklage nichts zu erwidern –, dann erklärte sie gefaßter: „Es sollte keine Rache sein, sondern eine Strafe. Wenn Sie die Qual, die seelische Folter gesehen, miterlebt, mitgefühlt hätten, die Isabella erlitt, so würden Sie vielleicht meinen grenzenlosen Zorn verstehen können." – „Wo ist die Waffe jetzt?" Anna erwiderte, der Oberinspektor habe sie an sich genommen.
„Warum haben Sie Ihr Vorhaben nicht ausgeführt?" fragte der Domvikar, der sich wieder gesammelt hatte. Das Mädchen hob den Blick und schaute dem geistlichen Herrn in die Augen. „Ich wollte es", sagte sie, „aber ich fand ganz unerwartet nicht die Kraft, das zu tun." Sie erzählte hierauf, daß sie am gestrigen Abend am Liboriberg einen jungen Mann aus der Nachbarschaft der Kutschera getroffen habe, der offenbar bereits heftig in ihre Schwester verliebt gewesen sei und der jetzt sie – Anna – wie alle anderen für Isabella hielt. „Mit ihm bin ich über den Festplatz gegangen. Ich wollte mich auf diese Weise etwas beruhigen, denn ich war gerade von einem Weg zurückgekommen, auf dem ich Lohses Haus erkundet hatte. Ich wollte meine

Tat sorgfältig vorbereiten und nichts dem Zufall überlassen." Dabei habe sie ihn tatsächlich gesehen, diesen Dr. Lohse, wie er an seinem Schreibtisch saß. Ehe sie aber einen Entschluß habe fassen können, sei ein Auto auf das Haus zugekommen, so daß sie sich habe schnell zurückziehen müssen.

„Auf dem Vergnügungspark entdeckte ich einen Stand mit Luftgewehren", berichtete sie weiter, „Sie verstehen, man kann dort auf schwebende bunte Ballone schießen." Da Lückes nickte, fuhr das Mädchen fort: „Ich konnte nicht widerstehen, mich überfiel es wie ein magischer Zwang: Ich mußte eine dieser Büchsen nehmen und schießen! Was ich aber vor mir im Visier sah, das waren keine roten oder blauen Ballone, sondern menschliche Köpfe", flüsterte sie schaudernd, „Köpfe, versehen mit den Gesichtern der zwei gehaßten Männer! Ich schoß auf sie, wieder und wieder! Als ich jedoch den letzten Schuß abgegeben hatte, da wußte ich, daß ich niemals würde auf einen Menschen schießen können."

Sie verstummte erschöpft, senkte den Blick, die brennenden roten Flecke auf ihren Wangen erloschen.

Domvikar Lückes überdachte lange und sorgfältig das, was sie ihm gestanden hatte, dann sagte er: „Sie haben sich ein Amt anmaßen wollen, für das weder die Fähigkeiten unseres Verstandes noch die Kräfte unseres Herzens ausreichen. Wir sind Menschen – darum sind unser Denken, unser Wollen, unser Fühlen in jene engen Grenzen gebannt, die uns unsere menschliche Natur setzt. Wer von uns könnte es letztlich wagen, einen Spruch über das zu fällen, was Ihre Schwester Isabella tat, was jene Männer taten – diesen unerklär-

baren Widerspruch aus Wollen und Tun? Wo wäre da ein Anfang, wo ein Ende des Schuldigseins?"
Er unterbrach sich selbst einen Moment, dann sagte er langsam und schwer: „Ist nicht eigentlich unsere gesamte Existenz in ihrem Dualismus, in ihrem Gegensatz aus Fleisch und Geist der größte Widerspruch? Ein Widerspruch, den einzig die Kräfte der Seele überwinden können!"
Als er schwieg, sagte Anna leise, unendlich bedrückt: „Erscheint Isabellas Leiden und Sterben so nicht sinnlos?" „Nein!" widersprach Lückes, „nichts, was in unserer Welt auch geschehen mag, ist vollkommen sinnlos! Wir vermögen es zwar zu dieser Stunde noch nicht zu erkennen, aber glauben Sie mir: Isabella starb nicht vergebens!"
Und nach einer kleinen Weile setzte er hinzu, da die Spanierin noch immer schwieg: „Vielleicht starb sie, damit ihr Tod gleich einem Charisma diejenigen läutere, die um sie in Sünde verfallen sind! Auch Sie selbst, denn vielleicht", sagte er zögernd, „sollte es ein Zeichen sein, daß gerade Sie – die kam, um zu töten – dem Mörder Ihrer Schwester in seiner letzten Stunde den Samariterdienst erwiesen. Tun Sie darum Haß und Feindschaft und das Verlangen nach Rache und Vergeltung ab!"
Anna hatte seinen Worten still mit gesenktem Kopf gelauscht. Nun stand sie auf und reichte dem Domvikar ihre Hand. „Noch ist es ein Vorsatz", sagte sie dabei, „aber ich werde mich mit allen meinen Kräften bemühen, ihn in mir wachsen zu lassen. Ich danke Ihnen, Padre!"

Domvikar Lückes hörte, daß aus ihrer Stimme die quälende, hoffnungslose Trauer gewichen war. Er behielt ihre schmale, kühle Rechte in seiner Hand und sagte: „Wenn wir selbst nicht vergeben, wie könnten wir dann für uns auf Vergebung hoffen." – „Ich werde an Ihre Worte denken!" versprach sie leise, aber fest.

Lückes geleitete Anna hinaus. Ein frischer Windhauch strich die Michaelsgasse hinab und ließ die Baumkronen im Park sanft rauschen. Die Wolkendecke war mittlerweile vom samtblauen Nachthimmel verschwunden, so daß man jetzt selbst in den stillen, verlassenen Straßen und Gassen der Altstadt das Flimmern der größeren Sterne wahrzunehmen vermochte: Mit weitgebreiteten Schwingen schwebte der „Schwan" über dem Dom. Noch hatte die Nacht ihren Kulminationspunkt kaum um die Spanne einer knappen Stunde überschritten, doch wehte schon mit der Kühle des Ostwindes ein Ahnen des kommenden Tages heran – kaum spürbar, aber dennoch unleugbar vorhanden.

„Ich danke Ihnen nochmals!" verabschiedete sich die Südländerin von dem Priester, dann wies sie die Gasse abwärts: „Da vorn wartet Señor Alvarez auf mich." Domvikar Lückes blieb noch vor der Tür stehen und schaute ihr nach, wie sie davonging. Und ganz plötzlich fiel ihm ungewollt das Gebet des heiligen Franz von Assisi bruchstückhaft ein: „Der Herr ... wende dir sein Antlitz zu und habe mit dir Erbarmen ... Er blicke dich an und gebe dir Frieden!"

33

Als Anna zu dem kleinen, kopfsteingepflasterten Platz vor der Brücke zum Park kam, fand sie dort außer dem Erwarteten noch eine zweite Männergestalt und, ein wenig zur Seite abgestellt, einen kleineren Personenwagen.

Da die Spanierin verunsichert stehenblieb, trat jene zweite Gestalt eilig auf sie zu und rief aus: „Isabella! Endlich habe ich Sie gefunden!" – Gleich darauf besann sich der junge Mann und verbesserte sich unsicher: „Ich meine natürlich Fräulein Anna!" – „Eberhard! Was machen Sie hier?" fragte sie erstaunt. „Ich habe Sie gesucht, seit Stunden!" antwortete der Bursche (ihm selbst kam es vor, als seien es Tage gewesen) – er habe erst über den Hausmeister der Ausländerschule die Wohnung der Familie Alvarez gefunden und dort mit viel Mühe herausgebracht, wo er sie – Anna – finden könne.

Und dann konnte Eberhard es nicht länger zurückhalten, und er sprudelte hemmungslos alles heraus, was ihn ihretwegen gepeinigt hatte, alle seine Ängste und Nöte! Und schließlich gestand er ihr auch seine Absicht, mit ihr davonzufahren und sie auf einem einsamen Gehöft am Fuße der Alpen vor der Polizei zu verbergen.

„Das wollten Sie für mich tun?" fragte Anna halb ungläubig, halb staunend. Eberhard nickte nur wortlos, aber seine leuchtenden Augen sprachen desto deutlicher. „Danke, Eberhard!" flüsterte sie und legte plötzlich für einen winzigen Augenblick ihre Wange in einer unsagbar zarten Gebärde liebkosend an die seine. Er wagte kaum zu atmen.

Dann standen sie voreinander, sahen sich an – schwiegen. Beide schienen die Gegenwart des sich schweigend im Hintergrund haltenden Mannes vergessen zu haben. Aber unvermittelt sagte der junge Mann (und sie hörte aus dem Klang seiner Stimme, wie abgrundtief seine Enttäuschung war): „Wie mir Herr Alvarez sagte, bedürften Sie nun meiner Hilfe nicht mehr – auch würden Sie bald, sehr bald in Ihre Heimat zurückkehren." Und da vermochte er sich nicht länger zu zügeln. „Bleiben Sie!" rief er ungestüm in seinem jugendlichen Überschwange, während er ihre beiden Hände faßte, „bitte, bleiben Sie!"

Anna sah ihn groß und ernst an, dann fragte sie: „Wissen Sie ganz sicher, wen Sie wirklich lieben: Isabella oder Anna?" Er schwieg verwirrt. Sie entzog ihm sanft ihre Hände. „Es war Isabella, die Sie in mir suchten und auch zu finden glaubten – nicht Anna." Als er protestieren wollte, sagte sie: „Versuchen Sie zu ergründen, wem Ihre Neigung wirklich gilt!"

Da er noch immer schwieg, sie nur stumm und elend ansah, fügte sie hinzu: „Es wäre für uns beide unmöglich, wollte ich jetzt bleiben. Beenden Sie Ihre Schule, Eberhard, und wenn Sie dann wissen, welchen Weg Sie in Ihre berufliche Zukunft einschlagen werden – und wenn Sie dann noch immer glauben, daß tatsächlich Anna Ihre Liebe bestimmt ist, dann lassen Sie sich von Señor Alvarez meine Adresse geben..." – „Wann wird das sein?!" unterbrach er sie verzweifelt. „Wie leicht können Sie bis dahin an einen anderen Mann vergeben sein!"

„Ein alter Volksglaube meiner Heimat sagt", wider-

sprach die Spanierin, „wenn zwei Menschen füreinander bestimmt sind, dann finden sie zusammen – wann und wo das auch sein mag! Wir wollen daran glauben!"
Sie ging zu Alvarez. Nach einigen Schritten wandte sie sich allerdings noch einmal um und sagte leise, und ein Hauch Zartheit und ein Hauch Wehmut schwangen mit: „Adiós!"
Eberhard wollte ihr impulsiv nachstürzen, sie festhalten, ganz, ganz fest, um sie nie mehr loszulassen, aber im Unterbewußtsein war es ihm gerade in diesem Augenblick wieder, als teile sich der Fenstervorhang im Winde und zwei Schatten wären da, so daß er auf einmal nicht mehr wußte, welchen er greifen sollte.
So stand er wortlos und starr und sah ihr nach, wie sie die Gasse hinabging, vorüber an den Stufen zur Pforte des Michaelsklosters.